KB176950

천 개의 문제,
하나의 해답

천 개의 문제,
하나의 해답

문요한 지음

― 자꾸만 행복을 미루는 당신에게 ―

북하우스

그동안 상담과 심리훈련을 통해 만났던
모든 분들에게 감사를 드립니다.

이 책은 사실 당신들의 마음과
하나 되어 써내려간 공동의 작품입니다.

프롤로그
완전함에서 온전함으로

2004년 2월, 우리 부부는 큰아이의 돌잔치를 앞두고 있었습니다. 첫 아이의 돌잔치인 만큼 우리 부부는 가급적 할 수 있는 것들은 스스로 준비하고 싶었습니다. 아내는 장식을 맡아 며칠 동안 풍선을 불고 장식물을 준비했습니다. 나는 주로 사진 작업을 맡았습니다. 엄청난 분량의 아이 사진을 찍었습니다. 그리고 수많은 사진들 중에서 고르고 고른 것으로 대형 브로마이드와 포토북을 만들었습니다. 그렇게 애써 만든 사진파일을 제작업체에 맡겼고 드디어 돌잔치가 열리는 날이 되었습니다.

나는 기대에 부푼 마음으로 브로마이드를 펼쳐 보았습니다. 그런데 이게 웬일인가요. 잘못된 철자가 눈에 딱 들어왔습니다. 아뿔사! 철자를 뒤바꿔 썼던 것입니다. 그것도 'Bravo'라는 단어를 잘못 입력해서 'Barvo'가 된 것이었습니다. 낭패였습니다. 자꾸 '바보'라고 읽혔습니다. 그때부터는 그 글자만 보였습니다. 브로마이드에서 0.1퍼센트나 차지하고 있을 것 같은 철자 하나가 백배 천배로 확대되어 보였습니다. 손님들이 틀린 글자를 보며 비웃을 것만 같았습니다. 그러나 생각해보세요. 돌잔치에 와서 브로마이드 귀퉁이의 단어 철자까지 세밀하게 볼 사람이 어디 있겠습니까.

그럼에도 나는 그것만 신경 쓰느라 돌잔치 내내 노심초사했습니다. 사실 돌잔치에 온 사람들은 행사의 무엇이 잘됐고 못됐는지 평가하러 온 사람들이 아니었습니다. 그들은 모두 첫아이의 돌을 축하하고, 그동안 고생한 우리 부부를 격려해주기 위해 온 사람들이었습니다. 당연히 '문제의' 브로마이드를 보고 글자가 틀렸다고 말하는 사람은 아무도 없었습니다. 오히려 아기 사진이 아주 예쁘게 잘 나왔다고 칭찬해주는 사람만 있었습니다. 그럼에도 나는 잘못된 단어 하나에만 마음이 쓰여서 돌잔치 내내 신경이 곤두서 있었고, 정작 환하게 웃고 있는 아이와 손님들은 잘 챙기지 못했습니다.

그 시절의 나라는 사람은 그랬습니다. 99개를 잘하고 1개를 못하면 그 못한 1개를 가지고 고민하고 자책하는 사람이었습니다. 완벽주의적인 성향이 강한데다가 사람들의 눈을 많이 의식하며 살았습니다. 어떻게 하면 남들에게 더 잘 보일 수 있을까를 생각했고, 내가 가지고 있는 부족한 부분들은 어떻게든 감추려고만 했습니다. 나는 늘 심각했고, 긴장을 늦추지 못했습니다.

그랬기 때문에 내가 가진 강점을 계발하기보다는 약점만 계속 쥐어

뜯을 수밖에 없었습니다. 내가 할 수 있는 것 이상을 스스로에게 강요해서 주저앉은 적도 많았습니다. 삶의 모든 면을 통제하려 들었고, 한꺼번에 여러 가지 일을 잘해야 한다는 목소리에 끌려다니느라 정작 아무것도 제대로 하지 못했습니다. 그러다보니 마음은 항상 초조했습니다. 뭐 하나 이룬 것도 없이 시간만 지나버렸다는 위기감이 밀려왔습니다. 뭔가를 성취해서 나라는 사람이 이렇게 특별한 사람이라는 것을 보여주고 싶은데, 할 수 있는 게 별로 없었습니다. 스스로가 자꾸 보잘것없는 사람처럼 느껴졌습니다.

＊ ＊ ＊

그러나 아이를 키우면서 내 존재에 대한 가치감이 많이 회복되기 시작했습니다. 나를 남들에게 입증해 보여야 한다는 강박감이 약해지기 시작했습니다. 아이들은 아무것도 이루지 않았지만 그 자체로 소중하다고 느껴졌습니다. 아이들을 통해 사람은 무엇을 이루었느냐와 상관없이 그 자체로 가치 있다는 것을 비로소 마음으로 받아들이게 되었습니다.

그렇게 스스로에 대한 마음가짐이 달라지면서 인생의 큰 축이 바뀌기 시작했습니다. 완전함에서 온전함을 추구하는 인생으로 삶의 지향점이 바뀐 것입니다. '완전完全'은 필요한 것이 모두 갖추어져 있는 상태를 말합니다. 작은 부족함이나 흠조차 없는 상태입니다. 우리가 자주 쓰는 말이지만 사실은 가장 비인간적인 단어라고 생각합니다.

인간의 본질은 불완전함인데 완전함을 추구하는 것 자체가 존재를 부정하는 것이 아니고 무엇이겠습니까.

그에 비해 '온전穩全'은 '본바탕 그대로 고스란히'라는 의미입니다. 한 마디로 있는 그대로의 상태를 의미합니다. 그러므로 온전한 삶이란 있는 그대로의 자신과 현실을 받아들이는 것을 말합니다. 상황은 하나 달라진 것이 없었지만 나는 완전함에서 온전함으로 나아가기 시작했습니다. 물론 그 변화는 단번에 한쪽에서 다른 한쪽으로 옮겨가는 변화가 아니었고, 계속 앞으로만 나아가는 것도 아니었습니다. 시간을 가지고 비중의 변화를 겪는 것이었으며, 세 걸음 앞으로 가다가도 두 걸음 물러서는 과정이었습니다. 삶의 축이 온전함을 추구하면서 내 삶은 무척 평화로워졌습니다. 오랫동안 계속되어 온 자기와의 전쟁은 사라지고 나는 나와 평화로운 관계를 맺게 되었습니다. 친한 사람을 대하듯 나를 대할 수 있게 되었습니다.

나와의 관계가 회복이 되자 삶에 예상치 않았던 뜻밖의 큰 변화가 생겨났습니다. 이미 오래전부터 내 안에 있었지만 그 모습을 드러내지 않았던 가능성과 잠재력, 그리고 이것들을 제대로 발휘하고 싶은 열정과 용기를 만날 수 있게 된 것입니다. 완벽함을 추구하는 동안에는 결코 만나지 못했던 것들이었습니다. 그것은 어떻게든 나라는 사람을 남들에게 입증해 보여야겠다는 이전 시절의 강박감과는 다른 성질의 마음이었습니다. 어떤 책에서 읽은 적이 있었던 힌두교의 성인 고빈다의 말이 그대로 이해되는 경험이었습니다. 그는 이렇게 말했습니다. "우리는 우리가 받아들이는 것들 때문에 변화하며, 우리가 받아들인 것들은 우리의 받아들임을 통해 변화한다."

＊ ＊ ＊

내 존재와 내 삶을 받아들이면서 안과 밖으로 새로운 세계가 열렸고, 새로운 길이 만들어졌습니다. 다른 사람들보다 '나'라는 사람 자체에 관심이 향하게 되었고, 내 마음에 머무르는 시간이 많아졌습니다. 나와 친해지다보니 점점 내가 무엇을 원하는지를 알 수 있게 되었습니다. 그 덕분에 난생처음 내가 원하는 삶으로 나아가게 되었습니다. 그때 어렴풋이 '받아들임'의 힘을 느끼게 되었습니다. 변화하기 위해서는 먼저 수용할 줄 알아야 함을 깨달은 것입니다.

상담이나 코칭, 심리훈련을 받으러 오는 분들은 각자 저마다 다른 고민과 문제 상황을 가지고 있습니다. 사람들은 모두 다르기에 그들이 겪는 문제 역시 모두 다릅니다. 백인백색 천인천색의 문제들입니다. 하지만 그 문제의 원인은 한 가지라고 할 수 있습니다. 프리즘을 통과한 빛이 다양하지만 프리즘을 거치기 전에는 하나의 빛이었던 것과 흡사합니다. 수많은 문제는 바로 '받아들이지 못하기 때문에' 나타난 것입니다. 신경증이란 인정할 것을 인정하지 못하고, 겪어야할 일을 겪지 않으려고 할 때 나타납니다. 인정하고 받아들이면 풀리는데 인정하지 못하고 받아들이려고 하지 않기 때문에 꼬이게 된 셈입니다.

그러나 자신의 존재를 받아들이고, 자신을 둘러싼 현실을 받아들이고, 다른 사람들을 받아들일 수 있을 때 비로소 엉킨 실타래는 풀려날 수 있습니다. 물론 받아들이지 않고도 문제가 변화되는 것처럼 느껴질 수도 있습니다. 하지만 받아들임에 기초하지 않는 변화는 결국 또 다시 같은 문제에 부딪히게 되거나, 모양만 바뀌어 다른 문제로 나타나기 쉽습니다. '받아들임'이야말로 변화와 성장에 있어서 필수적인 과정이고, 지속가능한 변화를 이끄는 중요한 원동력임을 나는 늘 느끼고 있습니다.

그래서 나는 이 책의 제목을 '천 개의 문제, 하나의 해답' 즉, '천문일답千問一答'이라고 했습니다. 천 가지 문제가 있지만 가장 중요한 답은 하나라고 생각하기 때문입니다. 바로 받아들임입니다. 만일 천 명의 사람들이 나에게 '변화와 성장에 있어 가장 중요한 게 무엇입니까?'라고 천 번을 물어본다고 해도 나의 대답은 하나입니다. 받아들임입니다. 물론 받아들임이 모든 문제를 완전히 해결해주는 만병통치약은 아닙니다. 받아들이고 난 뒤에도 하나하나 알아차리고 풀어가야 합니다. 하지만 모든 문제해결을 위한 가장 기본적인 토대가 되는 것임을 나는 이 책을 통해 여러분에게 말씀드리고 싶습니다.

나는 이 책에서 네 가지 받아들임을 이야기하고 있습니다. 각각은 구분되어 있지만 사실은 유기적으로 연결되어 있는 것이기에 어느 것은 잘 받아들이고 어느 것은 잘 받아들일 수 없는 것은 아닙니다. 그럼에도 독자들의 이해를 돕기 위해 이를 구분해서 써내려갔습니다.

1장은 자신의 존재를 받아들이는 것에 대한 내용이 담겨 있습니다. 무엇을 이루었느냐와 상관없이 자신의 존재를 가치 있게 여기는 마음이 움터 나오길 희망합니다. 2장은 자신의 마음을 받아들이는 것에 대한 글입니다. 설사 부정적인 마음이라도 우리가 이를 받아들이려고 하면 그 마음은 우리를 파괴시키지 않고 자연스레 떠나가게 된다는 내용입니다. 3장은 삶과 현실을 받아들이는 것에 대한 글입니다. 삶에서 겪는 모든 경험을 우리가 잘 받아들일수록 그 경험들은 우리를 힘들게 만드는 것이 아니라 더욱 성장시켜준다는 것을 말씀드리고자 합니다. 4장은 다른 사람을 받아들이는 것에 대한 이야기입니다. 다른 사람의 마음과 입장을 받아들이며 서로간의 차이를 존중하는 가운데 소통으로 나아가는 것이 얼마나 중요한지 이야기하고 싶었습니다.

＊ ＊ ＊

이 책을 쓰면서 감사드리고 싶은 분들이 많습니다. 무엇보다 정신과 의사로서 첫걸음을 내딛은 1995년도부터 지금까지 상담과 심리훈련의 공간에서 만난 모든 분들께 감사드리고 싶습니다. 받아들임의 지혜는, 그분들과 보낸 정신적 교감의 시간이 없었다면 결코 깨우칠 수 없었던 내용입니다. 회복과 성장의 과정에서 몸으로 보여준 그 가르침들이 이 책의 내용을 채웠습니다. 그리고 네바다대학교 심리학과 교수인 스티븐 헤이스 등을 필두로 수용전념치료를 연구하고 보급하는 분들께 감사의 말씀을 전합니다. 수용전념치료에 대한 이론과 여러 권의 책들은 그간의 상담과 코칭 경험을 통해 깨달은 '받아들임의 지혜'를 체계적으로 정리하고 이 책을 쓰는 데에도 많은 도움을 주었습니다. 그리고 오랫동안 원고를 기다려주고 마음을 다해 책으로 만들어준 북하우스 출판사 여러 분들께도 감사를 드립니다.

삶의 평화와 행복은 내가 원하는 상태로 나를 바꿀 때 얻어지는 것이 아닙니다. 내 안에 있는 것들을 한 울타리 안으로 끌어안을 때 일어납니다. 우리는 자신을 받아들이는 만큼 행복하고 삶을 받아들이는 만큼 성장하며 상대를 받아들이는 만큼 사랑할 수 있습니다. 살면서 만나는 모든 것을 기꺼이 받아들일 줄 아는 사람! 그 사람은 행복합니다. 그 사람은 계속 성장합니다. 여러분 모두를 향해 두 팔을 벌립니다.

2012년 3월 문요한

차례

2장 / 태연한 척하지만 상처 많은 당신에게

내 마음 받아들이기

3장 뜻대로 풀리지 않는 인생, 변화가 필요한 당신에게

삶과 현실 받아들이기

4장 누군가와 가까워지기 힘든 당신에게
타인을 받아들이기

살아가는 동안
자신과 친해지는 것만큼
중요한 것은 없습니다.

나는
투쟁의 대상이 아니라
이해의 대상입니다.
부정의 대상이 아니라
수용의 대상입니다.

나를 받아들이게 될 때
나는 약해지는 것이 아니라
비로소 나의 전 존재와 만날 수 있습니다.

1

자신을
사랑하지 못하는 당신에게

나의 존재 받아들이기

자기이해는
건강한 삶의 바탕입니다

요즘 마음의 병을 앓고 있는 사람들이 많습니다. 사실 유전적이거나 생물학적인 이유로 정신질환이 생겨나는 비율은 일정한 편입니다. 예를 들어 정신분열병은 전 세계적으로 인구의 약 1퍼센트 정도에게만 나타나는 병으로 알려져 있습니다. 그렇다면 갈수록 마음의 병을 앓는 이들이 늘어나는 이유는 무엇일까요? 심리학적인 측면에서만 이야기한다면 나는 '사람은 자기self와 멀어질수록 정신적으로 병이 든다'고 말하고 싶습니다.

　이것은 지금까지 10여 년 넘게 다양한 사연을 갖고 병원을 찾아온 사람들을 상담하고 코칭한 경험을 통해 얻은 결론입니다. 이 말은 반대로 사람은 자기와 가까울수록 건강하다는 것도 의미합니다. 건강한 사람일수록 겉으로 보이는 모습과 실제 모습이 큰 차이가 나지 않습니다. 남과 함께 있는 모습과 혼자 있을 때의 모습도 크게 다르지 않지요. 남을 대하는 태도와 자신을 대하는 태도도 일관됩니다. 자신의 실제 모습을 인정하고 받아들이기 때문입니다.

하지만 건강하지 못한 사람은 보이는 모습과 실제 모습 사이의 괴리감이 무척 큽니다. 본래의 모습과 다르게 보이기 위해 애를 쓰다보니 긴장도 자주 하게 됩니다. 그러나 보여지는 자기와 실제의 자기가 너무 멀어져 '자기 불일치감'이 점점 커지게 되면 사람은 어느 순간 허물어지기 마련입니다. 손으로 누르면 푹 꺼지는 공갈빵처럼, 장맛비에 지반이 푹 내려앉는 것처럼 사람도 자기답게 살지 못하면 어느 순간 주저앉게 됩니다. 황소의 크기를 흉내 내려고 숨을 참다가 배가 터져버린 이솝우화의 개구리 신세가 되고 마는 것이죠.

몸과 마음이 건강한 삶의 기본 바탕은 자신에 대해 잘 아는 것입니다. 자기와 친해지고 자기답게 살려면 무엇보다 자기를 잘 아는 게 기본입니다. 자기인식이야말로 자기중심을 잡아가고 자아실현을 이루는 핵심입니다. 너무 뜬구름 잡는 것처럼 느껴지나요? 하지만 결코 막연한 개념이 아닙니다. 자신이 어떤 성격의 사람인지, 무엇을 좋아하고 싫어하는지, 무엇을 잘하고 못하는지, 무엇을 중요하게 여기고 중요하지 않게 여기는지, 무엇을 잘 알고 무엇을 잘 모르는지를 구분할 수 있나요? 그렇다면 당신은 자기인식이 잘 되어 있는 사람이라 할 수 있습니다.

2008년 EBS에서는 〈아이의 사생활〉이라는 다큐멘터리를 통해 다중지능 이론을 소개한 바 있습니다. 이 프로그램에서는 각각의 분야에서 탁월한 업적을 이룬 사람들의 다중지능 검사결과가 소개되었습니다. 검사결과, 자기분야에서 뛰어난 업적을 이룬 사람들은 모두들 하나같이 여덟 개의 다중지능 중에서 두 개 이상의 지능이 높게 나타났습니다. 그런데 그중 한 가지 지능은 어느 분야에 종사하는 사람이건 간에 공통적으로 높은 수치를 나타냈습니다. 바로 '자기이해 지능'입니다. 이 결과는 한 분야에서 탁월한 전문가가 된 사람들은 자신에 대해 잘 알고 있었기에 자신이 좋아하고 잘하는 일에 시간과 힘을 집중시켜 좋은 성과를 얻어낸 것이라고 해석할 수 있습니다.

첫 책 『굿바이, 게으름』 덕분에 병원에는 게으름을 탈피하기 위해 상담을 받으러 오는 분들이 많습니다. 나는 상담을 진행하면서 공통점을 발견할 수 있었습니다. 내담자들은 모두 자신이 어떤 사람인지를 잘 모르고 있었고, 자신을 받아들이기 어려워하는 사람들이었습니다. 그들은 자신이 무엇을 원하는지, 무엇을 잘하고 못하는지, 무엇을 중요하게 여기는지를 잘 몰랐습니다. 자신이 잘하는 것을 더욱 잘하기 위해 노력하기보다는, 안 되는 것을 자꾸만 억지로 잘하려고 노력하거나 다른 사람들의 인정을 찾아 헤맸습니다. 결국 심신은 지치고 자신감은 떨어질 대로 떨어져 할 수 있는 것조차 못하게 되는 경우가 다반사였습니다. 자신을 인정하지 못하는데다가 자신에 대해 무지하기 때문에 이들은 게으를 수밖에 없었습니다.

자신을 잘 아는 사람은 쓸 데 없는 곳에 에너지를 낭비하지 않습니다. 이들은 자신의 능력은 능력대로, 한계는 한계대로 인정할 줄 압니다. 자신을 인정하게 되면 편해집니다. 꾸미지 않아도 되기 때문입니다. 자기이해가 잘 되어 있는 사람들은 안 되는 것을 되게 하려고 억지로 애쓰기보다는 자신에게 잘 맞는 것을 차츰 찾아갈 줄 알고, 자신에게 중요한 것에 점점 힘을 집중합니다.

자신과의 관계회복이
우선입니다

많은 사람들이 인간관계에 대해 고민합니다. 하지만 세상에서 가장 중요한 관계는 사실 자기 자신과의 관계입니다. 다른 사람들은 내 인생의 일부를 함께할 뿐이지만 내가 나와 맺는 관계는 평생을 같이 가는 관계이기 때문입니다. 그러나 우리는 정작 남과의 관계에만 신경 쓰느라 자신과의 관계를 살피지 못합니다. 남 사정은 이해하려고 애쓰면서 정작 자신에게는 막말을 던지고 함부로 대합니다. 남이 무엇을 잘하는지는 기가 막히게 잘 찾아내면서 막상 자신이 잘하는 것을 찾으려는 사람은 많지 않습니다. 남에게 하는 것만큼만 자신을 대해도 될 텐데 우리는 스스로에게 너무 소홀합니다.

성경에도 인간관계의 황금률을 잘 드러내는 문장이 있습니다. '남에게 대접받고자 하는 대로 너희도 남을 대접하라'. 실천하기 쉽지는 않지만 이 말을 염두에 두고 살아간다면 다른 사람과의 갈등은 크게 줄어들 것입니다. 마찬가지로 자신과의 관계에도 황금률이 필요합니다. 나는 '남을 대접하는 만큼 자신을 대접하라'고 말하고 싶습니다. 이 역시 실천하기는 쉽진 않겠지만 염두에 두고 살아간다면 자신을 함부로 대하거나 필요 이상으로 상처를 주지 않을 것입니다. 물론 다른 사람에게조차 함부로 대하는 사람은 예외입니다.

지금 자신과 얼마나 가깝습니까?

나는 상담을 할 때 내담자에게 다른 사람들과 자신을 대할 때 각각 어떤지를 묻곤 합니다. "요즘 자신과의 관계는 어떻습니까?" "자신에 대해 어떻게 느끼고 어떻게 대해주고 있습니까?"라는 질문도 종종 합니다. 그런데 생각보다 이 질문들에 바로 답하는 사람은 많지 않습니다. 질문 자체를 이해하지 못하는 사람들도 있습니다. 자신과의 관계에 대해 생각해본 적이 별로 없기 때문입니다. 다른 사람들이 무엇을 원하고 어떤 감정상태인지는 잘 알아차려도 정작 자신이 무엇을 원하는지, 무슨 감정을 느끼고 있는지 잘 모르는 사람이 많습니다. 안타깝게도 스스로를 투쟁의 대상으로 생각하는 사람도 있습니다. 자신의 모습을 있는 그대로 받아들이고 사랑하기보다는 부정하고 넘어서야 할 대상으로 여기는 것입니다.

그러나 부정적으로 편향되어 자신을 바라보면 자신을 제대로 이해하지도 못하게 되고, 불필요한 고통과 상처만을 주게 됩니다. 과잉경

쟁 사회이다보니 갈수록 이런 경향은 점점 커지고 있습니다. 지금 우리 사회는 공동체의 안전망이 부재하고 사람들 사이의 관계가 약해져 이제는 모두가 각자의 생존을 스스로 책임져야 하는 상황이 되어버렸습니다. 지금 이대로는 불안하다는 마음은 사람들을 과도한 자기계발과 자기투쟁으로 내몹니다.

문제는 존재에 대한 긍정이 없는 상태에서의 자기계발이란 자칫하면 자기부정으로 치닫기 쉽다는 점입니다. 자기투쟁적인 삶은 일시적으로 앞으로 달려간다는 느낌을 줄지는 모릅니다. 하지만 자아에 대한 긍정 없이 마구 내달리기만 하다보면 어느 순간 돌부리에 걸려 넘어지게 됩니다. 그 순간을 실패라고 생각하고 주저앉는 순간 우리는 자기부정의 태도로 돌변할 수 있습니다.

잘하는 모습도 부족한 모습도 모두가 나라는 사실

내 이야기를 잠깐 해보겠습니다. 대학시절 나는 계획과는 달리 흐트러진 생활을 하게 되면서 스스로에게 거듭 큰 실망을 했습니다. 그렇게 얼빠진 채로 있다보면 나에게 채찍질을 가하고 싶어졌습니다. 스스로를 다그치면 더욱 잘 달릴 수 있을 것이라고 생각했기 때문입니다. 그런 마음에서 어느 날 지리산 등반을 결심했습니다.

돌아보면 그 시절의 산행은 나와 산 사이의 총 없는 전쟁이었습니다. 정상에 얼마나 빨리 도착하느냐가 산행의 성패를 결정하는 관건이었지요. 그런데 그 산행에서 하필이면 손전등이 고장났습니다. 그럼에도 나는 기록을 세우고 나를 넘어서겠다는 욕심에 늦은 시간까지 산행을 고집했습니다. 무리가 되더라도 좀 더 올라가 산장에서 잠을 잘 생각이었습니다. 하지만 얼마 지나지 않아 칠흑 같은 어둠에 갇혀버렸고, 결국 새벽까지 헤매다가 바위틈에 쪼그려 잠이 들었다 깼다를 반복하며 산을 올라갔습니다. 기진맥진한 상태에서 결국 지리산 정상인 천왕봉에 도착하긴 했습니다. 지금까지 오른 것 중 최고기록이었습니다.

그런데 기분이 묘했습니다. 도무지 나를 이겼다는 느낌이 들지 않았습니다. 완주는 했지만 몸과 마음은 만신창이가 된 기분이었습니다. 기록을 단축하면 삶의 의욕을 되찾을 것 같았지만 그저 허탈감만 밀려왔습니다. 그 산행 이후 나는 나를 더 세게 때린다고 해서 내가 더 열심히 살아갈 수 있는 것은 아님을 알게 되었습니다. 물론 당시에는 나를 사랑하고 돌보는 연습이 안 되어 있었기에 그 이후로도 나는 습관적으로 부족한 부분이 보이면 나를 다그치곤 했습니다. 힘들어하면 야단치는 것 말고 다른 방식으로 나에게 접근했던 적이 없었기 때문입니다.

그러다가 정신과의사 생활을 시작하면서 나 자신을 이해하기 시작했고 자신과의 전쟁을 멈출 수 있었습니다. 시간이 더욱 지난 뒤로는 스스로를 받아들이고 돌볼 수 있게 되었습니다. 그것은 앞으로 걷는 것이 몸에 밴 사람이 뒤로 걷기를 하는 것처럼 부자연스러운 일이었습니다. 하지만 그 부자연스러움은 점점 사라지고 어느덧 편안함이 차 올라왔습니다.

이제 정신과의사로 지내온 지도 17년째에 접어듭니다. 시간은 많이 지났지만 나는 예전에 싫어했던 내 모습을 여전히 가지고 있습니다. 사소한 일에도 걱정이 많고 타인의 시선을 많이 의식합니다. 그렇지만 지금은 단점이 있다는 이유로 더 이상 나 자신을 부정하지도, 굳이 그 단점을 감추려고 하지도 않습니다. 늘 그럴 수는 없지만 대체로 부족하면 부족한 대로 잘하는 것은 잘하는 대로 받아들일 수 있게 되었습니다. 젊은 시절에는 사회적 기준이나 이상적 기준에 내 자신이 미치지 못해서 늘 못마땅했다면, 이제는 '좋은 면이든 나쁜 면이든, 잘하는 면이든 못하는 면이든 모두 나'라는 마음이 생겼습니다.

내 본모습이 달라졌기 때문에 나를 좋아한다기보다 나를 받아들이게 되니 내가 좋아지게 된 것입니다. 어찌보면 오래 살면서 점점 가까워지는 부부의 모습과 비슷합니다. 결혼 초에는 연애 때 가지고 있었던 이미지와 기대가 무너지면서 서로에게 실망하고 싸우는 경우가 많지만, 언제부턴가 서로 달라진 게 별로 없는데도 점점 친밀해지는 부부의 모습 말입니다. 서로를 인정하고 받아들이기 때문에 가능한 일입니다.

자기 자신과의 관계도 마찬가지입니다. 사람들은 누구나 자신과 멀어졌다가 친해지는 시기가 있습니다. 때로는 스스로가 바라는 모습에 미치지 못해 실망과 자책을 하지만 결국 인생의 어느 시점에 가면 자신의 모습을 좀 더 받아들일 수 있게 됩니다. 자기부정에서 자기수용으로의 전환이 일어나는 거죠. 물론 자기수용이 이루어지는 나이가 정해진 것은 아닙니다. 누군가에게는 이십대에, 다른 누군가에게는 삼사십대에 일어날 수도 있습니다. 예순이 넘어도 자신과 친해지지 못하고 자신을 수용하지 못하는 사람이 있을 수 있습니다.

내 안에 사랑이 있어야 남도 사랑할 수 있습니다

모든 인간관계에서 가장 기초가 되는 관계는 자기와의 관계입니다. 자신과 관계를 잘 풀어가는 사람들은 대인관계도 잘 풀어갑니다. 만일 누군가 타인의 감정을 잘 읽지 못하고 공감하는 데 어려움이 있다고 해봅시다. 그렇다면 그 사람은 십중팔구 자신의 감정도 제대로 읽지 못하는 사람일 확률이 높습니다. 타인의 감정을 잘 이해하는 것은 자기감정을 잘 지각하고 이해하는 것에서 비롯되기 때문입니다. 닭과 달걀처럼 자기와의 관계와 타인과의 관계는 서로가 서로의 바탕이 되어줍니다.

자신과 잘 지내지 못하는 사람은 다른 사람과의 관계맺음에 있어서도 겉돌기 쉽습니다. 비록 많은 사람과 관계 맺는 것처럼 보일지라도 그는 분명 깊은 관계를 맺는 데 어려움이 있기 마련입니다. 사람은 자신에게 없는 것을 다른 사람에게 나누어 줄 수 없기 때문입니다. 자신에게 평화가 있어야 다른 사람에게 평화를 줄 수 있고, 자신에게 사랑이 있어야 다른 사람들을 사랑할 수 있는 법입니다. 자신을 받아들이지 못하면서 다른 사람을 받아들일 수 없습니다.

비행기 안에는 응급상황을 위해 산소마스크를 준비해둡니다. 승무원들은 비상상황이 발생하면 보호자에게 먼저 마스크 착용을 권하고 그후에 아이나 노약자를 챙기라고 설명합니다. '노약자·어린이 우선'을 당연하게 여기는 사람들로서는 이해가 가지 않을 수 있습니다. 이기적인 것처럼 느껴질 수도 있습니다. 하지만 구조활동이 가능한 건강한 성인이 숨이 가쁘면 제대로 된 도움을 펼칠 수 없어 모두 다 위험에 빠질 수 있습니다. 물에 빠진 사람을 돕는 것과 비슷합니다. 보호장비를 제대로 갖추고 물속에 뛰어들지 않는다면 물에 빠진 사람이나 구하려는 사람이나 모두 위험할 수 있습니다. 자신의 안전을 돌보지 않고 다른 사람을 돌볼 수는 없습니다.

　인간관계 역시 다르지 않습니다. 자신과 친하지 않고서 결코 타인과 친하게 지낼 수는 없습니다. 나는 투쟁의 대상이 아니라 이해의 대상이며, 부정의 대상이 아니라 수용의 대상입니다. 지금, 다시 한 번 자신과의 관계를 돌이켜 생각해봅시다. '나는 과연 나와 얼마나 친한가?' 인생을 살아가는 데 있어 자신과 친해지는 것만큼 중요한 것은 없습니다.

자기애를 자기중심적인 것이나 이기적인 것과
동일시하는 것을 멈춰야 한다.
자기애는 우리가 사랑을 실천할 수 있는 토대다.
자신을 사랑하지 않으면
결코 다른 사람을 사랑할 수 없다.
우리가 우리 자신을 사랑하면,
우리가 늘 누군가에게서
받고 싶어 했을지도 모를 무조건적인 사랑을
받을 기회를 우리 자신에게 줄 수 있다

벨 훅스, 「사랑의 모든 것」 중에서

건강한 자기연민을
가집니다

안도현 시인은 〈너에게 묻는다〉라는 시에서 이렇게 이야기했습니다.

연탄재 함부로 발로 차지 마라.
너는 누구에게 단 한 번이라도 뜨거운 사람이었느냐

이 시는 짧지만 긴 여운을 줍니다. 시 안에는 자신의 삶을 돌아보게 만드는 힘이 있습니다. 그렇다면 나는 왜 누군가에게 한 번도 뜨겁지 못했을까요? 그것은 우리가 있는 그대로의 모습으로 받아들여지고 사랑받지 못했기 때문입니다. 내 안에 사랑이 있어야 누군가를 사랑할 수 있는 것 아니겠습니까. 그래서 나는 안도현 시인에게 무례함을 양해드리며 이 시의 한 단어를 이렇게 바꿔놓고 싶습니다.

연탄재 함부로 발로 차지 마라

너는 너에게 단 한 번이라도 뜨거운 사람이었느냐

자신을 나쁘게 생각하도록 학습된 사람들

아이가 태어나서 다섯 살이 될 때까지 과연 부모에게 몇 번이나 야
단을 맞을까요? 어떻게 확인했는지 신기하지만 한 심리학자에 의하면
최소 4만 번 혼난다고 합니다. 이를 잘게 나눠보면 한 달에 평균 666
번, 하루에 최소 22번 혼쭐이 나는 셈입니다. 그런데 이렇게 받은 야
단이나 질책, 비난은 어떻게 되는 걸까요? 바람처럼 사라질까요, 웅덩
이의 물처럼 고이게 될까요.

사랑과 이해와 같은 긍정적 경험이 야단을 맞은 경험과 어떻게 균형
을 이루었느냐에 따라 차이가 날 수는 있지만, 그 깊이만 다를 뿐 부정
적인 경험은 자신도 알게 모르게 마음속에 고이게 됩니다.

'넌 어쩌면 바보 같니!'

'너 같은 애가 뭘 할 수 있겠어!'

'네가 하는 일이 그렇지 뭐!'

'넌 안 돼.'

'넌 또 금방 포기할 거잖아.'

'이 쓸모없는 녀석아!'

'노력하는 척하지 마!'

이런 말들이 차츰 마음속에 쌓이면 어느 순간 내면화가 됩니다. 다른 사람의 음성이 아니라 자신의 음성이 되는 것이죠. 부정적인 말을 많이 들어온 아이는 자신에 대한 '비난꾼'이 되기 쉽습니다. 자신을 사랑하지 못하는 사람들은 자신을 사랑할 이유가 없어서 스스로를 학대하는 것이 아닙니다. 어려서부터 '자신에 대해 나쁘게 생각하도록 학습되었기 때문'에 스스로에게 가학적으로 변해갑니다.

상담을 할 때면 자신을 너무 가혹하게 대하는 사람들을 많이 만나게 됩니다. 이들은 인생에서 가장 힘든 상태에 놓여 있는 자신에 대해서조차 연민의 마음을 느끼지 못합니다. 오히려 그런 상태에 빠지게 된 자신을 비난하고 혐오하기까지 합니다. 심지어는 어린 시절 상처받은 자신에게조차 연민의 감정을 느끼지 못하는 경우도 많습니다. 그것이 아이의 잘못이 아니었음에도 혹은 설사 아이의 잘못이라 하더라도 그렇게 비난받아서는 안 될 일이었음에도 자신의 어린 시절에 연민을 느끼지 못합니다. 대신 당시에 비난을 했던 어른의 시각에서 아이가 그러지 말았어야 했다며 정죄합니다.

그러나 그것은 합당한 생각이 아니라 치유되지 않은 상처로 인한 증상입니다. 치유되지 않는 상처는 결코 망각되거나 사라지지 않습니다. 치유 받지 못한 상처는 다른 사람에게 전가되어 상처를 입히거나 그렇지 않다면 자기처벌, 자기비하, 자기파괴로 이어집니다. 자신을 안 좋게 생각하도록 학습된 아이들은 마음 편히 놀지도 못하고, 기쁨도 잘 느끼지 못하며, 사랑을 주고받는 것도 어려워합니다. 불행 속으로 스스로를 더 깊이 밀어넣게 됩니다. 그렇다보니 자신에게는 연민의 감정조차 가질 수 없게 됩니다.

자존감을 지키며 살아갈 수 있게 하는 힘, 자기연민

연민이라는 감정은 타인의 고통과 부족함을 안타까워하는 마음입니다. 연민은 이타성의 근간을 이룹니다. 만일 연민이라는 감정이 없었다면 인간 사회는 지금보다 더욱 비극적인 모습이 되었을지도 모릅니다. 아니, 사회를 이룰 수 없었을 것입니다. 타인의 고통은 외면한 채 다들 자신의 욕심만 채워갔을 테니까요.

인간의 모든 감정은 타인을 향해서만 느끼는 것이 아니라 스스로에게도 느끼게 되어 있습니다. 다른 사람에게 화가 나듯 자신에게 화가 날 수 있고, 다른 사람의 고통을 안타깝게 여기듯 자신의 고통을 안타깝게 여길 수 있습니다. 당연히 타인을 향한 연민이 있다면 자기에 대한 연민도 있기 마련입니다. 자기연민은 자신의 고통과 부족함에 대해 느끼는 안타까운 마음입니다. 자기연민이 있기에 우리는 부족함과 단점이 있음에도 자존감을 지키며 자신을 끌어안고 살아갈 수 있습니다. 완전하기 때문에 자신을 존중하는 것이 아니라 부족함에도 불구하고 자신을 존중할 수 있는 것이죠.

자기를 투쟁의 대상으로 보는 사람들은 자기연민의 감수성이 발달하지 못합니다. 자기연민을 병적인 감정으로 여기거나 매우 나약한 태도로 여길 뿐입니다. 이들은 어려움에 빠져도 그저 참고 견디거나, 부정하거나 혹은 비난하는 방식으로 대응합니다. 그러다가 어느 순간 자기투쟁에서 자기패배의 모드로 바뀌게 되면 오히려 과도한 자기연민에 빠집니다. 조금만 어려움에 빠지거나 불행한 일이 닥치면 세상에서 자신이 제일 불행하다고 생각하고, 자신보다 힘든 사람은 아무도 없는 것처럼 행동합니다. 이는 결국 아무것도 노력하지 않는 자기방치로 이어지고 맙니다. 심할 경우 자신에 대한 감정과잉에 빠져서 타인의 감정은 아랑곳하지 않는 공감력 부재로 이어질 수 있습니다. 자기연민의 부재만큼이나 과도한 자기연민 역시 삶에 파괴적인 영향을 미칩니다.

우리는 건강한 자기연민과 파괴적인 자기연민을 구분해야 합니다. 건강한 자기연민은 보편적 존재로서 인간의 불완전함에 바탕을 둔 너그러운 마음입니다. 인간은 실수할 수도 있고, 부족할 수도 있음을 인정하고 안타깝게 여기는 마음입니다. 이런 건강한 자기연민은 자기에 대한 충실한 보살핌으로 이어집니다. 자신을 이겨야만 하는 투쟁의 대상으로 여기는 한 우리는 꾸준히 성장할 수 없습니다. 인생의 긴 여정을 한 걸음 한 걸음 전진하기 위해서는 건강한 자기연민이 필요합니다. 쓰러진 자신을 보살피고 다시 일으켜 세울 수 있는 것은 그뿐입니다.

나를 받아들인 다음에
다른 사람들을 받아들일 수 있는 것입니다.
어떤 면에서 차원 높은 동정심은
이기심이 발전한 것입니다.
따라서 자기혐오가 강한 사람들은
다른 사람들을 진정으로 동정하기 어렵습니다.
동정심이 뿌리내릴 수 있는 터전이 없기 때문입니다.

달라이 라마

보편적 열등감과
병적 열등감을 구분합니다

"어떤 사람이 되고 싶으세요?"

"어떤 사람으로 보이고 싶으세요?"

이런 질문을 받으면 사람들은 자신이 원하는 바를 이야기합니다.

"늘 사람들 앞에서 편안하고 당당했으면 좋겠어요."

"저는 눈물이 많아요. 그래서 감정에 휘둘리지 않고 강인한 사람이었으면 좋겠어요."

"유머가 넘치고 사람들에게 인기가 많았으면 좋겠어요."

"작은 일이나 상처는 그냥 무시하고 내 할 일에 집중할 수 있는 사람이었으면 좋겠어요."

대부분의 사람들은 지나치게 이상적인 모습을 말합니다. 설사 현실적인 기준에 맞춰 이야기를 하더라도 자신의 기질과는 맞지 않는 모습을 말할 때가 많습니다. 어릴 때부터 내성적이고 말수가 없는 편으로 자라왔는데 리더십과 화술이 뛰어났으면 좋겠다고 이야기한다면 이는 비현실적일 수밖에 없는 바람입니다.

세상에 약점 없는 사람은 없습니다

이렇게 이상적인 자아상이 현실의 자신과 맞지 않을수록 자신을 받아들이는 일이 쉽지 않습니다. 그럴수록 '~해야 한다' '~하지 않으면 안 된다'는 강박의 집에 갇혀 살기 쉽습니다. 자신의 기준에 부합되지 않을수록 자신을 부정하고 비난하며 당위의 사슬에 묶여 살게 됩니다. 결국 자신의 실제를 부정하고, 원하는 모습을 연출하며 살아가기 십상이지요. 이는 진실을 감추고 가면을 쓰고 살아가는 삶입니다.

물론 발전을 위해서는 자신이 되고 싶은 모습이 있어야 합니다. 문제는 바라는 모습과 방향이 자신의 기질과 현실에 맞느냐는 것입니다. 그 둘이 잘 맞으면 성장으로 나아가지만 잘 맞지 않으면 좌절에 빠지기 마련입니다. 기준이 높을수록, 자신의 기질과 맞지 않을수록 우리는 현실의 자신을 거부하고 거짓인 채 살아가게 됩니다. 자기를 잃고 병이 들고 마는 것이죠.

세상에 약점이 없는 사람은 없습니다. 열등감을 가지고 있지 않는 인간도 없습니다. 제아무리 늘 자신만만하고 사람들에게 인기가 많아 '엄친아' '엄친딸'이라고 불리는 사람에게도 열등감은 있습니다. 만일 약점이나 열등감이 없는 사람이 있다면 그 사람은 약점이나 열등감이 '없는 척'하는 사람일 뿐입니다. 열등감은 인간으로서 느낄 수 있는 보편적 감정입니다. 사회적 인간이라면 비교를 하지 않거나 비교를 당하지 않는 사람은 없기에 우리는 체형과 외모, 학력, 집안, 운동능력, 건강, 화술, 친구관계, 성격, 재산 등 어떤 부분에서든 약점이 있다고 느낄 수밖에 없습니다. 누구라도 모든 것을 다 가질 수도, 모든 것을 다 잘할 수도 없는 것이 세상의 순리입니다.

하지만 사람이란 자신이 가지고 있는 것에 만족하기보다 자신에게 없는 것을 욕망하기 마련입니다. 그렇기에 약점은 필연적으로 열등감이란 감정을 만들어냅니다. 특히, 어린 시절에 자신이 가진 약점으로 인해 놀림이나 비난을 받거나, 수치심을 겪은 일이 있다면 열등감은 보편적인 수준을 넘어 병적으로 확대되기 쉽습니다.

자신의 강점마저 붙잡는 덫, 병적 열등감

그렇다면 병적 열등감과 보편적 열등감의 차이는 무엇일까요? 보편적 열등감은 약점을 약점으로만 느낍니다. 제한된 영역에서 자신의 부족함을 느끼고 약점은 누구에게 있을 수 있는 인간적인 면이라고 여깁니다. 그러나 병적 열등감을 느끼는 사람은 자신이 가진 약점을 확대 해석해 자신에게 근본적인 결함이 있고, 그렇기에 사람들이 자신을 무시하거나 싫어할 것이라고 생각합니다. 혹자는 보편적 열등감마저도 가질 필요가 없지 않느냐고 단언하지만 사실 그것은 불가능하고, 가능하다고 하더라도 꼭 좋은 것만은 아닙니다. 열등감 자체가 삶에 꼭 해로운 것은 아니기 때문입니다.

보편적 열등감은 자신의 약점을 인정하고 이를 개선하게끔 만듭니다. 만일 개선할 수 없는 문제라면 이를 보완하기 위해 자신의 강점에 집중하게 하는 순기능도 갖고 있습니다. 약점은 강점을 발달시킵니다. 키가 작아 열등감을 가지고 있다면 운동을 잘하거나 공부를 열심히 해서 자신감을 가질 수 있습니다. 얼굴이 못생겨서 사람들에게 인기가 없다면 유머감각을 발달시켜서 사람들의 인기를 끌 수도 있습니다.

하지만 병적 열등감을 가진 사람들은 그렇게 하지 못합니다. 단점이 밖으로 드러나면 사람들이 실망하거나 자신을 싫어할 것이라는 두려움을 가지고 있어서 어떻게든 단점을 감추는 데만 온갖 에너지와 신경을 쏟아붓습니다. 자신의 강점을 계발해서 약점을 보완하는 일에 에너지를 집중시키지 못합니다. 이들에게 약점은 자신의 강점마저 드러나지 못하게 하는 덫이 됩니다.

그리고 보면 열등감이란 객관적 조건이나 상황의 문제가 아니라 자신의 약점을 바라보는 관점의 문제입니다. 병적 열등감은 어린 시절 자신의 약점을 보호받지 못하고 공격당해서 만들어진 상처받은 감정이자, 자신을 부정적으로만 생각하는 잘못된 습관에서 비롯된 감정입니다. 그러므로 병적 열등감에서 벗어나기 위해서는 자기무시와 자기비난을 자기이해와 현실인식으로 바꾸는 것이 가장 중요합니다. 병적 열등감에서 벗어나기 위해 굳이 자신을 긍정적으로 볼 필요도 없습니다. 중요한 것은 늘 진실을 바라보는 것입니다. 약점을 약점대로 강점은 강점대로 자신을 통합적으로 바라보는 것이 가장 중요합니다.

문제는 약점을 대하는
당신의 태도입니다

인간인 이상 우리는 누구나 약점이 있습니다. 그런데 그 기준은 지극히 주관적이지요. 누군가에게는 치명적인 약점이 누군가에게는 대수롭지 않은 약점일 수 있고, 혹은 전혀 약점으로 작용하지 않을 수도 있습니다. 이를테면 머리숱이 별로 없는 것이 누군가에게는 엄청난 약점일 수도 있지만, 누군가에게는 별것 아닌 약점일 수 있습니다. 키가 작은 것을 대단한 약점으로 생각하는 사람도 있지만 다른 장점으로 얼마든지 보완할 수 있는 작은 약점으로 생각하는 사람도 있습니다. 어떤 약점이 그 자체로서 치명적이라기보다 그 약점에 대해 우리가 어떻게 생각하느냐가 중요합니다.

말 더듬는 형제 이야기

한 번은 두 형제가 상담실을 찾은 적이 있습니다. 한 사람은 보호자로 한 사람은 대인관계 불안 문제로 찾아왔습니다. 그런데 두 형제는 유전적인 요인으로 인해 어려서부터 말을 더듬는 공통적인 문제가 있었습니다. 두 사람 모두 말더듬 장애로 인해 힘든 어린 시절을 보내야만 했습니다. 그러나 자라면서 두 사람의 삶은 점점 달라졌습니다.

동생은 말 더듬는 문제가 있었지만 남 앞에 나서는 자리를 피하지 않았습니다. 피하면 피할수록 다른 일도 못할 것이라는 생각이 들었다고 합니다. 그런 마음가짐과 삶의 태도를 바탕으로 그는 보험설계사라는 직업을 선택했습니다. 말을 더듬는 그가 세일즈를 하기로 결심했다니 잘 납득이 가지 않았습니다. 더 놀라운 것은 그의 실적이 상위에 속한다는 사실이었습니다.

"처음에는 저도 말 더듬는 것 때문에 많이 움츠러들었습니다. 긴장도 많이 했고 그러다보니 말이 더 잘 안 나올 때가 많았죠. 그러나 그런 모습을 감추기보다는 스스로 인정하고 상대에게 양해를 구했습니다. 어려서부터 말 더듬는 장애가 있는데 처음 보는 사람들 앞에서는 더 심해진다고 죄송하다는 말씀을 드립니다. 그런 이야기를 드리면 거의 대부분은 이해해주시더군요. 그리고 말솜씨가 부족하기에 저는 말로 설명하기보다는 자료를 꼼꼼하게 챙겨서 보여드립니다. 당장 이익이 안 되더라도 한 분 한 분에게 성심성의껏 대하고 하나라도 더 챙겨드리는 노력을 보여주었습니다. 그런 저를 보고 고객님들은 말은 좀 더듬지만 믿을 수 있는 사람이라고 인정해주셨습니다. 고맙게도 주위 분들에게 소개도 많이 해주셨고요. 말은 좀 더듬지만 오히려 말 잘하는 사람보다는 훨씬 믿을 만한 사람이라고 소개해주시니 저도 마음이 편했습니다. 저는 그렇게 생각합니다. 말더듬 장애가 없었다면 지금보다 못한 성과를 보였을지 모르겠습니다. 오히려 약점이 강점이 된 셈입니다. 말 더듬는 것 덕분에 이 위치에 올라선 것일 수도 있으니까요."

이어서 형과도 이야기를 나누었습니다. 그의 이야기는 동생과 정반대였습니다. 그는 자신의 삶이 말더듬 장애 때문에 너무 비참했다고 합니다. 초등학교 때 입었던 상처가 컸습니다. 초등학교 3학년 무렵 수업시간에 책을 읽다가 말을 더듬은 일이 있었는데 그때부터 아이들이 자신의 흉내를 내며 놀려댔다고 합니다. 이후로는 어떻게든 남 앞에서 이야기하는 것을 피했다고 합니다. 갖은 핑계를 다 만들어가면서 발표도 피하고, 대학 때는 남 앞에 이야기할 일이 생기면 아예 학교를 가지 않았다고 합니다. 차츰 활동반경은 줄어들었습니다. 새로운 사람을 만나거나 새로운 상황을 마주하는 것을 피하다보니 당연히 여자친구도 사귀지 못했고 늘 혼자 다닐 수밖에 없었습니다.

특히 그의 삶에 결정타를 날린 일은 취직 면접 때 일어났습니다. 너무 긴장한 탓에 평소보다 말을 더욱 많이 더듬어서 면접을 망친 후로는 일체 면접을 볼 생각조차 못하게 되었습니다. 심지어는 전화를 거는 것도 받는 것도 어려워 주문전화조차 못할 정도가 되었습니다. 그는 말 더듬는 문제가 없어져야만 비로소 세상 밖으로 나갈 수 있을 것이라 생각하고 있었습니다. 말 더듬는 문제는 그의 치명적인 약점이 되어버렸습니다.

형은 문제를 해결하기보다는 어떤 식으로든 자신의 약점을 감추고 드러내지 않는 데만 모든 에너지를 쓰며 살아왔습니다. 그는 동생과는 반대로 말더듬 장애에 대해 이렇게 이야기했습니다. "말더듬는 문제 때문에 내 인생이 망가졌어요."

약점을 더욱 키우는 부정적 초점효과

자신의 약점이 드러났을 때 다른 사람들이 그 약점 하나만으로도 자신을 무시하거나 실망하거나 공격할지 모른다고 여기면 그것이 바로 치명적인 약점이 되고 맙니다. 그러나 과연 상대방이 그 약점 하나 때문에 당신을 무시하고 공격할까요? 물론 그런 사람이 있을 수 있습니다. 어느 한 면만을 가지고 그 사람의 전체적인 가치를 평가하는 사람도 있긴 합니다. 하지만 그런 사람들은 그저 편협하고 미숙한 사람일 뿐입니다. 대다수의 사람들은 어느 한 면만을 보고 사람을 싫어하거나 무시하지 않습니다. 그러므로 소수의 편협한 사람들을 위해 자신의 약점을 꽁꽁 숨기고 다닐 필요는 없습니다. 그렇다고 부족한 점을 자랑스럽게 드러내자는 말도 아닙니다. 우리에게 필요한 것은 약점을 그저 약점이라고 인정하고 살아가는 태도입니다. 그러나 병적 열등감을 가지고 있는 사람들에게는 이런 말들이 귀에 잘 들어오지 않을 수 있습니다. 내면의 깊숙한 두려움 때문입니다.

'진짜 나를 알면 저 사람은 분명 크게 실망할 거야.' '내 약점을 안다면 나를 싫어하거나 무시할 거야.' 이런 생각 속에는 약점을 노출하면 공격당하거나 관계가 위험해질 것이라는 본능적인 불안이 있습니다. 그렇기에 어떻게든 약점을 감추려고 애를 씁니다. 이는 약점을 보완한다는 것과는 다릅니다. 문제는 약점을 감추려고 할수록 커진다는 사실입니다. 긁어 부스럼이 되고 마는 거죠. 처음에는 그저 보통의 약점이었을 뿐인데 그것이 점점 자라나서 예민한 약점이 되고 나중에는 치명적인 약점으로 변해가는 것입니다. 정작 남들은 그렇게 생각하지 않는데 혼자서 그 부정적 영향을 부풀리는 것입니다.

심리학에서는 이를 '초점효과focusing effect'라고 합니다. 관심을 가지면 가질수록 그 대상이 실제보다 더욱더 커 보이는 일종의 착시효과와 비슷하지요. 자신의 약점에만 신경을 쓰다보면 약점의 영향력이 실제보다 점점 더 크게 느껴지고, 다른 사람들 역시 자신이 생각하는 것처럼 자기를 바라볼 거라고 믿게 됩니다. 부정적 초점효과입니다.

반대로 긍정적 초점효과도 있습니다. 양궁선수가 고도의 집중력을 발휘할 때 과녁의 홍심이 접시처럼 크게 보이는 것, 타자의 집중력이 좋을 때 공이 수박만큼 크게 보이는 것은 긍정적 초점효과의 실제 사례입니다. 긍정적이든 부정적이든 지나친 관심은 늘 현실을 왜곡시킵니다. 당신이 생각하는 치명적인 약점은 당신이 생각하는 만큼 치명적이지 않다는 걸 깨달아야 합니다.

약점의 가장 큰 약점

약점을 극복하는 가장 좋은 방법은 약점을 인정하고 받아들이는 것입니다. 약점을 인정하고 노출하더라도 당신이 예상하는 것과 같은 끔찍한 결과는 쉽게 일어나지 않습니다. 오히려 당신은 자기수용과 자기고백의 순간에 놀라운 경험을 할 수도 있습니다. 그리고 약점을 고백함으로써 상대와 멀어지기보다는 오히려 가까워지는 느낌을 받을 수도 있습니다. 친밀감은 어떠한 약점도 보이지 않는 완벽한 사람에게서 느끼는 이질감이 아니라, 나처럼 약점이 있는 사람에게 느끼는 동질감에 가깝습니다. 단, 염두에 둘 것이 있습니다. 아무에게나 자신의 약점을 드러내는 게 꼭 좋을 수만은 없다는 사실입니다. 가능한 자신을 지지해줄 수 있는 사람 앞에서만 약점을 드러내야 할 필요가 있습니다.

자신의 약점은 누구에게나 있을 수 있는 인간적인 약점입니다. 아무리 생각해도 그렇지 않다면 보편적인 약점을 치명적인 약점으로 키워왔던 당신의 책임입니다. 그러니 용기를 내어 약점을 인정하세요. 인정하고 받아들이면 편해집니다. 인정하면 필요 이상으로 남을 신경 쓰지 않아도 됩니다. 약점을 인정하고 받아들이면 약점은 머리카락 잘린 삼손처럼 힘을 잃어가게 되어 있습니다.

왜 항상 특별해야 한다고
생각합니까

흔히 부모의 사랑은 무조건적이라고 합니다. 하지만 세상의 어느 부모도 무조건적으로만 자식을 사랑하는 부모는 없습니다. 전적으로 무조건적인 사랑이란 인간과 인간 사이에서는 존재할 수 없습니다. 인간이기에 우리는 보이는 혹은 보이지 않는 조건과 기대를 안고 사랑을 주고받기 마련입니다. 물론 부모의 사랑은 남녀 사이의 사랑에 비해 무조건적입니다. 하지만 이 역시 상대적입니다. 무조건적 사랑과 조건적 사랑이 공존한다고 하는 편이 더 정확한 표현입니다.

'공부를 잘한다면'
'부모 말을 잘 듣는다면'
'형제들과 사이좋게 지낸다면'

'방을 잘 치운다면'

'성가시게 하지 않고 혼자 잘 논다면'

이렇듯 아이에 대한 부모의 사랑에도 조건과 단서가 따라다니기 쉽습니다. 그럼에도 부모들은 기본적으로 무조건적인 사랑을 줄 수 있어야 합니다. 하지만 자기 문제로 버거워하는 부모는 자녀가 마땅히 받아야 할 사랑과 관심을 제때 줄 수가 없습니다. 문제에 골몰해 있거나 허덕이고 있기 때문입니다. 이들은 자신의 요구에 따라 조건적 사랑을 베푸는 데 익숙합니다. 그렇기에 무조건적 사랑을 원하는 아이의 기대는 끝없이 좌절됩니다. 그럴 경우 아이는 젖을 빨았는데 조금 나오다 말라버려 충분히 먹지 못한 것 같은 답답함과 무언가 채워지지 않는 부족함을 받게 됩니다.

정신분석학자인 마이클 발린트는 이를 '근원적 결함the basic fault'이라고 표현했습니다. 그에 따르면 아동기에 적절한 보살핌을 받지 못하면 아이들은 부모가 자신을 사랑하지 않으며, 자신이 부모에게 부적절한 존재라고 생각한다고 합니다. 이러한 느낌이 해소되지 못하면 다른 사람들과의 관계에서도 자신을 부적절한 존재로 여기기 쉽습니다. 자신에게 근원적 결함이 있기에 지금 모습으로는 결코 사랑받을 수 없다는 느낌을 갖고 살아가는 것입니다.

그러므로 이들은 다른 사람들이 원하는 모습이 되려고 노력하면서 '넌 좋은 사람이야. 너도 사랑스럽고 유능하고 가치 있는 사람이야'라는 말을 듣기를 끊임없이 기대합니다. 자기주도적인 삶이 아니라 철저하게 타인지향적인 삶을 살아가게 되는 것입니다. 다른 사람의 존재 자체에 관심이 있는 것이 아니라, 그 사람이 자신에게 관심을 쏟아주는 데에만 의지합니다.

이들은 현재의 모습으로는 사랑받을 수 없다는 것을 알기에 '이상적 자아상'을 만듭니다. 사랑과 관심을 받기 위해 지나치게 착한 사람, 책임감이 투철한 사람, 어른스러운 사람, 똑똑한 사람, 섹시한 사람, 웃기는 사람이 되려고 애씁니다. 얼핏 보면 좋은 모습이지만 '늘 똑똑하고 뭐든지 잘 아는 사람'처럼 그 기준이 지나치게 엄격하고 비현실적입니다. 문제는 그런 모습이 자연스러운 발달을 통해 얻은 것이 아니라 그렇게 보이려고 부단하게 노력해 이뤄낸 모습이라는 사실입니다. 그 노력이 좋은 결과로 이어지지 못한다면 어느 순간부터는 약한 사람, 슬픈 사람, 문제를 일으키는 사람이 되어 부정적인 관심이라도 받으려고 애쓰게 될 수도 있습니다. 자신이 만든 이상적 자아상에 짓눌려 자기비난의 사슬에 갇히는 겁니다. 문제는 이 '이상적 자아상'이 자신이 실제로 원하는 자아의 모습과 다를 수 있다는 사실입니다.

앞 장에서 던진 질문처럼 자신이 되고 싶은 자신의 모습에 대해 다시 한 번 생각해보세요. 예를 들어 '나는 처음 만나는 사람과도 자연스럽게 이야기를 나누고 쉽게 친해지는 사람이고 싶다'는 이상적 자아상을 갖고 있다고 합시다. 그렇다면 이제 아래와 같은 다른 질문들을 던져보세요.

'나는 왜 그런 사람이 되어야만 하는가?'

'내가 되고자 하는 기준은 정말 나라는 사람에게 적합한가?'

'내가 만일 지금과는 다른 환경에서 태어났다면 나는 어떤 기준을 가지고 살아갔을 것인가?'

'내가 꼭 그런 사람이 되어야만 사랑받을 수 있거나 인정받을 수 있는 걸까?

내가 가지고 있는 이상적 자아상은 태어날 때부터 가지고 태어난 것이 아니라, 태어난 후에 갖게 된 것입니다. 특별한 자기, 완벽한 자기를 추구하는 것은 존재 자체로 사랑받는다는 느낌을 받지 못했기 때문입니다. 아이러니하게도 비범함과 완벽함에 대한 욕구는 오히려 우리를 사랑에서 멀어지게 만듭니다. 사랑이란 상대가 완벽하거나 비범하기 때문에 느끼는 감정이 아니라 오히려 부족하거나 평범하지만 자신에게는 특별하게 느껴지는 인간적인 감정이기 때문입니다. 지금의 나를 부정하고 특별한 내가 되어야 한다는 생각, 그것은 건강한 자기발전의 욕구가 아니라 당신이 유년기의 결핍이나 상처에서 벗어나지 못했다는 신경증적 징표임을 기억하세요.

특정 역할과 '나'를
혼동하지 않습니다

'방귀를 튼 사이'라는 말이 있습니다. 방귀를 뀌고도 무안함을 느끼지 않을 정도로 가까운 사이를 일컫는 말이지요. 그만큼 편안함을 느끼는 상대를 의미합니다. 그런 사람과 함께 있으면 우리는 가식 없이 존재할 수 있습니다. 굳이 잘 보이려고 노력을 할 이유도, 감추려고 할 필요도 없습니다.

사실 우리의 인격이란 것은 매우 복합적입니다. 회사에서 보이는 모습과 가정에서 보이는 모습이 얼마든지 다를 수 있습니다. 회사에서는 조용하고 소극적인 사람이지만, 친한 친구들끼리 갖는 모임에서는 좌중을 압도하는 인물일 수 있습니다. 술이 한 잔 들어가면 평소에 보이지 않는 모습이 드러나는 것도 심리적 억제가 풀리기 때문입니다. 사람들은 안전하고 수용되어지는 분위기에서 진짜 자신의 모습을 드러납니다. 그러므로 우리에게는 자신의 진짜 모습을 드러낼 만큼 편한 모임이나 관계가 필요합니다. 그 시간 동안에 우리는 참자기를 꺼내 보이고 마주할 수 있습니다.

참자기와 거짓자기

정신분석학자인 도널드 위니코트에 따르면 자기에도 '참자기true self'와 '거짓자기false self'가 있다고 합니다. 참자기는 정신 기능의 핵심을 이루는 본연의 자기를 일컫습니다. 참자기는 사랑과 인정을 바탕으로 한 충분한 보살핌이 제공되면 드러나게 되어 있는 진정한 모습이지요. 그에 비해 거짓자기는 적절한 보살핌을 받지 못하는 환경 속에서 강요당했거나, 혹은 아이가 살아남기 위해 만들어온 위장된 자기를 뜻합니다.

거짓자기가 꼭 나쁜 것은 아닙니다. 거짓자기는 생존본능의 산물인데 환경에 적응하기 위해서는 꼭 필요합니다. 거짓자기는 아이가 자신에게는 절대적인 존재인 부모에게 거절당하지 않고 사랑받기 위해서 필요합니다. 참자기를 보호하기 위한 방패 역할도 합니다. 문제는 거짓자기가 지나치게 발달하거나 참자기가 계속 외면당했을 때입니다.

위니코트는 이런 상태를 가리켜 '거짓자기 장애false self disorder'라고 불렀습니다. 거짓자기 장애는 단지 거짓자기가 있어서 문제라기보다는 거짓자기의 지배 아래 참자기가 너무 발달하지 못해 개별성의 장애를 보이기 때문에 문제가 됩니다. 거짓자기의 역할이 참자기를 보호하는 일임에도 불구하고 오히려 거짓자기가 참자기처럼 행동하는 상황이지요. 거짓자기 장애를 겪게 되면 참자기를 보호하기 위해 만들어진 외부인격이나 특정 역할을 진짜 자신의 인격으로 착각합니다.

그러므로 거짓자기 장애를 겪는 사람들은 '나'라는 감각을 잘 알지 못합니다. 아이는 커가면서 '○○의 자녀'라는 역할에서 벗어나 차츰 '나'라는 감각을 익히고 정신적으로 독립해야 합니다. 그러나 거짓자기가 참자기 행세를 하면서 당연히 겪어야 할 사춘기의 방황과 갈등도 건너뛰게 됩니다. 그리고 안타깝게도 나이가 들어 뒤늦게 정체성의 혼란을 겪습니다. 얼핏 보면 안정된 삶을 살아가는 것처럼 보이지만 심리적으로 어른이 되지 못한 사람들입니다. 이들은 자기 내면의 진정한 욕망을 알아차리거나 표현하는 것에 어려움을 느낍니다. 그리고 인생을 자신의 뜻과 힘으로 살아갈 수 없기에 나이가 들어감에 따라 삶이 위축되기 쉽습니다. 타인의 평가와 비난, 관심과 인정에 신경 쓰느라 자아가 발달하지 못했기 때문입니다.

역할은 끊임없이 변화합니다

자기 안에 중심이 없다면 아무리 좋은 조건을 가지고 있거나 역할을 탁월하게 수행해도 꼭 좋은 것만은 아닙니다. 오히려 조건이나 역할에 지나치게 동일시됩니다. 조건이나 역할에 지나친 동일시를 하는 사람은 조건이나 역할수행에 변화가 생기면 큰 스트레스를 겪습니다.

이를테면 교수라는 역할이 그 사람의 삶에서 절대적인 비중을 차지하고 있는 사람이 있다고 합시다. 그 사람은 연구실적이나 학생들의 강의평가 같은 외부 기준에 따라 자신의 가치가 크게 달라질 수밖에 없습니다. 역할과 자신을 동일시하는 사람일수록 성적이나 성과가 오르면 그에 따라 자신의 가치감과 자존감도 올라가지만, 성적이나 성과가 떨어지면 그만큼 자신을 가치 없고 쓸모없는 사람으로 여기기 쉽습니다. 상대도 자신을 그렇게 대할 것 같은 두려움에 빠집니다. 반대로 성적이나 성과가 떨어져서 심적으로 괴롭기는 하지만, 스스로에 대한 자존감과 가치감은 잘 유지되는 사람들이 있습니다. 이들은 상대적으로 특정 역할과 자신의 존재가치를 지나치게 동일시하지 않는 사람들입니다.

그런데 과연 중요하다고 생각되는 특정한 역할이 당신을 평생 따라다닐까요? 그 역할에 대한 외부의 평가가 당신의 생각만큼 오랫동안 중요할까요? 10년 전 당신이 잘한 일이나 못한 일을 다른 사람들이 지금은 얼마나 기억하고 있을까요? 그때는 정말 죽을 만큼 힘들었던 일이었지만 지금은 자신조차 기억 못하고 있는 일들이 많지는 않은지요.

당신이 현재 맡고 있는 역할을 떠올려보세요. 예를 들어 당신이 아이 둘을 둔 30대 후반의 마케팅 팀장이라고 합시다. 그렇다면 당신은 자녀로서의 역할, 배우자로서의 역할, 부모로서의 역할, 형이나 동생으로서의 역할, 마케팅 팀장으로서의 역할, 동료로서의 역할, 친구로서의 역할 등 하루에도 수없이 많은 역할을 해야 할 것입니다. 그런데

이 역할은 고정되어 있는 것일까요? 그렇지 않습니다. 부모님이 돌아가시면 자녀로서의 역할은 사라집니다. 회사나 부서가 바뀌면 마케팅 팀장으로서의 역할도 사라지지요.

생각을 더욱 확장해봅시다. 그 역할이 사라진다고 당신이 없어지나요? 결코 그렇지 않습니다. 그 역할이 곧 당신은 아닙니다. 살면서 역할은 계속 바뀝니다. 어떤 역할들은 사라지고, 또 다른 역할들이 인생에 등장합니다. 그중에 어떤 역할은 잘 해낼 수 있지만, 어떤 역할은 상대적으로 못할 수 있습니다. 모든 역할을 다 잘할 수 있는 사람은 세상에 없습니다. 친구들 일이라면 두 팔 걷어붙이고 돕는 사람이 아버지로서의 역할은 잘 못할 수 있습니다. 프로그램을 개발하는 기술자로서는 뛰어날 수 있지만, 직원을 통솔하는 관리자 역할은 어려워할 수 있습니다.

특정 역할과 자신을 지나치게 동일시하거나 혹은 모든 역할에서 완벽을 기하려는 사람들은 자기 가치감이 흔들리기 쉽습니다. 존재의 가치감과 역할에서의 가치감을 구분하지 못하는 사람들이지요. 역할수행과 상관없이 존재 자체가 가치 있다고 여기는 마음이 없는 사람들입니다. 이들에게는 '그럴 수도 있지'라는 마음이 허용되지 않습니다. 역할수행의 오류를 존재 자체의 오류로 받아들입니다. 더욱 안타까운 것은 역할수행의 오류로 인한 고통 위에 스스로 무가치하다고 느끼는 추가적인 고통을 얹는 것입니다. 설상가상이니 다시 일어서기가 쉽지 않습니다.

자기 안의 중심을 바로 세워야 합니다

우리는 유연한 정체성을 가져야 합니다. 특정 역할에 지나치게 동일시되어 있지 않는 삶, 삶의 여러 역할 속에서 자신을 바라볼 줄 아는 태도가 필요합니다. 물론 부족함이 느껴지는 역할은 좀 더 잘하려고 노력하는 자세가 필요합니다. 실제로 그렇게 노력하다보면 어느 정도 능력이 신장되기도 합니다. 그러나 끝내 못하는 일이 있더라도 자신을 무가치하게 여길 필요는 없습니다. 단지 당신이 그 역할과 잘 맞지 않을 뿐이니까요.

심리학자 퍼트리샤 린빌은 이러한 유연한 정체성을 가리켜 '자아복합성self-complexity'이라는 말로 표현했습니다. 자신의 다양한 역할을 생각하고 여러 가지 자기 이미지를 갖는 것은 정신건강을 위해 매우 중요합니다. 마치 '달걀을 한 바구니에 담지 마라'는 투자격언과도 일맥상통합니다. 자기에 대한 이미지가 여러 개일수록 그 사람이 어떤 일에 성공하거나 실패하더라도 그에 따라 행복이 좌우될 가능성이 적어집니다. 자아복합성의 역할은 실패나 좌절에 대한 손상을 약화시켜주는 것에만 머무르지 않습니다. 더 나아가 우리들의 삶에 다양성을 부여하고 새로운 경험으로 우리를 안내해줍니다.

사실 지난 시대에는 단일하고 견고한 정체성을 가진 사람들이 각광을 받았던 게 사실입니다. 하지만 지금은 시대가 달라졌습니다. 21세기는 복합적이고 유동적인 정체성을 가진 사람들이 주목을 받는 시대입니다. 인간 수명 100세 시대를 내다보는 요즘, 우리는 생애 평균 3개 이상의 직업을 갖고 50년 동안 일하며 살아야 하는 시대를 눈앞에 두고 있습니다. 우리들의 삶은 보다 풍부해져야 합니다. 삶은 이제 'life'가 아니라 'lives'가 되었습니다. 살고 싶은 여러 가지 삶 중에서 하나를 고르고 나머지를 버리는 것이 아니라 마음먹기에 따라 순서를 정해 하나씩 도전할 수 있게 되었습니다.

그러므로 '나는 교수다'라는 협소하고 고정적인 정체성을 가지고 살 것이 아니라 '나는 아내의 남편이고, 두 아이의 아빠이고, 교수이고, 테니스 동호인이고, 신앙을 실천하는 종교인이고, 봉사활동을 하는 사람이고, 향후 10년 이내에 ○○ 관련 일을 하려고 하는 사람이다'와 같이 유동적이고 폭넓은 정체성을 가질 필요가 있습니다. 더 나아가 앞으로 자신이 하게 될 새로운 역할에 대한 미래 정체성을 함께 가지고 살아간다면 더욱 좋습니다.

그러나 한 가지 염두에 두어야 할 것이 있습니다. 여러 역할 정체성 속에서도 이를 통합할 수 있는 중심이 있어야 한다는 사실입니다. 그 중심은 바로 건강한 자존감입니다. 건강한 자존감은 그 무엇과도 견줄 수 없는 내적자산이며 삶을 성장으로 이어가는 원동력입니다.

건강한 자존감은 어떤 역할과 상관없이, 무엇을 이루었느냐와 관련 없이 나라는 사람 자체가 가치 있다고 느끼는 본질적인 가치감입니다. 그러므로 건강한 자존감은 특정 역할의 잘못이나 실패 앞에서 무너져 내리지 않게 하는 존재의 핵이 됩니다. 무언가 실수를 하거나 힘든 일을 겪었을 때 자신에게 화가 날 수도 있고 우울할 수도 있습니다. 그러나 건강한 자존감은 그러한 감정에 쉽게 침범당하지 않는 영역입니다. 명상 분야에서는 '진아眞我', 정신분석에서는 '핵심자기core self'라는 말로 표현되기도 합니다. 자존감 즉, 자기의 핵이 있으면 넘어져도 또 다시 일어날 수 있고, 상처를 입어도 다시 회복할 수 있습니다. 이러한 자기 안의 핵은 새롭게 만드는 것이라기보다 자기 안에 있었지만 미처 보지 못했던 부분을 발견하고 키워가는 것입니다.

나는
유일한 사람입니다

셀프 리더십 프로그램을 운영할 때 자기격려를 하는 시간이 있습니다. 이때 부정적인 자기대화를 중지하고 자신을 안아주고 격려하는 훈련을 합니다. 그 가운데에 '나는 나를 사랑해!'라는 격려문을 읽는 시간이 있습니다. 격려는 자문자답식으로 합니다. '나는 나를 사랑해. 왜냐하면?' 이렇게 묻고 그에 답하는 방식으로 진행합니다. 사람들은 '내가 왜 나를 사랑하지?' '왜 나를 사랑해야 하지?'라고 의식적으로 생각하며 대답해야 합니다. 참여하는 사람들 숫자만큼 그 대답도 각양각색입니다. 여러 가지 대답들이 있었지만 그중 한 여성이 이야기했던 대답이 가장 기억에 오래 남아 있습니다. 그녀의 대답은 '나는 나를 사랑해. 왜냐하면 나는 이 세상에서 하나밖에 없는 유일한 존재니까!'였습니다.

유일성은 자신을 있는 그대로 받아들일 때 얻어집니다

엄연한 사실이지만 우리가 종종 잊고 사는 것이 있습니다. 그중 하나가 '나는 세상에 하나밖에 없는 유일한 존재'라는 사실입니다. 우리는 각자 다른 모습으로 다른 속성을 지니고 세상에 태어났습니다. 그렇기 때문에 우리는 자신의 모습 그대로만 살아가면 그 자체로 유일한 존재가 될 수 있습니다. 결코 누군가와 대체될 수 없는 존재가 되는 것입니다. 굳이 차별점을 강조하지 않아도 됩니다. 유일한 존재가 되려고 애쓰지 않아도 됩니다. 굳이 남이 가지 않은 길을 가려고 아등바등할 필요도 없습니다. 남과 다르게 보이려고 필요 이상의 노력을 할 필요가 없습니다. 가장 중요한 것은 그저 나로서 살아가는 것이고, 내가 가고 싶은 길을 가는 것입니다. 그럴 때 비로소 당신은 유일해집니다.

사람들은 'only one'이 되라고 말하지만 '유일성uniqueness'은 유일해지려고 노력할 때 이루어지는 것이 아닙니다. 자기 자신으로서 살아가고 자신이 가지고 태어난 것을 잘 닦을 때 비로소 얻어지는 것입니다. 노력해서 되는 것이 있고, 노력할수록 멀어지는 것도 있다는 것을 기억해야 합니다.

행동이 자연스럽고 편안하게 있는 사람들을 관찰해보세요. 그들은 과연 자연스러워지려고 노력한 사람들일까요? 그렇지 않습니다. 오히려 자연스러워 보이려고 일부러 노력하는 사람들은 부자연스러워 보입니다. 유일성은 자연스러움과 같이 노력한다고 해서 얻어지는 것이 아닙니다. 자신을 받아들일 때만이 이루어지는 것입니다. 미국 광고 카피라이터계의 대부라고 일컬어지는 헬 스테빈스는 차별성의 핵심을 이렇게 표현한 바 있습니다. "반짝여라, 번뜩여라, 그러나 무엇보다 진실하라!" 차별성의 핵심은 진정성에 있습니다.

신제품이 만들어지면 10개 중에 8개는 실패한다고 합니다. 그중에는 기존 제품과 다르지 않아서 실패한 경우도 있지만, 역으로 지나치게 다르기 때문에 실패한 경우도 많습니다. '차별화를 위한 차별화'가 된 셈이지요. 개인도 마찬가지가 아닐까 합니다. 우리는 다른 사람과 차별적인 존재가 되고 싶어 합니다. 하지만 다른 존재가 되려고 노력한다고 해서 꼭 차별적인 존재, 눈에 띄는 존재가 되는 것은 아닙니다. 세상에 존재하는 어느 누구도 똑같지 않습니다. 각자는 유일무이한 존재입니다. 우리가 우리 자신이 되면 그때 비로소 그 자체로 차별적인 존재가 됩니다.

특별함의 기초는 고유함에서 비롯됩니다. 자기다워질 때 우리는 자신의 유일성과 만나게 됩니다. 자신의 유일성을 존중하는 사람만이 다른 사람의 유일성을 존중할 수 있습니다. '끼리끼리' 문화에서는 집단과 다른 개인을 용인하지 못합니다. 자신의 유일성을 받아들이는 것이야말로 관용의 바탕입니다. 당신은 '한 사람(a people)'이 아니라 '유일한 사람(the people)'입니다. 자기다워질 때 당신은 존재 자체로 다른 사람에게 선물이 될 수 있습니다.

내 삶의 나이테를 바라보는 시간

자신이 유일한 존재임을 받아들이면 자신의 삶 역시 잘 받아들일 수 있습니다. 어느 책에서 보고 마음에 와 닿아 적어 두었는데 그만 출처를 기억하지 못한 글이 있습니다. 그 글을 옮겨 적어봅니다.

"나는 내가 나무 같다는 생각을 하곤 한다. 자신이 경험한 모든 것을 나이테의 특성으로 증명하는 나무처럼, 나 역시 경험의 혼합으로 태어났다는 생각이 들기 때문이다. 각각의 성장 단계와 재정립 단계, 그리고 인생 단계는 현재의 나를 창조하기 위해 특별하고 유일한 방식으로 긴밀하게 섞여왔다. 나는 내가 한 그 어떤 것도 후회하지 않는다. 다른 것을 했더라면 나는 다른 사람이 되어 있을 것이기 때문이다."

처음 글을 읽었을 때는 '내가 한 그 어떤 것도 후회하지 않는다'라는 대목 앞에서 불편함을 느꼈습니다. 오만함을 느꼈다고나 할까요. 하지만 다시 음미하며 읽어보니 전체적인 맥락이 파악되면서 고개가 끄덕여졌습니다. 특히 마지막 문장을 더해 읽으니 마음에 큰 울림이 생겼습니다. 우리 자신을 받아들인다는 것은 좋은 점만을 받아들이는 것이 아닙니다. 자신의 약점이나 문제까지도 다 받아들이는 태도를 의미합니다. 삶을 받아들이는 것도 마찬가지입니다. 좋은 경험만을 받아들이는 것이 아니라 오류와 부정적인 경험도 함께 받아들여야 합니다. 과거의 나를 있는 그대로 받아들이지 않고서, 어떻게 지금의 나를 있는 그대로 받아들일 수 있을까요.

나는 나이테 문양이 있는 가구를 보면 유심히 바라보는 습관이 있습니다. 나이테를 가만히 들여다보면 그 나무의 생애가 느껴집니다.

봄과 여름을 거치며 성장속도가 빨라져 색깔도 연하고 폭이 넓은 부분이 있는가 하면, 겨울을 거치는 동안 성장속도가 느려져 조직이 치밀하고 색깔이 진한 부분도 있습니다. 그뿐인가요. 군데군데 병충해 때문에 옹이가 박힌 부분도 있습니다. 옹이가 많든 적든, 성장속도가 어떠했든 힘든 시절을 거치면서도 성장을 멈추지 않은 나무의 인생을 바라보고 있노라면 존경의 마음이 듭니다. 더불어 그런 나무처럼 살고 싶은 마음이 생깁니다.

우리의 삶 역시 고유의 나이테가 만들어지고 있는 과정입니다. 어느 한 사람 타고난 지문이 같지 않은 것처럼 우리 모두는 삶의 나이테가 다릅니다. 삶의 나이테에도 나무의 옹이처럼 상처받은 자국이 군데군데 박혀 있을 겁니다. 지금까지의 모든 경험이 모여 지금의 나를 이룹니다. 그중에는 성장하지 못하고 정체되어 있는 검은 부분도 있습니다. 나 역시 예전에는 그런 옹이나 검은 부분을 지워버리고 싶었습니다. '왜 그것밖에 하지 못했을까? 왜 그런 일을 겪어야 했을까?'라는 후회와 원망이 컸기에 받아들일 수 없었습니다. 하지만 지금은 그것이 나의 한계이고 나는 그 상황에서 그렇게 할 수밖에 없었다는 것을 인정합니다. 그리고 오히려 그러한 경험으로부터 알게 모르게 얻은 것이 있음을 깨달았습니다. 그 시간이 없었다면 지금의 나는 존재하지 않았을 거라는 사실을 받아들이자 마음이 한결 편해지고 나를 좀 더 따뜻하게 대할 수 있게 되었습니다.

좋은 경험들과 아울러 방황하고 침잠했던 시간들, 좌절과 상처로 인해 주저앉았던 시간들, 나 자신을 내가 괴롭혔던 시간들, 그 모든 시간들이 긴밀히 섞여서 지금의 나를 만들었습니다. 나는 가끔 지난 날을 떠올리며 탁자를 쓰다듬듯 내 삶의 나이테를 쓰다듬습니다. 그리고 옹이진 부분에 손이 닿으면 더 오래 쓰다듬으며 이렇게 이야기합니다.

그 시간들이 있었기에 지금의 내가 있을 수 있었지.
힘들었는데 잘 버텨주어 정말 고마워.

자기사랑의 핵심은
자기수용입니다

우리는 흔히 자신을 챙기고 보살피는 것을 이기적인 것이라고 생각합니다. 누군가를 도와주는 것은 당연하지만, 그 대상이 자신이라면 괜히 불편함을 느낍니다. 하지만 자신을 잘 보살피는 것은 자기사랑의 핵심입니다. 남들에게 베푸는 친절을 자신에게 먼저 베풀줄 알아야 합니다. 자신을 스스로 보살필 줄 아는 사람! 그 사람이야말로 정신적으로 성숙한 어른이라고 할 수 있습니다.

자신은 함부로 대하면서 다른 누군가를 헌신적으로 보살피는 것은 진정한 이타심이 아닙니다. 애정을 갈구하는 마음이 반대로 표현된 것이기에 이들은 어떤 식으로든 보상을 바랄 수밖에 없습니다. 그러므로 우리는 자신을 사랑하는 것과 이기적인 것을 구분할 수 있어야 합니다. 자신을 사랑하는 것은 아주 건강한 것이니까요.

자기사랑의 핵심은 받아들임과 따뜻한 관심입니다

동양적 사고에서 보면 무엇이건 부족해도 문제이지만 넘쳐도 문제입니다. 그렇기에 동양철학에서는 중용의 도를 중요하게 여깁니다. 하지만 나는 '사랑'만은 넘쳐도 문제되지 않는다고 생각합니다. 누군가는 사랑을 너무 많이 받아서 문제가 생긴 사람도 있다고 할 수 있습니다. 사랑을 너무 많이 받아서 버릇이 없다거나 세상 힘든 것을 잘 모르는 사람도 있지 않느냐고 반문할 수도 있습니다. 나는 그렇다면 그것은 사랑이 아니었다고 생각합니다. 오히려 집착이나 소유욕이라 불러야 할 것입니다. 진정한 사랑은 지나침이 없습니다.

서로에게 진심 어린 관심을 가지고 서로를 내보이며 상대를 그대로 받아주는 것이야말로 사랑의 핵심입니다. 어떤 조건이 되어야만 인정하고 사랑해줄 수 있다고 생각하는 것이야말로 사랑의 본질에서 가장 벗어난 모습입니다. 그 사람이 나를 어떻게 생각하느냐에 대한 관심이 아니라 그 사람 '자체'에 관심을 가지는 것이 사랑의 핵심입니다. 나는 '존재의 성장에 대한 적극적 관심과 노력'이 사랑의 본질이라고 말한 에리히 프롬의 정의를 좋아합니다. 그 정의야말로 '사랑과 사랑 아닌 것'을 구분해주는 실천적 기준이 되기 때문입니다. 정신의학자인 에리히 프롬은 그의 저서 『사랑의 기술』에서 이렇게 이야기합니다.

"꽃을 사랑한다고 말하면서도 꽃에 물을 주는 것을 잊어버린 여자를 본다면, 우리는 그녀가 꽃을 사랑한다고 믿지 않을 것이다. 사랑은 사랑하고 있는 자의 생명과 성장에 대한 우리들의 적극적 관심인 것이다.

무엇인가를 위해서 일하고, 무엇인가를 키우는 것이 사랑의 본질이며 사랑과 노동은 불가분의 것이다. 사람은 자신의 노동의 대상을 사랑하고 자신이 사랑하는 것을 위해 일하기 마련이다."

자기에 대한 사랑 역시 마찬가지입니다. 자신에게 물을 주고 양분을 주고 있다면 그것은 자신을 사랑하는 것입니다. 그러나 어떤 사람이 자신을 사랑한다면서 볕을 쐬어주지 않거나 물을 주지 않는다거나 혹은 스스로를 상하게 할 만큼 농약을 뿌리고 있다면 어찌 그것을 사랑이라 할 수 있겠습니까.

그런데 우리 주변에는 그런 사람들이 많습니다. 스스로를 혹독하게 대하고 가차 없이 비난하면서 자신을 사랑하기 때문이라고 이야기합니다. '나를 진정 사랑하기 때문에 스스로를 혼낼 수 있는 겁니다'라고 항변합니다. 이들은 지나치게 엄격한 부모 밑에서 자란 경우가 많습니다. 사랑하기 때문에 야단을 치고 사랑하기 때문에 때린다는 부모 밑에서 성장해 그것이 사랑의 핵심적 표현이라고 믿는 사람들입니다. 그러나 사랑의 핵심은 따뜻한 관심과 받아들임입니다. 자기에 대한 사랑 역시 다르지 않습니다.

건강하지 못한 자기애는 자기수용과 보살핌으로 이어지지 못합니다. 병적인 나르시시즘은 있는 그대로의 자기를 사랑하는 것이 아니라 이상적 자기를 사랑할 뿐입니다. 병적인 나르시시즘을 가지고 있는 사람은 조건적인 사랑밖에 할 줄 모릅니다. 자신을 사랑하는 것은 자신을 부정하고 싸워서 얻어지는 것이 아닙니다. 자신의 전체성과 유일성에 대한 자각을 통해 있는 그대로의 자신을 받아들일 때 비로소 자신을 사랑한다고 이야기할 수 있습니다.

내 안의 상처를 받아들입니다

자신을 받아들이려면 일단 자신과 화해하는 과정이 필요합니다. 마음에 드는 부분을 좋아하는 것은 누구나 할 수 있는 일입니다. 하지만 진정한 자기수용은 자신이 못났다고 생각하는 부분이나 자신의 상처를 끌어안는 것에서 시작합니다. 비록 보기 싫은 면들일지라도 자기 안에 머물도록 허락하는 것입니다. 어떤 문제가 있다고 해서 자신의 존재를 함부로 대하면 안 됩니다. 상처와 화해하지 않으면 우리는 상처로 인해 자신 혹은 타인에게 계속 상처를 입히게 됩니다.

자신의 몸을 살펴보세요. 크고 작은 여러 개의 흉터가 있을 것입니다. 그 상처들이 부끄러운가요? 특별한 이유가 없는 한 부끄럽지는 않을 것입니다. 이제 그 상처들이 왜 생겼는지 떠올려보세요. 대개는 넘어져서, 무언가에 베여서, 부딪혀서 생긴 상처들입니다. 몸에 난 그 상처를 용납하지 못하나요? 그렇지는 않을 겁니다. 어린 시절 성장하는 과정에서 상처를 입었던 것이라고 생각하지 않나요?

흉터는 삶의 흔적이고 성장의 기록입니다. 만일 지금 몸에 상처가 났다고 합시다. 칼에 베여 피가 흐릅니다. 어떻게든 상처를 소독하고 치료하려 할 것입니다. 상처가 더 커지지 않고 잘 아물도록 약도 발라주고 반창고도 붙여주겠지요. 그런데 우리는 우리 마음에 난 상처에 대해서는 어떻습니까? 무관심하게 방치하거나, 더욱 아프게 만들고 있지는 않은가요?

우리 모두에게는 여전히 아물지 않은 상처가 있기 마련입니다. 나이든 어른들 앞에서는 위축된다거나, 거절을 잘 못한다거나, 사랑을 믿지 못해서 불안해한다거나, 작은 실패조차 두려워한다거나, 조금이라도 부당한 대우를 받으면 참지 못한다거나 하는 등등 극복되지 못한 생채기들이 있을 것입니다. 사실 이런 심리들은 원래부터 갖고 있던 것이라기보다 과거의 어떤 경험들로 인해 만들어진 마음의 상처들입니다. 그런데 우리는 마음의 상처를 치료하고 보살피기보다는 딱지를 자꾸 떼내어 상처를 더 크게 만들고 있지는 않은가요?

무엇을 받아들이기 힘들어 하는가

지금 '내가 그토록 받아들이기 힘든 것은 무엇인가?'라고 스스로에게 물어보세요. 무조건 싫다고만 생각하지 말고 무엇이 왜 그렇게 받아들이기 힘든지 떠올려보세요. 그리고 마음에 떠오른 그 이유가 타당한지 생각해보세요. 만일 그 까닭이 타당하다면 '다른 사람에게도 나와 같은 면이 있다면 이런 이유로 그를 받아들여서는 안 되는가?'라고 되물어보세요.

자신을 받아들이는 것은 어떤 단점이나 결함이 있더라도 그것들이 자신을 이루고 있음을 솔직하게 인정하는 것입니다. 마음에 들지 않더라도 지금 이 순간 이것이 사실임을 인정하는 것입니다. 현실을 인정하고 자신을 수용하는 과정의 처음은 누구나 고통스럽습니다. 부족함을 인정하고 노출시키는 순간, 자신의 정체성과 인간관계가 무너질지 모른다는 두려움이 들 수도 있습니다. 하지만 오히려 시간이 지날수록 마음은 한결 편해질 것입니다.

정신이 건강한 사람일수록 자신을 잘 받아들입니다. 그 사람이 대단하거나 잘나서가 아닙니다. 자신의 약점과 실패, 장점과 잠재력, 비현실적인 욕구와 파괴적인 충동 등 존재의 모든 양상들을 받아들일 줄 아는 사람은 부분을 절대화하지 않습니다. 좋은 것은 좋은 대로 부족한 부분은 부족한 대로 통합적으로 바라봅니다.

자신을 수용할 줄 아는 사람은 지나치게 부끄러워하거나 방종하지 않으면서 자신의 성적충동을 받아들일 수 있고, 누군가에게 공격을 가하고 싶은 충동을 느끼는 것을 있을 수 없는 일이라고 생각하지 않습니다. 다만, 그렇게 느낄 만큼 화가 치밀어올랐다고 받아들일 뿐입니다. 건강한 사람은 충동에 압도되어 행동화하지 않습니다. 감정의 포로가 되지 않으며 감정을 부정하지도 않습니다. 자신의 약점을 알고 인정하지만, 그 약점 때문에 자신의 강점까지 부정하고 포기한 채 살지 않습니다. 그렇기에 건강한 사람들은 뜻대로 되지 않는 일에 대해서도 받아들일 줄 압니다. 뜻대로 되지 않는 것 때문에 자신이 가치 없다고 느끼지 않습니다. 왜 이루어지지 않았는지를 살펴본 후, 할 수 있는 것이라면 다시 준비해 도전합니다.

또한 진정한 자기수용은 존중과 함께 움직인다는 것을 기억하세요. 상대를 사랑한다면 상대의 있는 그대로의 모습을 존중해주는 것처럼 자기수용은 자기존중과 쌍을 이룹니다. 현재의 자신을 잠재가능성을 지닌 하나의 인격체로서 받아들이고 존중하세요. 자신의 문제와 단점을 비난하지 않고 받아들이면 우리는 변화와 성장에 보다 많은 힘을 집중할 수 있습니다.

내가 나를 받아들이는 순간, 남의 인정을 받기 위해 불필요하게 매달리거나 자신을 꾸밀 필요가 없어집니다. 관계를 관계로 접근할 뿐 자기인정의 수단으로 활용하지 않게 됩니다. 실수를 하더라도, 부족한 부분이 드러나도, 고난에 부딪혀도 억지로 감추려 들거나 도망치지 않게 됩니다. 타인의 평가를 필요 이상으로 의식하지 않기 때문입니다. 자신이 더 이상 남들에게 똑똑하게 보이지 못할 것이라는 두려움, 강인하거나 뛰어난 사람으로 인정받지 못할 것이라는 불안감이야말로 온전한 힘이 발휘되는 것을 방해하고 우리를 더 깊은 구렁텅이로 밀어넣습니다.

자신을 받아들이는 사람은 삶이 뜻대로 되지 않는 경우에도 결국 자신의 성장과 배움에 도움이 되는 방향으로 이를 받아들이고 다시 시작할 수 있습니다. 자신을 받아들일 때 자기 내면의 감추어진 힘과 능력을 만날 수 있는 문이 열리기 때문입니다. 자, 이제 자신 안으로 걸어 들어가보세요. 내면의 가능성은 더 많은 걸음으로 당신 앞에 마중 나올 것입니다.

자신의 실수들과 약점들 그리고 욕정들과 화해를 하고

그것들을 친절하게 대해주고

그것들에게 호통을 치고 억압하는 대신에

모든 것이 있어도 된다고 허용하는 것은

아마 죽을 때까지 배우는 과정일 것이다.

안셀름 그륀, 『자기 자신 잘 대하기』 중에서

삶의 불공평한
공평함을 인정합니다

당신은 자신의 얼굴이나 신체조건이 마음에 드나요? 타고난 기질, 부모님, 집안은 어떤가요? 인생이 선택의 연속이라고는 하지만 정작 인생은 선택한 것이 아닌 주어진 것으로 가득 채워져 있습니다. 문제는 그 조건들이 마음에 들지 않는 것투성이라는 사실입니다. 만일 삶의 시작부터 원하는 것을 골라서 태어날 수 있었다면 과연 지금의 조건들을 골랐을지 의문도 듭니다.

더 괴로운 것은 내가 갖고 있는 것은 온통 안 좋은 것뿐인데, 다른 사람들은 참 좋은 조건을 가지고 태어난 것만 같은 느낌입니다. 그럴 때면 삶은 참 불공평하다는 생각도 듭니다. 차라리 내가 선택한 것이라면 군소리 없이 받아들일 텐데 말입니다. 그러나 자신이 선택하지도 않은데다가 마음에 들지도 않는 수많은 조건들과 살아가는 것이 바로 우리네 인생입니다. 그런데 인생에는 놀라운 역설이 있다는 사실을 알고 계시나요? 이 불공평함에 인생의 놀라운 공평함이 있습니다.

자신이 선택하지 않은 것들과 살아가야 하는 것, 이 인생의 기본 조건은 어느 누구 하나 다르지 않습니다. 자신의 출발에 대해 스스로 선택할 수 있는 사람은 아무도 없다는 것! 이 법칙에 위배되는 사람은 그 누구도 없습니다. 모두 같은 조건입니다. 주위를 둘러보세요. 원하는 조건을 골라서 태어나는 사람이 과연 그 누가 있습니까?

우리는 삶의 시작 앞에 아무런 영향력을 미칠 수 없는 무력한 존재로 태어납니다. 언제, 어디서, 무엇을 가지고, 어떤 모습으로, 누구와 함께 삶을 시작할지에 대해 우리는 아무런 선택을 할 수 없습니다. 삶의 시작은 단지, 주어질 뿐입니다.

이것은 비단 사람만의 이야기가 아닙니다. 모든 생명의 시작은 다 똑같습니다. 나에게는 사십대 문턱에서 사업을 정리하고 숲으로 들어간 지인이 한 명 있습니다. 그는 지금 충남 괴산 인근의 산 속에 집을 짓고 '행복 숲'을 가꾸며 살아가고 있습니다. 그의 저서 『숲에게 길을 묻다』에는 숲을 만들면서 얻은 삶의 지혜가 알알이 박혀 있습니다. 이 책에는 '자연의 불공평한 공평함'에 대한 이야기가 나옵니다.

"분명한 것은 그들 모두가 주어진 자리를 받아들이는 것으로부터 삶을 시작한다는 점입니다. 산꼭대기 바위틈이 주어지면 그곳에서, 거목의 그늘과 뿌리를 견뎌야 하는 곳이라면 역시 그곳에서, 물웅덩이 옆의 거친 경사지가 주어지면 또한 그곳에서, 강가 자갈밭 위의 한줌 흙이 주어지면 마찬가지로 그곳에서 제 삶을 시작하고 완성해가는 것입니다. 모든 생명의 태어남은 바로 자신에게 주어진 자리를 알고 수용하는 것에서부터 시작됩니다. (중략) 모든 숲은 그렇게 이루어져왔습니다. 삶을 수용하지 않고 열 수 있는 하늘은 없고, 시작하지 않고 넘을 수 있는 벽은 없습니다."

그렇습니다. 모든 생명은 조건을 탓하며 주저앉지 않습니다. 자신의 처지를 비관하지도 않고 원망하지도 않습니다. 탄생의 순간에는 무력한 존재이지만 생명의 조건들을 '받아들임'으로써 있는 힘껏 살아갑니다. 어디에 씨앗이 뿌려지든 무슨 씨앗으로 태어났든 생명은 자신에게 주어진 모든 자원과 힘을 총동원해 뿌리를 내리고 줄기를 뻗어 올립니다. 그리고 꽃을 피우고 열매를 맺고 씨앗을 퍼뜨립니다. 경이롭습니다. 그것이 생명입니다. 탄생은 수동이지만 성장은 능동인 것이 생명의 본질이자 힘입니다. 삶의 조건을 받아들였기 때문에 가능한 일입니다.

그러나 의식적인 존재인 인간은 그 의식의 한계로 인해 능동적인 태도로 바뀌지 못하거나 오히려 어려움에 처하면 다시 수동적인 태도로 바뀔 때가 있습니다. 자신이 처한 조건을 받아들이지 못하고 타고난 조건을 원망하며 살아가는 것입니다. 다른 조건을 꿈꾸고 자기가 아닌 다른 사람이 되려고 애씁니다. 여기에서 인생의 비극이 시작하고 삶의 불행이 싹트는데도 말입니다.

인생에는 수많은 선택이 있습니다. 문과를 가느냐 이과를 가느냐,

어떤 전공을 택하느냐, 어떤 직업을 선택하느냐, 어떤 배우자를 만나느냐 등 중요한 선택들이 계속해서 줄을 잇습니다. 하지만 이러한 선택들보다 더 중요한 선택이 있습니다. 바로 '삶의 조건들을 받아들이느냐, 아니면 받아들이지 않느냐'는 선택입니다. 우리는 둘 중에서 하나의 태도를 골라야 합니다. 자, 당신은 선택을 했습니까? 만일 아직 하지 않았다면 어떤 선택을 하겠습니까?

사실(fact)만이 우리를
자유롭게 합니다

사람들에게 '받아들임'이 중요하다고 말하면 대부분 이 말을 소극적인 개념으로 생각하는 경우가 많습니다. 심지어는 체념이나 패배로 여기기도 합니다. 하지만 진정한 자기수용은 체념과는 다릅니다. '난 이것밖에 안 되는 사람이야'라는 마음은 자기수용이 아닙니다. 진정한 자기수용은 완전한 자기부정도 아니고 완전한 자기긍정도 아닙니다. '진실 되게, 있는 그대로' 받아들이는 것입니다.

만일 자신이 남들과 이야기할 때 얼굴이 쉽게 빨개지는 문제가 있다면 그에 대한 '해석'을 수용하는 것이 아니라 그 '사실'을 수용하는 것입니다. '얼굴이 쉽게 빨개지는 나는 못난 사람이야'라는 해석을 받아들이는 것이 아니라, '나는 잘 모르는 사람들을 만날 때 열에 한두 번은 볼이 빨개질 때가 있어'라는 사실을 받아들이는 것이 중요합니다. '남 앞에서 긴장하는 나는 바보야'라는 주관적 해석을 받아들이는 것은 자기수용이 아닙니다. 우리는 사실을 받아들여야 하는 것이지 자기비난이나 신경증적인 해석을 받아들여서는 안 됩니다.

어떤 사건이나 어떤 사람이 우리에게 일정 기간 고통을 줄 수는 있습니다. 하지만 외부적인 자극이 우리를 계속 고통에 빠뜨릴 수는 없습니다. 우리를 계속 힘들게 한다면 그것은 그 사실 때문이 아니라, 사실에 대한 판단과 해석 때문입니다. 사실은 언제나 자유를 줍니다. 자기부정에서 벗어나는 핵심도 여기에 있습니다. 자신을 필요 이상 긍정적으로 볼 필요도 없습니다. 오직 진실만 보면 될 뿐입니다.

그러므로 내면에서 자기비난이나 자기부정의 한 마디 한 마디가 울려나올 때마다 의심을 가져보세요. '넌 형편없어' '넌 패배자야' '넌 쓸모없어' '사람들은 다 너를 귀찮아하거나 싫어해' '너에게 친절을 베푸는 사람은 다 너를 이용하려는 사람들이야'라는 자기파괴적인 대화가 흘러나올 때마다 우리는 자신에게 분명히 물어야 합니다. '정말 그런가? 그것이 정말 진실인가?'라고 말입니다. 한 번이 아니라 그런 생각이 들 때마다 반복해서 물어봐야 합니다.

'내가 무언가를 실패한 것인가?'

'내가 인생의 실패자인 것인가?'

'정말 내가 할 수 있는 것이 아무것도 없는가?'

'아니면 할 수 있는 것도 있고 할 수 없는 것도 있는 것인가?'

'나에게 어떤 문제가 있는 것인가?

'나라는 존재 자체가 문제인가?'

'내가 정말 쓸모없는 사람인가? 아니면 어떤 점이 부족한 것인가?'

'사람들이 다 나를 싫어하는가?'

'나를 싫어하는 사람도 있고 그렇지 않은 사람도 있는가?'

라고 말입니다.

악명 높은 면박꾼의 살벌한 비난을 무찌르는
최선의 무기가 있다면 그게 과연 무엇일까요?
그건 말입니다, 바로 '진실'이에요.
면박꾼의 말이 들릴 때마다
'정말 그럴까? 그게 진실일까?'하면서
그자의 말 한 마디 한 마디를 의심해보는 거예요.

롤프 메르클레, 『자기를 믿지 못하는 병』 중에서

오늘부터 나를
받아들이기로 선택합니다

"지금 당신의 상황이나 조건이 아무것도 달라지지 않았는데도,
자신을 더 가치 있게 여기거나 자신을 더 사랑할 수 있을까요?"

나는 상담이나 심리훈련을 하면서 이 질문을 자주 던지곤 합니다.
여러분도 이 질문에 '예, 아니오' 둘 중 하나로 답을 해보세요. 어떤
대답을 고르겠습니까? 선택을 했다면 무슨 대답을 하였든지 간에 왜
그렇게 대답을 했는지 한 번 곰곰이 생각해보세요.

흔히 조건적인 자기사랑에 매여 있는 사람들일수록 즉, 지금의 자신
을 사랑하지 않는 사람들일수록 이 질문에 대해 부정적인 대답을 많
이 합니다. 좋은 학교를 나온다거나, 좋은 직장을 다녀야 하거나, 돈을
많이 벌어놓았거나, 친구가 많거나, 쾌활한 성격이거나, 마음이 따뜻

해야만 자신을 가치 있다고 생각합니다. 자신이 부족하다고 생각하는 어떤 조건을 충족해야만 자신을 사랑할 수 있다는 것이지요.

하지만 또 의외로 많은 사람들이 이 질문에 대해 '예'라고 대답합니다. 그 이유에는 여러 가지 대답들이 있습니다만 이를 한마디로 요약하면 '조건은 다르지 않더라도 조건에 대한 내 마음을 바꿀 수 있기 때문'이라고 할 수 있습니다. 그렇습니다. 조건이나 상황은 아무것도 달라지지 않지만 지금 내가 가진 것에 더 감사한 마음을 가지거나 자신을 좀 더 포용한다면 우리는 자신을 더 사랑할 수 있습니다.

단 2주만이라도 매일 세 가지씩 감사할 일을 찾아 기록해보세요. 부족한 것을 부러워하는 마음이 줄어들고 자신을 좀 더 받아들일 수 있게 됩니다. 단 2주만이라도 매일 거울에 비친 자신의 눈을 마주 보면서 애정과 수용의 눈길을 보내보세요. 자신을 안 좋게 보는 습관적인 태도에서 벗어나서 자신을 좀 더 사랑하고 가치 있게 여길 수 있을 것입니다. 우리가 자신을 함부로 대하는 것은 자신을 따뜻하게 돌보는 방법을 배우지 못했기 때문입니다. 늦었지만 이제라도 그렇게 노력해나가면 됩니다.

모두들 변화를 꿈꿉니다. 그런데 변화는 미래형이 아닙니다. 지금 변하지 않으면 앞으로도 변화하지 않기 때문입니다. 혹시 자신의 미래를 알고 싶나요? 아마 알고 싶지 않다고 대답할 사람은 별로 없을 것입니다. 미래에 대한 궁금증 때문인지 많은 사람들이 점을 보러 갑니다. 그러나 굳이 점집에 가지 않아도 미래를 알 수 있는 방법이 있습니다. 그것은 바로 오늘 하루를 보내고 있는 자신의 모습을 잘 관찰해보면 됩니다. 오늘 하루는 내가 곧 경험할 미래의 예고편인 셈입니다. 오늘이라는 시간은 미래의 축소판입니다. 우리는 오늘을 통해 내일을 볼 수 있습니다. 만일 오늘이라는 시간 안에 미래의 씨앗이 보이지 않는다면 미래는 오늘과 같거나 오늘보다 못할 수밖에 없습니다. 심어 놓은 씨앗이 없는데 어떻게 지금과는 다른 미래를 기대할 수 있겠습니까? 만일 그런 기대를 가지고 있다면 당신은 일확천금이나 요행수를 바라는 사람입니다. 오늘과 미래는 긴밀히 연결되어 있다는 것을 잊지 마세요.

자기사랑도 마찬가지입니다. 우리는 자기사랑을 계속 미룹니다. 내가 원하는 조건이 채워져야만 그때가 되어서야 나를 인정하고 사랑하려 합니다. 지금의 자신을 사랑하는 순간, 더 이상의 발전은 없고 제자리걸음만 할 것이라고 판단합니다. 하지만 그렇지 않습니다. 사람을 키우는 것은 비난이 아니라 사랑입니다. 지금의 자신을 사랑하는 것은 자신의 자원을 발휘할 가장 큰 원동력이 됩니다.

지금의 나를 사랑하지 않는 사람은 미래에도 자신을 사랑하지 않을 가능성이 큽니다. 심리학자 대니얼 네틀에 의하면 어떤 사람이 10년 내에 얼마나 행복해질지 알 수 있는 가장 정확한 근거는 '그 사람이 지금 얼마나 행복하다고 느끼는가?'에 달려 있다고 합니다. 자기사랑도 마찬가지입니다.

아직도 어떤 조건과 기준이 더 채워져야만 자신을 사랑할 수 있다고 생각하시나요? 그렇다면 곰곰이 그 조건과 기준을 생각해보세요. 그것은 당신이 비판과 성찰을 통해 정해 놓은 기준이 아니라, 주위 사람들과 사회로부터 주입된 관념들입니다. 그러므로 복잡할 것 없습니다. 진정한 자기사랑은 지금의 자신을 그저 허락하는 것입니다. 자꾸만 행복을 미루고 있는 당신이라면 지금 당장 자신을 사랑하겠다고 선택하길 바랍니다.

생활 속에서 실천하는 수용력 증진 훈련 1
나의 존재 받아들이기

1 나는 하늘이고, 문제는 구름이라고 생각합니다.

자신 안에 마음의 칸막이를 만들어 문제와 존재를 분리시켜 생각합니다. 문제와 존재를 동일시하지 않는 것입니다. 자신이 생각하는 문제는 구름으로 생각하고, 자신은 하늘이라고 연상해보세요. 구름은 시간이 지나면 비가 되어 사라지거나 바람이 불면 흩어져버립니다. 구름이 하늘을 뒤덮고 있다고 해서 구름이 하늘인 것은 아닙니다. 나에게 문제가 찾아온 것일 뿐, 나라는 사람 자체가 문제인 것은 아닙니다.

2 '그럼에도 불구하고' 나를 받아들이고 사랑한다고 말해봅니다.

자신의 존재를 받아들이기 위해 '나에게는 어떠어떠한 문제(약점)가 있다고 느끼지만 그럼에도 불구하고 나를 받아들이고 사랑합니다'라고 말로 표현해봅니다. 이때 자신이 느끼는 문제나 약점은 구체적이고 사실적으로 이야기해야 하는 것이 관건입니다. 축구를 못한다면 축구를 못한다고 해야지, 운동을 못한다고 일반화시켜서는 안 됩니다.

3 거울을 보면서 하루에 5초 자신과 '눈 맞춤'을 합니다.

거울을 보는 것은 자신의 외모와 옷매무새를 다듬는다는 의미도 있지만, 자신과 만날 수 있는 시간이기도 합니다. 우리는 자신을 사랑해야 한다는 말은 자주 하지만 이를 어떻게 실천해야 할지 잘 몰라 난감해합니다. 사실 자기사랑의 실천은 그리 복잡하지도, 어렵지도 않습니다. 우선 자신에게 따뜻한 눈길을 보내는 것부터 시작하는 것으로도 충분합니다. 매일 아침 거울을 보면서 5초 동안 자신을 보살피고 받아들이는 따뜻한 눈빛을 건넵니다. 따뜻한 표정을 짓는 것이 어색하다면 처음에는 그냥 거울 속의 자신을 물끄러미 쳐다보며 눈 맞춤하는 것만으로도 괜찮습니다.

4 받아들일 수 없다고 느끼는 자신의 조건을 살펴봅니다.

자신을 받아들이지 못하는 것은 당신의 사랑이 조건적이기 때문입니다. 어떤 특정 조건하에서만 자신을 사랑하려고 하기 때문입니다. 어떤 조건을 만족해야만 자신을 받아들일 수 있다고 생각하면 그 조건을 만족시킬 수 없을 때 자신은 가치가 없는 사람으로 되어버리고 맙니다. 그러므로 우리는 그 조건이 정말 자기사랑에 있어 중요한 조건인지 묻고 또 물어야 합니다. 왜 그 조건이 자신에게 중요하게 느껴지는지, 그런 우선순위는 어떻게 해서 만들어졌는지 구체적으로 살펴보고 목록화 하여 글로 써봅니다. 비판과 성찰을 거쳐서 얻은 생각이라면 이를 따라야 하겠지만, 사회나 주변 사람들로부터 알게 모르게 주입된 것이라면 그 조건에 상관없이 자신을 받아들이도록 노력해야 합니다.

감정을 바라보는 연습을 하세요.
그 감정을 그대로 받아들이세요.
자신을 받아들인다는 것은 다시 말해
자신의 마음을 받아들이는 것을 의미합니다.

아물지 않은 마음의 상처란
고통이 컸기 때문에 생겨난 것이 아니라,
고통을 경험하지 않으려 했거나
할 수 없었기 때문에 생겨난 것입니다.

2

태연한 척하지만
상처 많은 당신에게

—

내 마음 받아들이기

울고 싶을 때는
울어야 합니다

아무리 힘들어도 표를 내지 않는 사람들이 있습니다. 남들 힘든 이야기는 잘 들어주면서, 정작 자신이 힘들 때는 좀처럼 이야기하지 못하는 사람들도 있습니다. 이런 사람들은 힘들 때 힘들다고 이야기하는 것을 나약한 것이라고 생각합니다. 혹은 힘들다고 이야기를 하더라도 상황을 바꾸는 데 별 도움이 되지 않는다고 믿습니다. 이들은 공통적으로 아동기 시절, 자신이 힘들 때 진심으로 위로를 받아본 경험이 별로 없습니다.

상담했던 연주 씨도 그랬습니다. 네 딸 중 셋째였던 연주 씨는 어린 시절부터 울어도 부모로부터 위로받지 못한 경험이 많았습니다. 아이들이 울 때마다 연주 씨 어머니는 위협하듯 말했다고 합니다. "울지 마. 우는 건 딱 질색이야." "울면서 이야기하는 사람 말은 안 들을 거야."“울지 말고 이야기해!” 해외 근무가 잦았던 아버지 때문에 네 딸을 거의 혼자 키우셨던 연주 씨 어머니는 늘 삶이 버겁기만 했습니다. 그러다보니 자신의 말을 잘 따르고 조용한 딸만 드러내놓고 예뻐하게 되었습니다. 나를 편하게 해주는 딸이 제일 좋다는 엄마에게 어린 딸이 어떻게 힘들다고 말할 수 있었겠습니까. 그녀는 스스로 강해지는 수밖에 없었습니다. 연주 씨는 자라면서 흔들려서도 안 되고 강하게 살아가야만 한다는 강박감을 키워왔습니다. 힘들어도 힘든 내색을 안 했고, 사람들에게 마음을 주지 않고 그저 받은 만큼만 되돌려주었으며, 냉정하리만큼 이성적으로 행동했습니다. 애인 때문에 힘들어하는 친구들을 보면서 쉽게 이해할 수 없었습니다. 그러나 강해져야 한다는 마음만큼이나 누군가에게 깊이 의지하고픈 마음이 깊숙이 자리하고 있다는 것을 미처 몰랐습니다.

'쿨'함 뒤에 감추어진 억압된 감정

연주 씨처럼 힘든 일을 경험했거나 경험하고 있는데도 매우 담담해 보이는 사람들이 있습니다. 보통 그런 일을 겪었다면 감당이 잘 되지 않을 것 같은데도 별로 힘들어 보이지 않고 때로는 의연해 보이기까지 하는 사람들. 이들은 흔히 자신이 감정적으로 안정되어 있다고 여기거나 '쿨'하다고 생각합니다.

그러나 사실 감정이 안정된 것이 아니라 오히려 억압되어 있는 경우가 많습니다. 우리는 흔히 정서장애라고 하면 감정조절을 잘 못하고 감정이 과잉된 사람들을 떠올립니다. 하지만 자신의 정서를 잘 지각하지 못하거나 표현하지 못하는 감정결핍도 심각한 정서장애입니다. 오히려 감정과잉보다 위험합니다. 감정이 과잉된 사람들은 스스로 문제를 지각하고 고치려는 노력이라도 하지만, 감정이 결핍된 사람들은 문제조차 알아차리지 못하는 경우가 많기 때문입니다.

정신의학에서는 정식 병명으로 규정하고 있지는 않지만 이런 심각한 감정결핍을 '정서표현 불능증alexithymia'이라고 표현합니다. 이 단어를 풀이하면 라틴어로 'a(없음)' + 'lexi(단어)' + 'thymos(감정)'로 이루어져 있습니다. 다시 말해 '말을 할 때 감정을 지칭하는 단어가 없는 사람'을 뜻합니다. 이들은 비즈니스적인 관계뿐 아니라 가까운 인간관계에서조차 사실관계와 이성적인 대화를 중요시합니다. 느낌과 감정이 배제되어 있습니다. 스스로 '쿨하다'거나 '이성적'이라고 자신을 미화시킬지 모르지만 사실은 정서장애를 앓고 있는 셈입니다.

감정이 억압된 사람들은 실연처럼 힘든 일을 겪어도 별로 힘들어하지 않습니다. 더 심각한 문제는 부정적인 감정을 잘 느끼지 못하는 만큼 긍정적인 감정도 잘 느낄 수 없다는 사실입니다. 왜냐하면 감정의 통로는 하나이기 때문입니다. 부정적 감정을 느끼지 않기 위해 감정의 통로를 잠그게 되면 긍정적인 감정도 흘러나올 수 없습니다. 그러므로 이들은 누군가를 가슴 깊이 사랑할 수도, 삶의 진정한 기쁨을 누릴 수도 없으며 다른 사람을 위해 진심으로 울기도 어렵습니다. 한 번이라도 열정을 다해 삶을 살아본 적도 없습니다. 정말 슬픈 일입니다.

감정을 드러낼 때 비로소 치유가 시작됩니다

사람은 하루에 평균 네 번의 거짓말을 한다고 합니다. 1년이면 1,460번이지요. 그렇다면 그중에서 가장 많이 하는 거짓말은 무엇일 까요? 통계를 거친 것은 아니지만 '괜찮아'라는 말이 아닐까 싶습니 다. 우리는 너무 쉽게 습관적으로 괜찮다는 말을 합니다. 연주 씨도 '괜찮아'라는 말을 습관적으로 해왔습니다. 급격히 우울감을 느끼는 까닭의 바탕에는 남자친구와 헤어진 문제가 크게 자리하고 있는데도 이별은 별 문제가 아니라고 치부했습니다. 상담할 때도 그랬습니다. "남자친구를 생각하면 마음이 어떠세요?"라고 물어봐도 그녀는 "괜찮 은데요"라는 말만 되풀이했습니다. 다만 그가 자신을 왜 떠났는지 잘 이해가 안 간다며 당시의 상황이나 생각만 이야기할 뿐이었습니다. 잘 표현하지 못하는 문제도 있었지만, 잘 느끼지 못하는 것이 더 큰 문제였습니다.

연주 씨처럼 오랜 시간 동안 감정을 억압하고 회피하다보면 자신의 감정을 잘 알아차리지 못하게 됩니다. 마음이 압축팩처럼 납작하게 눌려 있고, 있는 감정마저도 분화가 잘 이루어지지 않습니다. 그렇기 때문에 어떤 경험에 대한 감정을 물어보면 늘 의견만 이야기하고 말 뿐이죠. 설사 감정을 이야기하더라도 배신감, 소외감, 상실감, 외로움 처럼 세분화시키지 못하고 그저 '기분이 안 좋다' '짜증난다' 정도에 그 칩니다. 유쾌한 감정 역시 마찬가지입니다. 그리고 이들은 자신의 감 정을 잘 지각하지 못하기 때문에 타인의 감정을 읽거나 이해하는 일 에도 어려움을 느낍니다. 자신의 감정조차 파악이 안 되는데 어떻게 타인의 감정을 읽을 수 있겠습니까.

　감정은 그 자체로 미숙한 것이 아닙니다. 감정을 드러내는 것 자체가 나약한 것은 아닙니다. 감정은 긍정적이든 부정적이든 삶의 연료입니다. 인간은 이성적 존재라고 이야기하지만 사실 감정적 존재에 더 가깝습니다. 이성과 감정이 부딪혔을 때 이성이 감정을 이기는 것은 어렵습니다. 한 번 감정적으로 틀어져버린 관계를 되돌린다는 것이 얼마나 힘든 일인지 경험해본 적이 있을 것입니다.

　그러므로 마음에서 감정을 배제하지 마세요. 인간에게서 감정을 빼면 사이보그가 아니고 무엇이겠습니까. 빠른 속도로 진화하는 휴머노이드 로봇처럼 정작 로봇은 끊임없이 인간을 닮아가려고 진화하고 있는데, 정작 현대의 인간들은 점점 감정을 잃어간 채 로봇이 되어가는 것 같습니다.

　감정을 오롯이 느끼고 경험해보세요. 그 감정을 그대로 받아들이세요. 자신을 받아들인다는 것은 다시 말해 자신의 마음을 받아들이는 것을 의미합니다. 아물지 않은 마음의 상처는 그저 고통이 컸기 때문에 생겨난 것이 아니라, 고통을 경험하지 않으려 했거나 할 수 없었기 때문에 생겨난 것입니다.

　그러므로 마음의 상처를 회복하려면 상처로 인한 감정을 제대로 경험하는 것이 가장 중요합니다. 이 과정에서 감추었던 눈물이 터져 나오는 것은 당연한 일이자 점점 좋아지고 있다는 신호입니다. 너무 많은 눈물을 쏟아낼 것 같더라도 걱정하지 말기를 바랍니다. 결코 멈추지 않는 눈물이란 없습니다. 상처의 눈물이 흐르면 상처의 고통도 함께 빠져나가기 마련입니다. 눈물은 치유와 회복의 신호입니다. 미국의 아동심리학자 솔터 알레타 박사의 연구는 울음의 효능을 뒷받침해줍니다. 그는 병원에 입원한 아동들의 정신건강과 울음의 상관관계를 분석해보았습니다. 연구결과에 의하면 입원 후 공포로 인해 실컷 우는 아이들의 질병 회복력이 훨씬 빨랐다고 합니다. 그는 오히려 아이들의 울음을 억제시키면 울고 싶은 상황에 대한 고통의 잔영이 오랫동안 남게 되어 성장한 후 감정 표현에 장애를 가져올 수도 있다고 이야기합니다. 즉, 울고 싶을 때 울어야 마음이 건강해질 수 있는 것입니다.

감정이란 구름과 같아 무한정 커지지 않습니다. 커지다가 어느 순간이 지나면 비가 되어 뿌려집니다. 비 온 뒤에 하늘은 다시 쾌청하게 갭니다. 지금 울고 싶습니까? 답답한 심정으로 가슴이 북받쳐오르나요? 그렇다면 기꺼이 울어도 좋습니다.

흔들리지 않으면
무너집니다

『용비어천가』를 보면 '뿌리 깊은 나무는 바람에 아니 흔들린다'는 유명한 구절이 있습니다. 이 말은 자칫 흔들리는 나무는 뿌리가 깊지 못하다는 의미로 해석되기 쉽습니다. 우리는 보통 흔들리는 것을 부정적인 의미로만 받아들입니다. 물론 틀린 말은 아닙니다. 그러나 나무의 뿌리는 어떻게 해서 깊어졌을지 생각해보세요. 처음부터 뿌리 깊은 나무가 과연 있을까요? 토질이 비옥하고 바람 없는 곳에서 자라는 나무는 도리어 뿌리가 깊지 않습니다.

바람이 불고 영양분이 부족할수록 나무는 그 뿌리를 더욱 깊이 내립니다. 흔들림이 있었기에 나무는 뿌리를 깊이 내릴 수 있었던 것입니다. 식물은 결코 풍요로운 환경에서는 뿌리를 깊이 내리지 않습니다. 온실이나 영양분이 풍부한 화분 속의 식물은 뿌리가 단단하지 않습니다. 사람이라고 다를 리 없습니다. 사람 또한 시련을 통해 깊어집니다. 흔들렸기 때문에 우리의 내면은 깊어질 수 있습니다.

고층 빌딩이 무너지지 않는 이유

경쟁이 치열해지다보니 우리는 점점 남들에게 약하게 보여서는 안 된다고 생각합니다. 나약하면 이용당하거나 공격당하기 쉽다고 느낍니다. 그래서 우리는 자꾸 강해 보이려고만 노력합니다. 감정을 내비치고 눈물을 보이는 것은 나약하고 위험한 것이라 여깁니다. 하지만 자신의 불완전하고 나약한 면을 인정하는 것이 과연 우리 존재를 약하게 만들까요? 가까운 누군가에게 힘들다고 고백하면 과연 상대는 부담감을 느끼고 관계는 끝내 멀어지고 마는 것일까요?

고층 빌딩을 지을 때는 강풍과 지진에 대비해야 합니다. 높은 건물이 무너지지 않게 만들어야 합니다. 그냥 생각하기에는 철근콘크리트를 많이 써서 건물을 단단하게 지을 것 같습니다. 아니면 건물을 땅에 깊이 고정시켜 흔들림이 없도록 할 것도 같습니다. 그러나 고층 건물을 지을 때는 일부러 건물이 다소 흔들리게 설계하거나, 진동의 반대방향으로 건물이 흔들릴 수 있도록 설계한다고 합니다. 흔들리지 않게 만드는 것이 아니라 오히려 흔들리게 함으로써 외부의 충격에 유연하게 대처하도록 만드는 것입니다.

나무가 강풍에도 부러지지 않는 것은 단지 뿌리가 깊어서만은 아닙니다. 바람과 함께 흔들릴 줄 아는 유연함이 있기 때문입니다. 이 원리는 우리 인생에도 똑같이 적용됩니다. 우리는 흔히 안정감을 '흔들림이 없는 상태'라고 착각합니다. 그래서 뿌리 깊은 나무처럼 어떤 시련에도 흔들리지 않는 존재가 되기를 갈망합니다. 하지만 이런 태도는 오히려 삶을 부러뜨립니다. 삶은 너무 많이 흔들려서 무너지기도 하지만, 반대로 너무 흔들리지 않으려 하기 때문에 어느 순간 뚝, 꺾일 때도 허다합니다.

이 세상 그 모든 꽃들은 흔들리면서 피었습니다

연주 씨와 상담하는 기간 중에 TV에서 인상적인 장면을 보았습니다. '인간 마네킹'으로 소개된 20대 청년이 출연한 프로그램이었습니다. 그는 이벤트 행사 등에 초대되어 마네킹처럼 가만히 서 있는 일을 하는 사람이었습니다. 사람들을 감쪽같이 속여야 하기에 20여 분 동안 눈 한 번 깜박거리지 않고 서 있어야 했습니다. 그런데 생각해보세요. 20여 분간 격렬하게 움직이는 것이 더 힘들까요? 아니면 아무런 움직임 없이 가만히 서 있는 것이 힘들까요? 움직임 없이 부동자세로 있어본 사람들은 움직이지 않는 것이 훨씬 힘든 일이라고 이야기합니다. 아무것도 하지 않고 수십 분간 가만히 있는 것이 오히려 더 많은 에너지를 소모시키기 때문입니다.

나는 연주 씨에게 그 청년 이야기를 해주었습니다. 그리고 늘 사람들 앞에서 흔들리지 않고 강하게 보이려고 하는 연주 씨의 모습과 그 청년의 모습이 오버랩 되었다고 이야기하였습니다. 그녀 역시 어찌보면 오랜 시간 동안 인간 마네킹 역할을 한 셈이니 말입니다. 그녀는 처음에 우울함과 불안정한 마음 때문에 상담실을 찾았습니다. 흔들림이 없는 삶을 살고 싶다고 했습니다. 하지만 상담이 진행되면서 그녀는 흔들림과 함께 하는 삶을 받아들이기로 마음먹었습니다. 진정한 삶의 안정이란 흔들림이 없는 상태가 아니라 흔들림 속에 균형을 잡아가는 것임을 깨달은 것입니다.

물론 모든 흔들림이 아름다울 수는 없습니다. 적절한 흔들림은 성장에 도움이 되지만 잦은 흔들림은 무너짐의 신호가 될 수도 있습니다. 우리에게 필요한 것은 삶을 무너뜨리지 않는 유연한 흔들림입니다. 그러므로 우리는 흔들릴수록 더 깊이 뿌리를 내리고, 땅속의 자양분을 빨아들여 다시 힘껏 일어서야만 합니다. 흔들리되 무너져서는 안 됩니다. 도종환 시인은 이 세상 그 모든 꽃들은 흔들리면서 피었다고 노래한 바 있습니다. 그렇습니다. 흔들림은 아름다운 것이고 인간적인 것입니다. 적절한 흔들림은 우리를 더욱 깊이 있는 삶으로 만들어준다는 사실을 잊지 마세요.

나쁜 행동은 있어도
나쁜 감정은 없습니다

감각이 몸의 느낌이라면 감정은 마음의 느낌입니다. 우리는 감각에 대해서는 '좋다, 나쁘다' 이야기하지 않습니다. 물체를 만질 때 따뜻하니까 좋은 것이고, 차가우니까 나쁘다고 하지 않습니다. 무거우니까 좋고 가벼우니까 나쁘다고도 말하지 않습니다.

굳이 나눈다면 불쾌한 감각과 유쾌한 감각으로 나눌 수 있을 뿐입니다. 하지만 우리는 감정을 이야기할 때는 가치판단을 내립니다. 나쁜 감정이 있고 좋은 감정이 있다고 구별하는 겁니다. 사람들 사이에서는 허용되는 감정이 있고 알게 모르게 금기시되는 감정이 있습니다. 이를테면 다른 사람에 대해 질투나 공격적인 충동을 느껴서는 안 된다고 생각합니다. 그래서 그러한 감정이 든다는 것을 감추려고 하거나 억누르려고 하기 쉽습니다. '왜 그런 마음을 가져?' '그렇게 느껴서는 안 돼!'라며 자신의 감정을 회피합니다.

과거에는 남성중심적인 문화로 인해 감정 자체를 억압하는 경향이 강했습니다. 감정을 여성적인 것으로 치부한 것입니다. 최근에는 행복 심리학이나 긍정심리학이 주목을 받으면서 불쾌한 감정을 매우 부정적으로 바라보는 시선들이 많아졌습니다. 그러나 감정은 그것이 유쾌하든 불쾌하든 자연스러운 것입니다. 감정을 나타내는 단어의 목록을 살펴보면 어느 나라 할 것 없이 불쾌한 감정을 나타내는 단어가 훨씬 많습니다. 그것은 불쾌한 감정을 경험하는 것이 어찌보면 생존에 유리하게 작용할 수 있다는 것을 의미합니다. 불쾌한 감정을 잘 느끼지 못하는 것은 본능에 반하므로 부자연스럽습니다.

불쾌한 감정이 꼭 위험한 것은 아닙니다

감정은 그 자체로 우리에게 해를 끼치지 않습니다. 감정은 주어진 자극과 상황에 우리가 잘 대처할 수 있는 힘을 줍니다. 자신이 무엇을 좋아하고 싫어하는지, 자신이 무엇을 중요하게 여기고 중요하지 않게 여기는지, 무엇을 준비하고 보호해야 하는지를 감정은 솔직하게 말해 줍니다. 그러므로 감정을 잘 느끼지 못하는 사람은 자기를 이해하기 어려울뿐더러 자신을 위험으로부터 잘 보호할 수도 없습니다.

정체성의 혼란을 가지고 있거나 자기인식이 잘 되어 있지 않는 사람들은 대개 감정발달도 미숙합니다. 자아정체성 발달에서 감정은 소중한 원천이 됩니다. '나는 누구인가?'라는 추상적인 질문은 '나는 어떻게 생각하고 어떻게 느끼는가?'라는 질문으로 구체화될 수 있습니다. 자신이 어떻게 느끼는가는 자기가 세상에 존재한다는 정체성을 갖게 하고, 다른 사람들과 관계를 맺는 토대가 됩니다.

"나 화났어!" "무서워!" "속상해." "와! 신난다!" "사랑해!" 아이들은 자신의 감정을 자유롭게 느끼고 표현함으로써 자아를 구축하고 자신이 무엇을 좋아하고 싫어하는지 파악합니다. 그리고 자신을 잃지 않으면서 본인에게 맞는 관계를 형성해가지요.

그런데 우리는 감정에 대해 '부정적'이라는 말을 너무 쉽게 쓰고 있지는 않은가요. 분노, 우울, 슬픔, 질투, 후회 등 불쾌한 감정에 대해 너무나 쉽게 '부정적 감정'이라고 선을 긋습니다. 마치 그 감정들이 불필요하고 위험한 것처럼 말입니다. 하지만 불쾌한 감정들은 그 나름의 존재 이유가 있고 우리에게 전하는 메시지가 있습니다. 오히려 이 불쾌한 감정들을 잘 받아들여야만 우리는 삶에서 벌어지는 온갖 불미스러운 일들에 제대로 대처할 수 있습니다. 물론 불쾌한 감정이나 슬픈 감정은 우리를 힘들게 합니다. 하지만 지레 걱정하지 않아도 됩니다. 어떤 불쾌한 감정도 그 자체로 우리를 병들게 하지는 않습니다.

스트레스를 지불해야만 누릴 수 있는 긍정적 정서들

시카고대학교의 명예교수인 브래드번 박사는 미국인 수천 명을 대상으로 생활만족도 조사를 한 적이 있습니다. 조사결과, 긍정적 정서와 부정적 정서가 직접적으로 반비례할 거라는 예상은 빗나갔습니다.

오히려 완만한 반비례를 이루는 결과값이 나왔습니다. 부정적 정서를 많이 느낀다고 해서 행복과 정반대의 상태인 불행의 나락으로 쉽게 떨어지지 않았습니다. 다만 긍정적 정서의 비중이 보통의 경우보다 조금 줄어들 뿐이었습니다. 쉽게 말하자면 행복하다고 해서 부정적 정서를 아예 느끼지 않는 것은 아니라는 사실입니다.

깊은 행복감과 기쁨은 불쾌함이 완벽히 배제되었을 때 느끼는 감정이 아닙니다. 오히려 스트레스를 지불해야만 깊은 만족감을 누릴 수 있습니다. 쉽게 이루는 것은 기쁨이 오래 지속되지 않습니다. 오히려 힘든 노력을 기울여 어려움을 이겨내고 무언가를 성취해냈을 때 우리는 오랫동안 만족감을 느낍니다. 땀을 뻘뻘 흘려가면서 높은 산을 올라갔다가 하산할 때 느끼는 뿌듯함처럼 말입니다. 쉽게 번 돈은 쉽게 빠져나가듯이 부정적 감정을 거치지 않은 긍정적 감정은 오래 지속되지 않습니다.

다른 조사결과를 하나 더 볼까요. 서울대학교 심리학과 민경환 교수의 연구팀은 한국어의 감정단어 연구를 진행했습니다. 한국인들을 대상으로 434개의 감정을 표현하는 단어들을 보여주고 '유쾌-불쾌'로 나누어보게 하고, 가장 유쾌한 감정과 가장 불쾌한 감정이 무엇인지 조사해보았습니다. 그런데 가장 유쾌한 감정을 나타내는 단어로 꼽힌 것은 바로 '홀가분하다'였다고 합니다. 이는 7점 만점 중에 6.24점으로 최고점을 기록했습니다. '즐겁다(5.94)'나 '행복하다(6.16)'에 비해 '홀가분하다'가 더욱 유쾌한 감정으로 꼽힌 것입니다. 거추장스럽고 답답한 일이 해결되어 마음이 가볍고 편한 상태를 나타내는 단어가 가장 유쾌한 단어로 꼽힌 사실은 어려움 뒤에 찾아온 행복이 더욱 값지게 받아들여짐을 의미합니다. 쓸쓸한 맛이 나지만 그 안에 깊은 풍미가 스며 있는 커피처럼 인생의 큰 기쁨은 부정적 감정이 더해질 때 더 크게 다가온다는 사실을 잊지 마시길 바랍니다.

부정적인 감정이라고 하는 것은
스스로 경험하기를 두려워하는 감정일 뿐입니다.
모든 감정은 단지 인생의 자연스러운 한 부분일 따름입니다.
우리의 인생에서 그것들은 나름대로의 기능을 가지고 있습니다.
만약 우리가 그러한 감정을 나타나는 그대로 느낀다면,
그 경험으로부터 무엇인가를 배울 수 있고,
또 그렇게 되면 그러한 감정은 매우 빠르게 지나갑니다.

샥티 거웨인, 『깨어있는 삶으로의 안내』 중에서

분노와 미움은
자연스러운 감정입니다

과거에는 분노를 표현하지 못해서 화병을 가진 사람들이 많았습니다. 그러나 우리 사회의 급격한 변화는 분노조절 능력에도 많은 영향을 끼쳤습니다. 이제 분노를 통제하지 못해서 문제가 되는 사람들이 부쩍 늘었습니다. 일명 '울컥증'입니다. 분노조절에 어려움을 보이는 사람들 중에서는 기질적으로 다혈질이라 어려서부터 그런 문제를 가지고 있는 경우도 있습니다. 하지만 어려서는 별다른 어려움을 보이지 않다가 성인이 된 후 문제가 생긴 사람들도 많습니다. 그런 사람들일수록 더욱더 화를 참지 못하는 자신을 용납하기가 어렵다고 호소합니다. 하지만 과거로 거슬러 올라가보면 괴물처럼 커져버린 분노의 뿌리를 찾아낼 수 있습니다. 지나온 삶 곳곳에 억압된 분노들이 여기저기 뭉쳐 있는 것입니다.

'모든 것은 다 지나가리라'의 함정

자신에게 용납되지 않는 감정이나 충동을 억압하는 것은 통제나 조절과는 본질적으로 다릅니다. 통제나 조절은 자신의 감정을 알아차리고 이를 절제해 순화시키는 것입니다. 하지만 억압은 부정적인 감정과 충동의 존재 자체를 부정하고 외면하는 것입니다. 억압당한 것들은 결코 사라지지 않습니다. 다만 깊숙이 저장되어 있을 따름입니다. 언제고 기회가 되면 억압된 감정은 수면 위로 떠오릅니다.

사람들이 흔히 하는 잘못된 생각이 있습니다. 모든 것은 다 지나간다는 생각입니다. 시간의 흐름 앞에서는 과거의 상처가 저절로 씻겨갈 것이라고 여깁니다. 시간이 약이라는 말이 대표적입니다. 하지만 그렇지 않습니다. 떠나가고 약해지는 기억도 있지만, 몸과 마음에 박혀버려 빠져나가지 못하는 기억도 있습니다. 십년도 넘은 일 때문에 머리털이 솟구칠 만큼 두려움을 느낄 수도 있고, 살해충동을 느낄 만큼 분노의 감정을 느낄 수도 있으며, 가슴이 미어져서 아무것도 못할 만큼 슬픔이 밀려올 수 있습니다.

뉴스를 보면 세월이 오래 지났는데도 과거 자신에게 상처를 준 사람을 찾아가 복수했다는 사건 기사가 나오지 않나요. 이는 시간이 지난다고 해서 모든 기억이 떠나가는 것은 아님을 말해줍니다. 굳이 다른 사람들의 경우를 이야기할 필요도 없습니다. 개인마다 유난히 감정적으로 예민한 부분들이 있습니다. 굳이 그렇게까지 반응하지 않아도 될 일에 크게 반응한다면 이는 과거의 상처나 갈등이 아물지 않기 때문에 벌어지는 일입니다. 다만 스스로 이를 알아차리지 못하고 현재에 느끼는 감정이라고 착각하는 것뿐입니다. 그러므로 모든 것이 다 지나가는 것은 아닙니다. 정확히 말하면 오로지 경험한 것만이 지나갑니다. 겪어야 할 고통을 겪지 않는다면 오히려 더 큰 고통으로 되돌아옵니다.

심리학자 유진 젠들린에 의하면, 사람들에게는 감정의 법칙이 있다고 합니다. 인간의 감정은 그것을 인정하거나 공감하지 않을 때는 변화하지 않고 그대로 머물지만, 반대로 이를 자신의 감정으로 인정하거나 차분히 바라보게 되면 그 감정이 저절로 변화되고 해소된다는 것입니다. 나는 젠들린의 말에 충분히 공감합니다.

우리 몸에 난 모든 상처가 모두 잘 아물지는 않습니다. 어떤 상처는 잘 아물어서 더 단단한 살이 되기도 하지만, 어떤 상처는 잘 아물지 않아서 계속 덧나기 마련이니까요. 마음도 마찬가지입니다. 아물지 않은 마음의 상처는 누구에게나 분명 있습니다.

그것은 경험했던 부정적인 사건의 강도에 달려 있다기보다 그 부정적 사건으로 인한 감정들이 제대로 경험되고 받아들여졌느냐에 달려 있습니다. 상처가 아물지 않았는데 비슷한 자극이나 상황에 놓이면 마음은 또다시 덧날 수밖에 없습니다. 과잉반응이 일어나는 것이지요.

감정의 응어리는 풀어져야만 합니다

그렇다면 마음의 상처가 치유된다는 것은 무엇을 말하는 것일까요? 그것은 젠들린의 말처럼 감정의 법칙에 따르는 것을 말합니다.

즉, 지지적인 관계 속에서 억눌렸던 과거의 감정이 충분히 재경험 될 때 치유가 일어납니다. 이것은 단순히 친구에게 힘든 이야기를 털어놓는 것과는 다릅니다. 치유가 일어나기 위해서는 충분히 공감대가 형성된 관계나 환경 속에 처해 있는지도 중요하지만, 스스로가 상처받은 마음을 충분히 마주보고 이를 재경험 할 수 있는지도 무척 중요하기 때문입니다.

우리가 어렸을 때 잘못인 줄도 모르고 잘못을 저질렀거나 큰 잘못이 아닌데도 엄마에게 크게 혼이 났을 때를 떠올려보세요. 아이 입장에서는 놀라고 억울한 마음이 들 수 있습니다. 경우에 따라서는 엄마가 자신의 행동에 대해 화를 냈다기보다는 자신을 미워해서 화를 냈다고 생각할 수도 있습니다. 그런데 그 마음이 풀리지 않은 채 잠자리에 누웠다면 아이의 마음은 어떨까요? 괴롭고 아픈 마음에 잠이 잘 오지 않을 것입니다. 그리고 그 슬픔과 화의 감정은 사라지지 않고 마음에 응어리로 남게 됩니다.

그런데 만일 엄마가 자신의 행동이 지나쳤다는 것을 느끼고 아이가 자기 전에 아이의 상처받은 마음을 내보이도록 이야기를 나눈다면 어떨까요? 그리고 아이의 마음이 어땠는지 충분히 들은 뒤에 '너는 그 행동이 잘못인 줄 모르고 했는데 엄마가 갑자기 화를 내서 많이 놀랐구나. 그리고 엄마가 너를 미워한다고 생각해서 힘들었구나'라며 그 감정을 받아준다면 어떤 변화가 생길까요? 아이는 엄마가 자신을 미워한 것이 아니라 자신의 행동에 화가 났음을 이해하고 마음이 풀린 채 편안하게 잠에 들 수 있을 겁니다. 아이의 마음은 이내 회복되고 감정은 응어리 지지 않고 풀어질 것입니다.

경험하고 받아들이면 지나가기 마련입니다

그런데 감정을 받아들이고 들여다보라고 하면 사람들은 더 힘들어질 거라고 지레짐작합니다. 오히려 어떻게 해야 잊어버릴 수 있을지, 다른 쪽으로 주의를 돌릴 수 있을지 궁리합니다. 그래야만 안 좋은 감정에서 빨리 벗어날 수 있을 것처럼 여깁니다. 누군가가 어떤 문제로 힘들어한다면 감정에만 빠져 있지 말고 운동을 하거나 여행을 다녀오거나 혹은 새로운 사람을 만나보라고 처방을 내려줍니다. 물론 어느 정도의 주의전환이 필요합니다. 하지만 주의전환의 방식에만 매달리게 되면 중독으로 이어지기 쉽습니다. 중독은 그것이 무엇이든 우리가 겪고 부딪혀야 할 현실을 잠시 외면하고 잊게 해주지만, 애초의 문제는 해결되지 않았기 때문에 시간이 지날수록 고통은 더욱더 커질 수밖에 없습니다.

삶은 나름대로 규칙이 있습니다. 겪어야 할 몫을 치르지 않고 건너뛰게 되면 꼭 그 대가를 치르게 됩니다. 사춘기를 겪어야 할 아이가 특별히 부모와의 갈등을 거치지 않고 청소년기를 지나갔다면, 이 아이는 20대 혹은 더 뒤늦은 30~40대에 정체성의 혼란을 겪게 됩니다. 불쾌한 감정도 잠시 피할 수는 있지만 계속 피할 수는 없습니다. 오히려 불쾌한 감정을 잘 경험하려고 노력하면 그 안에 담긴 긍정적 의미를 발견할 수 있습니다. 겪어야 할 이유가 있다는 것을 알게 되고, 이 역시 인생의 깨달음을 위한 하나의 수업료라는 것을 알게 됩니다. 불쾌한 감정을 경험하는 것이 무의미한 것이 아니라 불쾌한 감정을 외면하느라 똑같은 문제를 반복하거나 더 깊이 빠져 들어가는 것이 어리석은 일입니다. 감정으로부터 도망치거나 외면하지 않고 그 감정을 제대로 경험하는 것은 우리들의 삶을 더욱 성장하게 합니다. 슬퍼할 때 슬퍼하고, 후회할 때 후회하고, 분노할 때 분노하세요. 그럴 때 비로소 우리의 삶은 한결 단단해집니다.

불쾌한 감정이나 보기 싫은 마음이 머물러 갈 수 있도록 마음의 공간을 내어주세요. 감정은 원래 그 속성상 지속되는 것이 아니라 경험되면서 사라지게 되어 있습니다. 감정은 그 목적상 우리를 괴롭히기 위해서가 아니라 도움을 주기 위해 존재함을 기억하세요.

아무리 얇게 자른 종이도
양면이 존재합니다

이혼 위기를 겪는 부부가 상담실을 찾은 적이 있습니다. 부인은 남편과 살며 도무지 말이 통하지 않아 힘들다고 하소연했습니다. 남편은 마음이 상하면 거의 말을 하지 않는다고 했습니다. 화를 내면 무언가 반응이 있어야 하는데, 화를 내면 낼수록 더욱 입을 다무는 통에 미칠 지경이라는 것이었습니다.

남편과도 상담을 진행했습니다. 상담결과, 그는 어린 시절 아버지에게 받은 상처가 컸습니다. 알코올중독이었던 아버지는 평소에는 온순하다가도 술만 취하면 가족들을 못살게 굴었습니다. 어린 시절 항상 가슴 졸이던 경험 때문에 남편은 소리에 매우 예민했습니다. 누군가 크게 소리를 지르기만 해도 가슴이 두근거리고 어찌할 바를 모르게 된 것입니다.

남편은 기본적으로 '화'를 나쁜 감정이라고 굳게 믿고 있었습니다. 아버지의 화 때문에 가족 전체가 고통을 받았다고 생각한 탓에 남편은 화를 내는 사람을 싫어했고, 스스로 내면의 분노를 느끼면 자신이 나쁜 사람인 것만 같았습니다. 그에게 화는 늘 위험한 것이었습니다.

결국 그가 택한 최고의 대처 방식은 억압과 침묵이었습니다. 아무리 화가 나도 그는 꾹 참기만 했습니다. 다른 사람에게 짜증이나 화를 거의 내지 않았습니다. 그런 모습이 사회에서는 '사람 좋다'는 평가로 이어졌습니다. 부인 역시 결혼 전 남편의 그런 모습을 매력으로 느꼈다고 합니다. 그러나 결혼을 한 뒤 그 점이 결혼생활을 힘들게 만들었습니다.

불만이 있고 화가 나면 이야기를 나눠 풀어야 하는데 남편은 아무 이야기도 하지 않고 그저 침묵만 했습니다. 답답한 마음에 왜 화가 났는지 계속해서 물으면 "왜 화 안 났다는데 자꾸 화났다고 그러느냐!"고 소리를 지를 때도 있었습니다.

부인은 차라리 그렇게 해서라도 남편이 화를 내는 게 더 나았다고 합니다. 부정적인 태도라도 반응이 있으니까 서로 관계하고 있다는 느낌이 들었기 때문입니다. 평소에는 워낙 자신의 감정에 대해 이야기하지 않으니 마치 로봇과 사는 느낌이었고, 자신이 남편에게 불필요한 존재로 무시당하는 것처럼 느껴졌습니다. 그럴수록 아내의 화는 더 깊어졌고, 남편 역시 더 깊은 침묵 속에 빠졌습니다.

선과 악이 분명했던 남편에게 아버지는 나쁜 사람이었고, 어머니는 불쌍하고 좋은 사람이었습니다. 상담을 하다보면 앞의 남편처럼 마음 속에 '좋은 부모, 나쁜 부모'가 너무 극명하게 나뉘어 있는 경우를 봅니다. 한쪽 부모에게는 좋은 감정만 가지고 있고, 다른 부모에게는 나쁜 감정만 지니고 있는 것이죠. 그러나 그건 표면적인 분석입니다. 상담을 진행할수록 그런 표면적인 감정 아래에 숨은 억압되거나 부인되던 또 다른 감정을 만나게 됩니다.

우리는 나쁜 부모에 대해서도 좋은 감정을 가질 수 있고, 좋은 부모에 대해서도 나쁜 감정을 가질 수 있습니다. 이것은 모순이 아닙니다. 사랑하는 사람이 가장 아프게 한다는 말처럼 친밀한 관계는 본질적으로 양가적인 감정을 갖게 합니다. 누군가와 아주 가까운 거리에 있다고 생각해보세요. 서로의 체온에 의해 따뜻함을 느낄 수도 있지만, 어떨 때는 답답하게 느껴지지 않나요? 꼭 피해를 주려고 의도한 것이 아니더라도 본의 아니게 몸이 부딪혀 불편을 줄 수 있지 않나요? 몸이 그런데 마음이라고 다르지 않을 것입니다.

가까운 사이에서는 상대에게 아무런 의도가 없이 단지 자신을 표현하는 것만으로도 상처를 주고받을 수 있습니다. 솔직하게 자신의 마음을 드러냈을 뿐인데 무방비로 놓인 상대는 얼마든지 상처를 받을 수 있는 것이죠. '애증'이라는 단어처럼 가까운 사람에게 모순된 감정을 가지게 되는 것은 새삼스럽지 않은 일입니다.

가까운 관계에서 모순된 감정을 가지기 쉬운 것은 서로에 대한 기대감이 높기 때문입니다. 가까운 사이일수록 비현실적인 기대가 있기 쉽습니다. 내가 굳이 이야기하지 않아도 내 마음을 알아줬으면 하는 심리나 내가 원할 때는 항상 내 옆에 있어야 한다는 식의 기대감이 쉬운 예입니다.

하지만 말로 표현하지 않는데 어떻게 상대의 마음을 다 헤아려 알고서 그 기대에 맞춰줄 수 있겠습니까. 어떻게 원할 때마다 항상 옆에 있어줄 수 있겠습니까. 이런 기대들은 부모조차도 충족시켜주지 못하는 비현실적인 기대들입니다. 그러므로 사랑으로 일체감과 기쁨을 느낀다면, 그 사랑으로 실망과 미움이 뒤따르는 것은 당연한 일입니다. 오히려 사랑이 클수록 실망과 미움도 커질 수밖에 없습니다. 빛과 그림자처럼 사랑과 미움은 멀리 있지 않습니다. 그 둘은 결코 대척점에 있는 상반된 감정도 아닙니다.

이는 뇌과학에 의해서도 밝혀지고 있습니다. 영국 런던대학교의 세미르 제키 교수는 성인 남녀에게 사랑하는 사람의 사진과 증오하는 사람의 사진을 보여주고 각각의 사진을 볼 때의 뇌의 변화를 뇌영상 측정장치로 촬영하는 연구를 진행했습니다. 그 결과, 사랑과 증오의 감정을 느낄 때 모두 뇌의 섬엽insula이라는 부위가 공통적으로 활성화되었습니다. 이 연구는 사랑과 증오라는 감정이 뇌에서 같은 영역을 공유하고 있다는 결과를 보여줍니다. 우리 머릿속에서 사랑과 증오가 같은 공간에서 동거하고 있는 셈입니다.

선한 감정과 나쁜 감정은 양자택일의 문제가 아닙니다

그럼에도 우리는 하나의 대상에게서 상반된 감정을 느끼는 것을 두고 혼란스러워합니다. 둘 중 하나의 감정만이 진실이고, 나머지 감정은 위선이나 가짜라고 생각합니다. 하지만 어느 하나만을 선택하려는 것은 아이의 마음입니다. 아이들은 선악을 나누어서 볼 뿐, 한 대상 안에 좋은 면과 나쁜 면이 공존할 수 있다는 사실을 받아들이지 못합니다.

그러므로 이 단계에서 발달이 멈추면 성인이 되어서도 인간관계에서 양극단을 오가기 쉽습니다. 극단적으로 이상화했다가 극단적으로 미워하거나 평가절하 하는 것입니다. 이런 사람들은 어떤 대상을 지나칠 정도로 좋아했다가도, 아주 작은 문제로 인해 순식간에 실망하거나 관계를 단절하는 양상을 되풀이합니다.

그러나 아이들은 성장함에 따라서 하나의 대상에게서 상반된 감정을 느낄 수 있음을 받아들이게 됩니다. 단, 조건이 있습니다. 부모에게 미운 감정이 들 수도 있다는 것을 인정해주고 받아들여준 부모 밑에서 자라난 아이들만 이 모순된 감정을 받아들일 수 있습니다. 화가 난 행동에 대해서는 혼을 내더라도, 감정적으로는 화가 날 수 있겠다고 받아들여주면 아이들은 자신의 감정을 혼란 없이 받아들이고 통합할 수 있게 됩니다. 물론 그 감정을 허용하고 인정한다고 해서 그 감정을 바탕으로 아무렇게나 행동해도 된다는 것을 의미하는 것은 아닙니다. 부모라면 잘못된 분노표현에 대해서는 혼을 내고 어떻게 표현하는 것이 좋은지를 같이 이야기하고 대안을 제시해줄 수 있어야 합니다.

자기 안의 양면성을 인정합니다

부정적인 감정을 느낀다는 것만으로 자신을 용납하지 못한다면 그 감정은 억압된 채로 뒤틀려 다른 방식으로 표현됩니다. 미움의 감정을 인정하지 못하면 마음의 그림자가 되어 또 다른 형태로 자신을 비롯해 관계를 해칩니다. 관계에 있어서 침묵은 분노보다 더 큰 상처를 줍니다. 상대에 대한 무시와 무관심으로 보일 수 있기 때문입니다. 그러므로 우리는 우리 안의 부정적인 감정을 좀 더 친근하고 자연스럽게 대할 필요가 있습니다.

내 속의 양면적인 감정을 인정한다면 상대가 나를 대하는 양면적인 태도 역시 좀 더 잘 받아들일 수 있게 됩니다. 상대의 어떤 행동에 대해 화가 난다면 '나는 너를 좋아하지만 ○○할 때는 미워'라고 마음 불편하지 않게 이야기하는 연습을 해보세요. 역지사지로 '내가 널 미워할 때가 있듯이 너도 내가 미울 때가 있을 거야'라고 생각할 수도 있습니다. 중국의 천태선사는 부처와 악마에게 모두 똑같이 선과 악이 있다고 말했습니다. 다만 부처는 선을 일깨워 악을 잠재우는 반면, 악마는 악을 일깨워 선을 잠재우는 것뿐이라고 했습니다.

단군신화에 근거한다면 인간은 절반은 동물, 그리고 절반은 신적 속성을 지닌 반수반신半獸半神의 존재에 가깝습니다. 인간은 태생적으로 양면적이고 모순적인 존재이지요. 우리는 두 가지 속성 모두 우리의 특성임을 받아들여야 합니다. 어느 한쪽을 외면하거나 제거하는 것이 아니라 받아들이고 통합시켜 나가야 합니다.

만일 어느 한 면을 부정하고 어느 한 면만 인간의 본질이라고 주장하는 것은 우리를 질식시키고 궁핍하게 만들 뿐입니다. 우리가 양면적인 존재임을 받아들이지 못하면 인격의 분열이 일어납니다. 양면성을 인정할 때 이중적인 인간이 되는 것이 아니라, 양면성을 부정할 때 이중적인 인간이 됩니다. 부정적이라고 생각하는 부분을 억압하고 감추기 때문에 겉 다르고 속 다른 사람이 되는 것이죠. 양면성을 부정하기 때문에 자꾸 남에게 투사를 합니다. 자신의 문제를 바라보지 못하고 자꾸 남 탓만 하게 되는 것입니다.

종이를 아무리 얇게 잘라도 언제나 양면은 존재하기 마련입니다. 그것은 비단 종이뿐만이 아닌 것 같습니다. 세상의 모든 것은 전부다 양면이 존재합니다. 빛이 있으면 어둠이 있고, 위험이 있으면 기회가 있고, 일장이 있으면 일단이 있습니다.

내 안의 양면성을 인정하세요. 양면성을 인정한다는 것은 위험한 것도 아니고 추한 것도 아닙니다. 내 안의 어둠과 빛을 모두 받아들일 때, 우리는 비로소 통합적인 인간이 될 수 있습니다.

나는 수치심 속에 갇혀 자랐다.
그 수치심이 어찌나 지독했던지 어른이 되어서도
비판이나 모욕, 혹은 거절을 당할 때면
내 안에 있는 그 감정을 건드리는 사람에게
분노에 차서 폭언을 퍼부었다. (중략)
그러다가 나를 화나게 한 사람과
물리적으로 거리를 두고 떨어지면
분노를 멈출 수 있다는 사실을 알았고
파괴적인 행동을 중단할 수 있었다.
나는 시간적으로나 공간적으로 상대에게서 떨어져
내 감정을 살피면서 내가 무엇 때문에 화가 났는지 알아냈다.

비벌리 엔젤, 〈화의 심리학〉 중에서

있는 힘껏
후회합니다

학원강사인 미진 씨는 우울한 마음으로 병원 문을 두드렸습니다. 1년 만 하고 그만두겠다던 학원강사 생활을 벌써 5년 넘게 계속하고 있기 때문이었습니다. 처음 시작할 때는 대학원 입학 전까지 임시로 할 생각이었지만, 이제는 어느덧 자신의 진짜 직업이 되어버린 느낌에 위기의식이 들었습니다. 표면적으로는 자신을 붙잡는 원장의 부탁을 뿌리치기 힘들다는 이유가 있었습니다. 하지만 학원을 그만두지 못하는 진짜 이유는 대학원을 진학했을 경우, 후회할 수도 있겠다는 생각 때문이었습니다.

통역대학원에 진학해 통역사가 되는 길고 험난한 과정을 자신이 잘 견뎌낼 수 있을지 좀처럼 믿음이 가지 않았습니다. 괜히 중간에 포기할까봐, 그래서 후회할까봐 자신이 없었던 겁니다. 시간낭비는 하고 싶지 않았지만 마음속으로는 그 일을 계속 욕망했습니다. 그러다보니 늘 결단을 내리지 못하고 갈팡지팡했습니다.

미진 씨의 좌우명은 '후회 없는 삶을 살자'입니다. 그러나 시간이 지날수록 후회는 점점 늘어날 뿐, 줄어들지 않았습니다. 늘 선택의 어려움이 컸습니다. 이것을 선택하면 저것을 후회할 것 같고, 반대로 다른 것을 선택하면 또 다른 선택을 하지 않은 것이 후회될 것 같았습니다. 결국 어느 것 하나 선택하지 못하고 시간만 허송세월하고 있었습니다.

후회 없는 삶이란 없습니다

인간이 만들어낸 단어 중에 애초부터 인간의 조건에 맞지 않는 단어가 있습니다. 그중 하나가 '완전'이라는 말입니다. 완전이라는 단어는 불완전한 인간이 쓸 수 있는 말이 아닙니다. 오직 신의 세계에서만이 구현될 수 있는 단어입니다. 마찬가지로 쉽게 이야기하지만 정작그렇게 할 수 없는 말들이 있습니다. 그중 하나가 '후회 없는 삶'이라는 말입니다.

우리는 감히 후회 없는 삶을 살겠다고 결심하거나 후회 없는 삶을 살라고 조언할 때가 많습니다. 하지만 후회 없는 삶이라는 것이 과연 가능한 것일까요? 이미 지나버린 일, 엎질러버린 물 앞에서 우리는 '이렇게 했더라면' '그렇게 하지 않았더라면' 하고 생각에 생각을 거듭합니다. 후회는 지난 일에 대해 '다르게 했더라면' 하는 생각에서 비롯되는 고통스러운 감정입니다. 그렇기에 후회라는 감정에 휩싸일 때는 마치 도돌이표라도 있는 것처럼 생각이 멈춰지지 않습니다. '그 말을 하지 말았어야 했는데' '시험 전에 놀지 말고 더 공부했어야 했는데' '사랑한다고 고백할 것을' '쓰지도 않을 이 물건은 구입하지 말았어야 했는데' 등등 우리는 살면서 수많은 후회를 합니다.

후회는 우리의 마음을 힘들게 만듭니다. 막상 후회라는 감정이 들게 되면 자신이 참 어리석게만 느껴집니다. 그래서 우리는 누구나 후회 없는 삶을 꿈꿉니다. 그런데 만일 후회 없는 삶이 가능하다면 과연 그 삶이 좋은 것이기만 할까요?

예를 들어 고통을 못 느끼는 사람이 있다고 생각해보세요. 벽에 부딪혀도 아프지 않고, 뜨거운 냄비를 만져도 고통스럽지 않다면 어떤 일이 벌어질까요? 우리의 몸은 도저히 남아날 수가 없을 겁니다. 살갗은 다 찢겨지고, 뼈는 다 으스러질테고, 등은 욕창으로 뒤덮일 것입니다. 고통을 느끼기 때문에 우리는 살아갈 수 있습니다. 고통은 삶이라는 여행에 빠져서는 안 될 필수품입니다.

후회라는 감정도 마찬가지입니다. 후회가 없다면 인생에서 발전은 없을 겁니다. 잘못과 실수 앞에서 후회하고 뉘우침을 통해 우리의 삶은 점점 좋은 방향으로 나아갑니다. 문제는 실천적 개선으로 이어지지 못하는 '과잉 후회'나, 이와는 반대로 자신의 잘못 앞에 후회조차 하지 못하는 '후회 결핍'입니다. 후회 없는 삶이란 완벽한 삶에 대한 동경과 같은 의미인데, 이는 애초부터 있을 수 없는 일입니다. 오히려 후회를 피하려 하는 우리의 마음이 강하면 강할수록 우리는 더 많은 후회를 하고 살아가게 되어 있습니다. 이 또한 삶의 역설입니다.

적절한 후회는 정신적 성숙함의 증거입니다

사실 후회는 자신의 잘못을 돌아볼 줄 아는 사람들이 느끼는 감정입니다. 후회는 자기 행동과 선택에 대한 책임을 느끼는 사람만이 가질 수 있는 감정입니다. 주어진 일, 시키는 일만 하는 사람들은 좀처럼 후회하지 않습니다. 그저 타인과 환경을 비난하고 원망할 뿐입니다. 스스로 선택하지 않았기에 자기 책임을 느낄 수 없기 때문입니다.

그러므로 적절하게 후회할 수 있다는 것은 정신적으로 건강하며 성숙하다는 증거입니다. 선택에 대한 책임감을 느끼는 사람이며 자기결정권을 가진 사람이란 증거입니다. 인간이 인간다울 수 있는 것은 바로 이 후회라는 감정을 가지고 있기 때문입니다. 후회하는 동물을 인간 외에 또 본 적이 있는지요. 후회는 가장 고차원적이고 가장 진화된 감정입니다. 후회라는 감정은 우리 자신에게 무엇이 부족한지 무엇이 더 중요한지를 깨닫게 해주고, 전략과 행동을 수정하게끔 도와주며, 아직 남아 있는 기회를 잡을 수 있도록 해줍니다.

그렇다면 후회라는 감정을 받아들이지 못할 이유는 없습니다. 후회를 적극적으로 받아들이세요. 후회 없는 삶에 대한 미련을 버리세요. 후회는 결코 쓸모없는 감정이 아닙니다. 삶이 변화하고 발전하는 이유는 인간에게 후회할 수 있는 능력이 있기 때문이라는 것을, 살면서 후회를 피할 수도 없고 피할 필요도 없음을 겸허히 받아들이세요.

후회는 '자책감'과 '뉘우침'으로 이어집니다. 자책한다는 것은 자신의 잘못을 인정하는 것이고, 뉘우친다는 것은 다시는 그러지 않겠다고 결심하는 것입니다. 이런 심리는 당연히 행동의 변화와 삶의 개선으로 이어집니다. 이러한 일련의 과정을 가능케 하는 것이 후회의 본래 기능입니다.

하지만 안타깝게도 모든 후회가 삶의 개선으로 이어지는 것은 아닙니다. '가짜 후회'라는 것이 있습니다. 가짜 후회는 후회의 본래 기능에서 이탈해 자책감에만 머물러 있는 상태입니다. 과거의 잘못에만 집착해 앞으로 나아가지 못하는 것입니다. 즉, 가짜 후회란 뉘우침으로 이어지지 못하고 태도와 행동의 개선이 이루어지지 않는 후회를 말합니다. 그에 비해 진짜 후회란 뉘우침을 통해 후회를 초래한 자신의 태도와 행동을 바꾸는 것입니다. 그렇다면 가짜 후회와 진짜 후회를 어떻게 구별할 수 있을까요? 딱 한 가지 방법이 있습니다. 그 유일한 방법은 후회 이후의 삶을 살펴봄으로써만 가능합니다.

하지 않은 일에 대한 후회를 버리세요

후회 없이 살려고 하지 말고 있는 힘껏 후회하도록 하세요. 다만 후회는 깊고 짧게 하세요. '하지 않은 일'에 대한 후회 대신 '한 일'에 대해 더 깊이 후회하세요. '내가 왜 그랬을까?'라는 질문에만 빠져 있지 말고, '어떻게 하면 앞으로 그렇게 하지 않을 수 있을까?'를 떠올려보세요. 그리고 자신의 마음과 반응을 조금씩 바꿔나가도록 해보세요.

그것이 바로 진짜 후회입니다.

후회 없는 인생을 살려는 욕심은 삶을 시들게 할 뿐입니다. 후회하지 않는 인생만을 살려다보니 도전을 피하게 되고, 끊임없이 준비에만 매달리게 됩니다. 후회를 두려워하지 마세요. 우리는 오직 후회를 통해서만 삶을 발전시킬 수 있으며, 후회를 통해서만 후회를 줄여나갈 수 있습니다.

삶의 고통을
확대시키지 않습니다

명진 씨는 오늘도 제대로 공부가 되지 않았습니다. 결국 답답한 마음에 책을 덮고 고시원 밖으로 나와 정처 없이 걸었습니다. 화창한 봄날씨가 마음을 더 무겁게 합니다. 모두들 행복한 얼굴인데 자신만 유독 초라하게 느껴졌습니다. 걸음을 멈추고 잠시 학교 운동장 벤치에 걸터앉자 자연스레 시험 걱정이 떠올랐습니다. 두 번째 낙방에 자신이 더욱 없었습니다. 부모님이 실망한 것을 생각하면 시험도 집어치우고 어디론가 숨고 싶어졌습니다. 남보다 열심히 한 것 같은데도 결과가 이러니 더더욱 기운이 없었습니다.

돌아보면 늘 부모의 기대에 부응하지 못한 못난 아들이었습니다. 그렇기에 '시험에 두 번 떨어졌다'는 생각보다 '나는 인생의 실패자다' '나는 쓸모없는 인간이다'라는 느낌을 떨치기가 더욱 힘들었습니다.

우리는 고통을 좀 더 세밀하게 나누어 볼 필요가 있습니다. 명확히 구분되지는 않지만 아픔pain과 괴로움suffering은 다릅니다. 아픔은 인간이라면 어떤 상황에서도 느끼는 자연스러운 고통을 의미합니다. 하지만 괴로움은 '보편적 고통+주관적 고통'입니다. 명진 씨처럼 시험에 떨어지면 누구나 좌절감을 느끼고 힘들어합니다. 이는 일반적인 고통입니다. 누구나 그러한 일을 겪는다면 느끼게 되는 보편적 고통이지요.

외부에서 가해진 고통이 1차 고통이라면, 내부에서 가해지는 2차 고통도 있습니다. 이는 사건이나 상황 자체가 아니라 그에 대한 자신의 판단과 해석 때문에 주어지는 고통입니다. '시험에서 떨어진 너는 아무것도 할 수 없는 인생의 패배자야' '너는 부모를 실망시킨 밥값도 못하는 인간이야'라는 명진 씨의 마음은 2차 고통입니다.

공자는 '낙이불음 애이불상樂而不淫 哀而不傷'이라고 했습니다. '즐기되 지나치게 빠지지 말고, 슬퍼하되 자신을 상하게 하지 마라'는 뜻입니다. 그가 생각하는 정신적으로 건강한 사람이란 상한 감정에 의해 자신의 근본을 해치지 않는 사람입니다. 하지만 명진 씨는 두 번의 시험에서 떨어지자 자신의 근본이 와해되는 느낌을 받고 있습니다. 그것은 명진 씨의 마음 안에 고통을 증폭시키는 심리적 장치가 내장되어 있기 때문입니다.

오디오에는 사운드를 증폭시켜 스피커로 방출하는 '앰프amp'라는 장치가 있습니다. 명진 씨의 마음에도 심리적인 앰프가 들어 있는 셈입니다. 어린 시절부터 형성되어온 낮은 자존감이 바로 앰프 역할을 한 것입니다. 명진 씨는 두 번의 시험에 연달아 실패하고 나서 '나는 바보야. 아무것도 할 수 없어'라는 마음을 가지게 되었습니다. 그러나 과연 이것은 사실일까요? 느낌은 늘 상황을 왜곡하고, 사실을 과잉 혹은 축소시킵니다. 할 수 있는 게 없다는 느낌은 사실이 아닙니다. 아무리 힘들어도 내가 할 수 있는 일은 엄연히 있는 법이니까요.

우리에게 필요한 것은 감정의 억압이 아니라 절제입니다

앞에 소개한 공자의 말과 유사한 표현이 또 하나 있습니다. '즐거우면서도 무절제하지 않고 슬프면서도 비통하지 않다'는 의미의 '낙이불류 애이불비樂而不流 哀而不悲'입니다. 신라시대 궁중악사였던 우륵이 한 말로 알려져 있습니다. 우륵은 원래 가야 출신이었는데 신라로 망명하여 제자를 키우고 작곡에 몰두한 음악가입니다.

하루는 우륵이 자신이 만든 열두 개의 가야금 곡을 제자들에게 들려주었습니다. 그런데 이를 들은 제자들이 열두 곡은 번잡스럽다며 다섯 곡으로 뜯어고쳤습니다. 이를 안 우륵은 대단히 진노했습니다. 제자들이 자신의 곡을 비평하는 것도 받아들이기 힘든데, 곡을 뜯어고쳤으니 얼마나 화가 났겠습니까. 그러나 그는 우선 제자들이 개작한 음악을 들어보았습니다. 그런데 고친 음악이 예전의 음악보다 한결 좋다는 것을 느꼈습니다. 그래서 그 음악에 대해 '낙이불류 애이불비'라고 평했다고 합니다.

128

우륵의 말은 음악에 대한 평가이기도 하지만 사실은 제자들의 불손에 대한 자신의 심정을 중의적으로 드러낸 말이기도 합니다. 제자들 멋대로 고친 것이 한편으로는 슬프지만 비통하지 않다는 의미인 것이죠. 우륵의 이 고사는 감정의 순화와 절제를 이야기합니다. 이는 화병의 억압과는 다릅니다. 참고 살거나 슬퍼하지 않아야 한다는 것이 아니라 슬퍼하되 비탄에 빠지지 않아야 함을 말합니다. 화를 내서는 안 된다는 것이 아니라 화를 순화시켜 표현하라는 말에 가깝습니다. 감정의 순화를 위해서는 자기 내부에서 가하는 2차 고통을 최소화하는 것이 중요합니다.

마음이 건강하지 못하다는 것은 그만큼 스스로 2차 고통을 가하는 정도가 심하다는 것을 의미합니다. 명진 씨가 느끼는 과도한 자기연민도 2차 고통을 키우는 원인입니다. 1부에서도 이야기했지만 건강한 자기연민은 분명 자기사랑에 있어 필수적이지만, 과도한 자기연민은 병입니다.

명진 씨처럼 인생을 살면서 누구나 겪을 수 있는 좌절 앞에서 '나처럼 불행한 인간이 또 있을까?' '나를 이해할 수 있는 사람은 아무도 없어'라고 느끼는 것은 과도한 자기연민입니다. 과도한 자기연민에 빠지면 세상에서 자신이 가장 불행한 것 같고, 자신이 제일 비참하게 느껴지고, 나를 제외한 세상 사람들은 모두 행복하고 고민 없는 사람들처럼 느껴집니다. 그런 마음 상태에서는 사람들과 함께 있는 것이 엄청난 스트레스일 수밖에 없고 이는 대인관계 기피로도 이어집니다. 누구에게나 힘든 일이 있고 불행한 점이 있기 마련인데도 세상 힘든 일은 자신이 모두 지고 있고 다른 사람들은 좋은 일만 겪는 것처럼 느끼니 결국 고립되어 혼자 지낼 수밖에 없습니다.

아이들이 엄살을 부리는 이유

어린아이들은 조금만 다쳐도 엄살을 부리기 일쑤입니다. 커가면서는 부모가 어떤 상황인지 나름 눈치를 보고 엄살을 부리기도 하지만, 그렇다고 엄살이 꼭 의도적인 것만은 아닙니다. 아이들에게는 어려움에 빠지면 누군가의 보호와 도움을 받을 수 있게끔 요청하도록 내재된 속성이 있기 때문인데요. 사람들의 보호본능을 유발할 만한 표현을 통해 아이들은 부모와의 애착을 단단하게 만들려는 본능이 있습니다. 귀여운 짓도 하고 예쁘게 웃어서 애착을 강화하기도 하지만, 구슬피 울거나 엄살을 부려서도 애착을 강화시키기도 하는 것이지요. 물론 애착관계가 잘 형성되어 있을수록 엄살과 같은 과장된 반응은 필요가 없습니다. 믿을 만한 대상이 있기에 자신의 고통을 무의식적으로 과장할 필요가 없기 때문입니다. 그리고 그 사랑을 바탕으로 자신을 스스로 보살필 줄 알고, 자신의 상황을 객관적으로 바라보는 눈도 생기게 됩니다.

하지만 애착이 잘 형성되어 있지 않는 아이라면 다릅니다. 이런 아이들은 부모로부터 원하는 보살핌을 제대로 받지 못했기 때문에 무엇이든지 크게 표현해야 합니다. 그래야 비로소 귀를 기울여주고 관심을 받을 수 있기 때문입니다. 상대방이 잘 알아듣지 못하면 목소리가 커지는 것처럼 상대방이 내 마음과 요구를 잘 알아주지 않기에 더 크게 표현할 수밖에 없습니다. 이런 어린 시절을 보낸 사람들은 나이가 들어 삶의 어려움에 처하더라도 비슷한 반응을 보입니다. 자신도 모르게 자신의 고통을 크게 느끼고 크게 소리치게 됩니다. 자연스레 자신도 모르게 자신이 가장 힘든 사람처럼 느껴집니다. 누군가에게 마냥 매달리는 의존적 성향도 큽니다.

고통 뒤에 자신을 감추는 자기합리화의 덫

그런데 우리가 고통을 확대시키고 과도한 자기연민에 빠지는 데는 또 다른 이유가 있습니다. 사람들은 자신이 가장 힘들다고 느낌으로써 문제나 난관에 빠진 자신을 그냥 방치합니다. 즉, 스스로 불행하고 힘들다는 느낌을 과장함으로써 아무것도 하지 않는 자신을 무의식적으로 합리화시키는 것입니다.

결국 과도한 자기연민에 잘 빠지는 사람은 자신이 무능하고 무력한 사람일지 모른다는 두려움이 크면서도, 한편으로는 자신은 실제보다 유능해야 하고 똑똑한 사람처럼 되어야 한다고 생각합니다. 이들은 이 둘 사이의 괴리를 합리화하기 위해 고통을 과장시키는 경향이 있습니다. 아무것도 하지 않는 것이 아니라 아무것도 할 수 없다고 느끼는 것이지요.

이런 사람들은 자기도 모르게 고통 뒤에 자신을 감춥니다. 결국 할 수 있는 일도 못하고, 계속 과거의 시간에만 빠져 있을 뿐입니다. 과도한 자기연민에 빠진 사람들의 심리적인 고충을 이해 못하는 것은 아니나, '나만 힘들다'거나 '나만큼 힘든 사람은 없다'는 마음에서는 벗어나야만 합니다.

상담을 하는 중에 명진 씨는 직장에 다니는 친구를 만났습니다. 그리고 위로받고 싶은 마음에 조심스럽게 친구에게 괴로운 심정을 내비쳤습니다. 그러자 친구는 이렇게 말했다고 합니다.

"너는 나에게 위안을 바랐겠지만 사실은 네 이야기를 들어보니 나는 네가 부러울 따름이야. 너는 시험에 합격할 때까지 공부에만 전념하도록 지원해줄 수 있는 환경은 되잖니. 네가 지금 당장 책임져야 할 누군가가 있는 것은 아니잖아. 나는 그렇지 않아. 내가 하고 싶은 일이 있지만 책임져야 할 가족이 있으니까 그렇게 할 수가 없어. 내가 이 회사를 마냥 좋아서 다니는 줄 아냐!"

그 말을 듣고 명진 씨는 충격에 빠졌습니다. 처음에는 친구가 자신의 마음을 전혀 몰라주는 것 같아 서운한 마음도 들었습니다. 하지만 생각해볼수록 스스로 부끄러웠습니다. 자신이 가장 불행하다고 생각했는데 자신보다 더 힘든 사람들이 많다는 사실을 비로소 알게 된 것이죠.

마음에 칸막이를 만드세요

배를 만드는 조선소에 가보면 배의 내부에 수많은 칸막이가 있는 것을 볼 수 있습니다. '격벽'이라 하는 이 칸막이는 물이 새어 들어왔을 때 다른 곳이 침수되는 것을 막아주고, 불이 났을 때 더 이상 번지지 않게 하는 방화벽 역할을 합니다. 침수나 화재 같은 재난이 발생했을 때 이를 최소화하여 배가 침몰하지 않게 하는 긴요한 장치입니다. 격벽 덕분에 물이 새어 들어오거나 불이 나더라도 일부만 손상을 입을 뿐 다른 곳으로 확대되지 않아 배 전체는 안전을 유지할 수 있습니다. 손상된 부분만 고치면 됩니다.

마음이 건강한 사람들은 마음의 칸막이가 잘 세워져 있는 사람들입니다. 이들에게는 문제와 존재를 구분하는 칸막이가 있습니다. 문제를 문제로 받아들이되 존재 자체로 확대시키지 않습니다. 명진 씨처럼 시험에 두 번 떨어지고 나서 '나는 인생의 실패자다'라고 생각하는 것이 아니라 그저 '나는 시험에 두 번 떨어졌다'라고 생각합니다.

우리는 살아가면서 많은 문제와 시련을 만나게 됩니다. 이때 문제와 존재는 다르다는 것을 구분할 줄 알아야 합니다. '나에게 어떤 문제가 나타났어'라고 받아들여야지, '나라는 사람 자체가 문제야'라고 생각하면 곤란합니다. 문제가 없다고 부정하자는 것이 아니라 문제를 문제로만 받아들여야 합니다. 이후 명진 씨도 수차례 상담 끝에 쉽지는 않지만 인생 실패자라는 마음에서 벗어나 '공무원 시험에서 두 번 떨어진 것이다, 다시 도전할 수 있다'는 방향으로 점점 생각을 바꾸게 되었습니다.

건강한 사람이란 삶의 고통을 확대시키지 않는 사람입니다. 시련과 불행을 만나더라도 고통을 증폭시키지 않는 사람입니다. 인생을 살면서 겪게 되는 여러 가지 어려움을 보통의 어려움처럼 경험할 수 있는 사람은 건강한 사람입니다. 당신의 마음 안에 문제와 존재를 나누는 칸막이가 있는지 한 번 살펴보세요. 만일 없다면 지금이라도 문제와 존재를 구별해 보는 칸막이를 마련하고 생각해보세요. 과연 당신만 불행하고, 아무것도 할 수 없을 만큼 힘든 것인지를 말입니다.

'나는 세 번 실패한 적이 있다'고 말하는 것과
'나는 실패자다'라고 말하는 것은
그 결과에 엄청난 차이가 있다.

미국의 언어학자, S. I. 하야가와

생각은 그저 생각일 뿐
현실이 아닙니다

주위를 살펴보면 상황을 분별하지 못해 일을 그르치는 경우를 종종 봅니다. 차별을 해서는 안 되지만 구별은 필요합니다. 예를 들어 회사와 가정을 구별하는 것이 필요합니다. 회사에서 사장이라고 집에서도 사장 노릇을 하면 곤란하니까요. 집에서는 방 정리를 엄마한테 부탁할 수 있다고 해도, 회사에서라면 자기 일에 대한 책임감이 있어야만 합니다. 어디 그뿐일까요. 우리가 분별해야 할 것은 수없이 많습니다.

우리는 과거와 현재를 구별해야 합니다. 내가 할 수 있는 것과 할 수 없는 것도 구분해야 합니다. 상대의 잘못이나 책임과 나의 잘못이나 책임을 구별할 줄 알아야 합니다. 그리고 중요한 것과 중요하지 않은 것을 분별할 줄 알아야 합니다. 핵심을 놓치고 지엽적인 부분에 매달리면 정작 노력은 노력대로 하면서도 효과는 거두지 못할 때가 많습니다.

그리고 가장 중요한 것은 진실과 진실이 아닌 것을 구분할 줄 알아야 합니다. 무엇이 나의 해석이고 무엇이 사실인지 구분할 수 있어야 하는 거죠.

나는 그저 문제를 만났을 뿐입니다

문제가 '나'도 아니며 마음이 '나'도 아니라는 사실을 기억해야 합니다. 우리는 살아가면서 수많은 문제에 부딪힙니다. 하지만 내가 문제를 만난 것이지, 그 문제가 바로 '나'를 의미하는 것은 아닙니다.

먹구름이 끼었다고 하늘의 본질이 검어진 것은 아닙니다. 명상과 정신치료의 통합에 노력하는 매사추세츠 의과대학의 존 카밧진 교수는 다음과 같이 말한 바 있습니다. "생각은 단지 생각일 뿐이고, 그 생각은 '당신 자신도' 아니고 그리고 '현실'도 아니라는 것을 알게 되면 얼마나 자유로운지 놀라울 뿐이다. 당신의 생각을 단순히 생각으로 인식하는 단순한 행위야말로 가끔씩 그러한 생각들이 만들어내는 왜곡된 현실로부터 당신을 자유롭게 만들어주며, 당신의 삶을 더 명확하게 볼 수 있게 해주고, 더 잘 다룰 수 있다는 느낌을 갖게 해줄 것이다."

우리는 너무 쉽게 생각이나 느낌을 사실이라고 믿고 삽니다. 독심술이라도 익힌 것처럼 상대의 의도를 쉽게 단정 짓기도 합니다. 상담을 하다보면 심한 불안 때문에 병원을 찾는 사람들이 많습니다. 문제는 그 불안이 현실적이지 않는데도 불안해한다는 사실입니다. 병적 불안입니다.

질식해서 죽을 것 같은 불안을 느껴 폐쇄된 공간에 못 들어가는 사람, 운전하면서 왠지 누군가를 치지 않았을까 하는 불안 때문에 왔던 길을 되돌아가서 확인을 해보는 사람, 지하철에 탔는데 사람들이 자신을 지켜보는 것 같아 창밖만 바라보고 가는 사람, 6개월 전에 건강 검진을 했는데도 알지 못하는 병이 몸속 어디선가 생기고 있는 것이 아닐까 걱정하는 사람……. 왜 그들은 이렇게 비현실적인 문제로 불안해하는 것일까요? 그것은 자신의 느낌과 생각을 사실로 받아들이기 때문입니다. 죽을 것 같은 느낌이 오면 자신이 죽는 것으로 받아들이는 것이며, 자신이 누군가를 차로 치지 않았을까라는 걱정이 떠오르면 그것을 기정사실로 받아들이고, 사람들이 자신을 쳐다보는 것 같으면 그 느낌이 사실이라고 생각하기 때문입니다.

병적 불안에 시달리는 사람들은 불안을 경험하려 하기보다는 불안으로부터 도망치기에 급급합니다. 일단 벗어나고 보는 것입니다. 그렇기에 그 불안이 현실적인 것인지, 비현실적인 것인지조차 구분하지 못합니다. 불안이 엄습했을 때 이를 제대로 관찰하고 경험해본 적도 없습니다. 복잡한 지하철에서 숨이 막혀 죽을 것 같은 불안을 느끼면 바로 내려버렸기 때문에 그 불안이 가짜 불안이라는 것을 깨닫지 못합니다. 도망치기 급급하니 정확히 무슨 일이 실제로 벌어지고 있는지를 알아차리지 못하는 것이지요.

그래서 나는 불안증 환자들과 상담할 때마다 이런 비유를 곧잘 사용합니다. '참새와 허수아비'의 비유입니다. 지금은 참새 떼가 많이 없어졌지만 예전에는 참새 떼가 많았습니다. 당연히 참새를 쫓기 위해 농촌 들판에는 허수아비도 참 많았지요. 그런데 가만히 살펴보면 허수아비가 있는데도 참새들은 아랑곳하지 않습니다. 유유자적 곡식을 쪼아 먹기도 합니다. 심지어 어떤 녀석들은 허수아비의 머리 꼭대기에서 놀기도 합니다. 허수아비를 만들어 세운 사람이 보면 참 기가 막힐 노릇이지요.

그런데 과연 참새는 처음부터 허수아비를 두려워하지 않았을까요? 허수아비가 처음 설치되었을 때는 참새도 두려워서 얼씬하지 못했을 것입니다. 그런데 참새가 가만히 허수아비를 보니 진짜 사람과는 다른 점들이 눈에 띄기 시작했을 것입니다. 사람처럼 움직이지 않는 것을 보고 뭔가 이상하다는 낌새를 채고 조심스럽게 다가갔겠죠. 그리고 어느 순간 자신이 느끼는 불안이 가짜일 수도 있다는 것을 알아차렸겠지요. 급기야 나중에는 허수아비가 사람처럼 위험한 대상이 아니라는 걸 확신하고 머리 꼭대기에까지 앉아 있게 되었을 것입니다.

물론 그 과정이 순탄치만은 않았을 것입니다. 가짜인 줄 알고 다가갔다가 바람이 불어 허수아비의 옷깃이 나부꼈거나 소리가 날 때 깜짝 놀라 도망친 일도 있었을 것입니다. 그러나 중요한 것은 관찰을 포기하지 않고 다시 살펴보고 또 살펴서 허수아비는 바람이 불 때만 움직이거나 소리가 난다는 사실을 알아차렸을 겁니다. 때문에 다시 용기를 내서 다가갈 수 있었을 것이고요.

　사람도 마찬가지입니다. 상황을 관찰할 줄 알고 진실을 받아들일 줄 아는 사람은 병적인 불안에서 벗어날 수 있습니다. 그러므로 심한 불안을 가진 사람들이 가장 먼저 해야 할 일은 객관적으로 관찰하는 것입니다. 자신이 느끼는 이 불안한 느낌과 생각이 사실인지 스스로 관찰하는 것이 중요합니다. '불안함을 느끼는 나'로부터 '불안함을 관찰하는 나'를 분리시켜내는 것이 필요합니다. '불안함을 관찰하는 나'의 존재는 '불안함을 느끼는 나'를 다독이거나 불안에 좀 더 효과적으로 대응할 수 있는 심리적 공간을 만들어주기 때문입니다.

우리는 '깨끗한 불편함'과
'지저분한 불편함'을 구분하려고 노력해야 합니다.
그냥 당신의 삶을 살아가는 결과로서
나타나고 사라지는 불편함은 깨끗한 불편함입니다.
당신의 역사, 당신이 처한 환경이나 기타 등등으로 인해,
때로 그 불편함은 정도가 높을 수도 있을 것이며 낮을 수도 있습니다.
깨끗한 불편함은 당신이 통제하려고 노력을 해서
없앨 수 있는 것이 아닙니다.
반면에 지저분한 불편함은
당신의 느낌을 통제하려는 당신 자신의 노력이
실제로 만들어낸 감정적 불편함과 괴로운 생각들입니다.
당신이 도망쳐버린 결과로,
완전히 새로운 나쁜 느낌들이 모습을 드러내게 됩니다.
이 부수적 불편함, 즉 불편함에 대한 불편함을
'지저분한 불편함'이라 부를 수 있는데,
일단 자발성이 높아지고 통제가 낮아지면,
이는 자취를 감추고 깨끗한 불편함만 남습니다.

스티븐 헤이 등, 〈수용과 참여의 심리치료〉 중에서

생활 속에서 실천하는 수용력 증진 훈련 2

내 마음 받아들이기

1 마음과 살짝 거리를 둡니다.

마음이 하나일 때는 마음을 받아들일 수 없습니다. 마음 안에서 마음을 주고받으려면 또 다른 마음이 있어야 하고, 적당한 거리가 필요합니다. 이를 위해 우리는 '느끼고 생각하는 마음'에서 '관찰하는 마음'을 분리해야 합니다. 자신의 생각과 감정을 또 다른 내가 관찰하는 것입니다. 이를 위해 '내가 지금 ~라고 느끼고 (생각하고) 있구나'라고 표현해봅니다. '엄마가 잔소리해서 너무 싫어'라는 마음을 '엄마의 잔소리로 인해 내가 지금 엄마를 싫다고 느끼고 있구나'라고 생각합니다. 거리를 두고 마음을 살펴보면 좀 더 수월하게 내 마음을 받아들일 수 있습니다.

2 '마음 관찰 일지'를 작성해봅니다.

마음을 잘 받아들이려면 마음을 더 깊이 들여다봐야 합니다. 속마음을 받아들이는 것이 중요하기 때문입니다. 이를 위해 마음 관찰 일지를 써봅니다. 마음 관찰 일지는 특히 안 좋은 감정이 느껴질 때 기록합니다. 세 가지를 기록합니다. 첫째, 사실정보인 날짜와 상황을 적습니다. 둘째, 주관적인 정서적 반응, 해석, 그리고 자신의 기대를 기록합니다. 셋째, 정서적 반응, 해석, 그리고 기대에 대한 자신의 평가를 적어봅니다. 이를 통해 자신에게 어떤 마음이 있는지 더욱 자세히 살펴볼 수 있습니다. 불편한 감정을 느낄 때 그 이유를 외부에서만 찾으면 감정을 있는 그대로 받아들일 수 없습니다. 자신에게서 그 이유를 찾을 수 있을 때 감정의 수용이 원활합니다.

3 감정을 억압하지 말고 언어화시킵니다.

감정조절을 잘 하려면 감정을 피하거나 느끼지 않으려고 애쓰지 말고 감정을 언어화시켜 말로 표현하는 것이 중요합니다. 노력을 하는데도 결과가 좋지 않아 기분이 우울하고 힘든데도 '난 괜찮아' '나는 나아지고 있어'라고 하는 것은 별 의미가 없습니다. 차라리 '나는 노력한 결과가 잘 나타나지 않아 내가 잘할 수 있을지 의문이 들고, 기분은 의기소침해져서 지금은 그만두고 싶을 만큼 우울해'라고 자신의 감정을 구체적인 언어로 표현하는 것이 좋습니다. 내가 내 마음을 깊이 있게 알아주고 표현해주면 남에게 표현했을 때처럼 환기가 되고 위로 받을 수 있습니다.

4 감정의 메시지를 열어봅니다.

인간의 에너지는 이성에서 나오는 것이 아니라 감정에서 나옵니다. 감정은 내가 누군지 알게 해주고, 일상에 생기를 불어넣어줍니다. 또한 위험에서 자신을 보호하도록 돕는 풍부한 에너지와 정보의 원천입니다. 감정을 잘 지각하면 우리는 그 안에 담긴 메시지를 발견하게 됩니다. 미래에 대한 걱정으로 불안하다는 것을 잘 알아차리면, 우리는 불안을 없애기 위해 미래를 위해 계획을 세우고 그 계획을 행동에 옮길 수 있습니다. 그러므로 감정이 전해지면 꼭 봉투를 열어 그 안에 숨은 메시지를 확인해야 합니다.

삶에 대한 믿음이란
내가 원하는 대로 삶이 흘러가거나
이루어질 것이라는 맹신이 아닙니다.

비록 내 뜻과 다른 방향으로
삶이 나를 이끌더라도
그 경험들이 결국,
나에게 도움이 될 것임을 믿는 것입니다.

3

뜻대로 풀리지 않는 인생,
변화가 필요한 당신에게

—

삶과 현실 받아들이기

나라고
예외는 아닙니다

진영 씨는 아들의 유학 실패로 인해 우울증에 빠졌습니다. 진영 씨는 빠듯한 집안 형편에 무리가 되었지만 공부 잘하는 아들을 고등학교 때 미국으로 유학을 보냈습니다. 어렸을 적부터 부모 말도 잘 듣고 공부라면 누구 못지않게 잘했기 때문에 유학생활도 별 탈 없이 보낼 수 있을 거라고 믿었습니다. 그러나 생각과는 달리 아들은 학교에 잘 적응하지 못했습니다. 향수병도 많이 느꼈고, 학업과 인간관계로 인한 스트레스 때문에 위장병까지 걸리게 됐습니다. 심신이 약해지니 공부가 제대로 될 리 없었습니다. 결석도 잦아지고 성적은 엉망이 되었습니다. 결국 대학진학도 못한 채 2년 만에 집으로 돌아올 수밖에 없었습니다.

초라한 몰골로 돌아온 아들을 보면서 진영 씨는 딱하기도 했지만 화부터 났습니다. 아들의 모습이 자신의 기대에 너무 못 미쳤기 때문입니다. 한편 아들은 자신의 모습에 실망하는 엄마를 보면서 힘들다는 말조차 제대로 할 수 없었습니다. 어려서부터 엄마가 자신에게 쏟아온 노력과 정성을 잘 알기에 본인이 부족해서 엄마를 힘들게 했다는 괴로움까지 겪어야 했습니다.

진영 씨는 그런 아들의 모습을 보면서도 따뜻한 말 한마디 건네줄 수 없었습니다. 아무리 생각을 다잡으려고 해도 '어떻게 이런 일이…… 이럴 수는 없어. 저 잘되라고 내가 얼마나 고생하며 키웠는데……'라는 마음이 사라지지 않았습니다. 진영 씨에게는 심신이 고단하고 지친 아들을 위로해줄 여력이 없었습니다. 아무 문제없이 학교를 잘 다니고 있어야 할 아들이 이렇게 병든 몸으로 집에 돌아왔다는 사실이 좀처럼 받아들여지지 않았던 것입니다.

나는 예외일 것이라는 착각

인간은 착각하는 존재입니다. 오고가며 몇 번 마주친 인연밖에 없는 사람이 자신을 좋아하는 것 같은 순진한 착각에서부터 자신만큼은 질병이나 사고 없이 무병장수할 것이라는 착각까지 우리는 수많은 착각 속에 살아갑니다. 다른 사람에게는 충분히 일어날 수 있지만 자신에게는 그러한 일이 일어나지 않을 것이라고 생각하거나, 반대로 다른 사람에게는 일어날 수 없는 행운이 자신에게만큼은 찾아올 수 있다고 믿는 것입니다. 물론 누구나 어느 정도의 착각은 하고 살기 마련입니다. 문제는 이런 마음이 지나쳐 자신을 보편적 규칙에서 벗어난 '예외적 존재'로 여길 때입니다.

특히 청소년기에는 이러한 착각을 더욱 잘 합니다. 이 시기의 아이들은 자신을 무척 특별하고 예외적인 존재로 여깁니다. 어떤 경우에도 자신은 죽지 않을 것이라고 여기거나 어떤 위험한 상황이 닥쳐도 다치지 않을 것이라고 생각합니다. 일종의 '불멸환상'을 가지고 있는 것이죠. 탑승한 승객들이 모두 다 죽을 가능성이 큰 비행기 추락사고가 벌어져도 자신만큼은 왠지 살 수 있을 것이라고 생각합니다. 이런 불멸환상 때문에 청소년기의 아이들은 매우 위험합니다. 난폭하게 오토바이를 운전해도, 적절한 준비 없이 위험한 운동을 즐겨도 괜찮을 것이라 여깁니다. 인체에 해로운 본드나 약물을 흡입해도 별일 없을 것이라고, 무리하게 다이어트를 해도 탈이 없을 것이라고 생각하지요. 불행이나 끔찍한 일들은 다른 사람들에게만 일어나는 일이라고 여기는 것입니다.

그러나 이런 불멸환상은 사실이 아닙니다. 명백히 자기중심적인 사고의 오류입니다. 이는 미국뿐 아니라 우리나라 십대들의 사망률 1위의 원인을 보아도 알 수 있습니다. 많은 사람들이 십대 사망률 원인 1위를 자살이라고 생각하기 쉬운데, 실제로는 교통사고로 죽는 십대들의 수가 더 많습니다. 발달심리학자 엘킨드는 이렇게 청소년들이 자신의 존재를 매우 예외적으로 여기는 태도를 '개인적 우화personal fable'라고 명명했습니다. 이런 청소년기의 자기중심성은 성장함에 따라 점점 사라지게 됩니다. 정신적으로 성숙해감에 따라 자신을 예외적 존재가 아니라 보편적 존재로 인식하기 때문입니다. 다른 사람에게 있을 수 있는 일은 자신에게도 있을 수 있다는 사실을 받아들이게 되는 것이지요.

하지만 청소년기에 자기중심성이 강했던 사람들은 성인이 되어도 의식적이든 무의식적이든 자신을 예외적 존재라고 여기기 쉽습니다. 그렇기 때문에 인생을 살면서 누구나 겪을 수 있는 불행이 닥치더라도 쉬이 받아들이지 못합니다. '왜 하필 내게?' '말도 안 돼! 어떻게 내게 이런 일이?'라는 부정과 원망의 틀에 갇힙니다. 그리고 고통 이상의 고통과 불행 이상의 불행에 파묻힙니다. 고통과 불행이 자신을 찾아온 것에 대해 분노하고 억울해하고 한탄하는 데서 벗어나지 못하는 이들은 정작 중요한 문제해결에 힘을 집중시키지 못합니다.

건강한 성인도 처음에는 갑작스럽게 닥치는 불행한 사건에 대해 무력한 심정, 억울하고 비통한 감정이 들기 마련입니다. 그렇지만 시간이 지남에 따라 상황을 받아들이고, 문제를 타개하기 위해서 점점 '왜 하필 내게?'라는 마음을 '나라고 예외는 아니구나'라는 마음으로 바꾸어갑니다. 고통과 불행은 자신이 원치 않아도 찾아올 수 있음을 수긍하는 것이지요. 결국 어려운 상황을 받아들임으로써 고통과 불행을 딛고 다시 일어서는 데 온전히 힘을 기울일 수 있는 것입니다.

정신의 코페르니쿠스적 전환이 필요합니다

옛날 사람들에게는 우주의 중심이 지구였습니다. 사람들의 눈에는 해와 별이 지구를 중심으로 움직이므로 당연히 그럴 수밖에 없었습니다. 하지만 코페르니쿠스는 천체관측을 통해 지구가 태양 주위를 돈다는 사실을 밝혀냈습니다. 코페르니쿠스의 지동설 주장은 당대 사람들에게 어마어마한 충격을 주었습니다. 그동안 믿어온 것과 눈으로 본 것을 부정해야만 했기 때문입니다. 하지만 충격과 혼란을 거쳐 새로운 사실을 받아들였기에 인류의 문명은 한층 더 발전할 수 있었습니다. 이런 역사적 경험에 근거하여 사고방식이나 견해에 획기적인 변화를 겪는 것을 '코페르니쿠스적 전환'이라고 부릅니다.

코페르니쿠스적 전환은 인간의 마음 안에서도 일어납니다. 인간은 누구나 태어나면 처음에는 자신을 세상의 중심이라고 여깁니다. 특히 6세 이전의 아이들은 인지발달의 미숙으로 인해 자기중심성이 무척 강합니다. '천상천하 유아독존'이라는 말이 딱 어울릴 정도로 지나치게 자기중심적으로만 생각하지요. 만일 이 시기의 아이들에게 엄마 아빠가 좋아할 만한 선물을 골라보라고 하면 장난감과 인형같이 자신이 좋아하는 것을 선택합니다. 자신이 좋아하는 것을 엄마 아빠도 좋아할 것이라고 생각하기 때문이지요. 아이들은 다른 사람의 기호나 입장이 자신과 다를 수 있음을 잘 알지 못합니다. 이런 마음은 이기심과는 다릅니다. 이기심은 자기와 타인과의 구분이 가능한 상태에서 자신의 이익을 챙기려는 마음이지만, 아동기의 자기중심성은 자기와 타인의 경계 구분이 덜 이루어진 미분화된 상태로 인해 생기는 현상입니다. 이 시기 아이들은 자신이 세상의 중심이며, 자신을 중심으로 세상은 돌아간다는 일종의 '세동설世動說'을 믿고 있는 셈입니다.

그러나 아이는 점점 커가면서 타인과 자신과의 경계를 구분합니다. 자신의 시야 외에 다른 사람의 시야가 존재한다는 것을 받아들이게 되는 것이지요. 점점 더 넓은 세상으로 나아가면서 자신이 뭐든지 잘하는 사람이 아니라는 것을 깨닫게 됩니다. 크고 작은 좌절을 통해 자신이 완전하지 않다는 현실을 받아들이게 됩니다. 유아적인 전지전능감이 서서히 무너져가는 것이지요. 이는 어린아이에게 상처이자 혼란입니다.

하지만 이러한 상처는 인류가 겪은 코페르니쿠스적 전환처럼 인간이라면 꼭 거쳐야 할 성장통입니다. 유아기의 자기우월감과 자기중심성에서 벗어나지 못하면 타인과 친밀한 관계를 맺을 수 없고, 실패나 좌절을 견디는 힘을 기르지 못합니다. 안타깝게도 우리 주위에는 아직도 유아적인 자기중심성에서 벗어나지 못한 사람들이 있습니다. 여전히 자신이 세상의 중심이어야 하고 자신의 뜻대로만 세상이나 다른 사람이 움직여야 한다고 생각하는 분들이지요. 마음 깊은 곳에 '내 삶은 내 뜻대로 움직여야 한다' '세상은 나를 위해 존재한다'는 믿음이 강하기 때문에 그 믿음에 반하는 상황이 되면 심한 감정의 동요를 느끼고 조바심을 냅니다. 때때로 자신이 빠지면 아무 일도 되지 않는다는 착각을 하기도 합니다.

삶은 우리가 바라는 대로 흘러가지 않습니다

진영 씨는 상담을 거듭하면서 그녀의 지나온 삶을 돌아보았습니다.

돌이켜보니 진영 씨의 지난 결혼생활은 실망과 좌절의 연속이었습니다. 과묵한 모습에 반해 결혼했지만 남편의 그런 모습은 결혼 뒤 답답하게만 느껴졌습니다. 알아서 해주는 일 없이 사사건건 이야기를 해야만 마지못해 따라주는 식이었습니다. 묵묵히 일하는 편이었지만 그다지 야망도 없고, '줄'을 잘 서는 편도 아니어서 회사에서 승진은 항상 늦는 편이었습니다. 자신보다 공부도 못하고 별 볼 일 없던 학교 친구들은 결혼을 잘해서 보란 듯이 살아가는데, 진영 씨의 남편은 발전 가능성이 없어 보였습니다.

어느덧 삶의 기대는 공부를 잘하는 아들에게 향했습니다. 아들만큼은 자신의 답답한 결혼생활을 보상해줄 것이라고 굳게 믿게 되었습니다. 그랬기에 진영 씨의 인생의 희망이자 위안이던 아들의 좌절을 받아들이기가 더욱 힘들었습니다. 다행히 상담을 통해 아들의 입장이 되어보면서 진영 씨의 잘못된 생각들은 조금씩 나아질 수 있었습니다. 이성적으로 생각해보면 아들은 잘못한 일이 아무것도 없었습니다. 아들 역시 유학생활을 잘 보내려고 애를 썼지만 노력만큼 잘되지 못한 것뿐이었습니다. 그녀는 제 나름의 상처를 받았을 아들을 감싸주지 못한 것에 대한 뒤늦은 자책감과 미안함에 고개를 떨구었습니다.

진영 씨는 자신의 뜻과 기대대로 아들이 성장할 것이라고 믿었습니다. 적어도 아들이 유학을 가기 전까지는 그녀가 바라는 대로 이루어지는 것처럼 느껴졌습니다. 그러나 이제 그녀는 삶이 바라는 대로만 흘러가지 않는다는 사실을 뒤늦게나마 받아들일 수 있게 되었습니다.

남편은 물론 자녀들까지도 자신의 뜻대로 될 수 없다는 것을 인정하게 되었습니다. '그럴 수는 없어! 그래서는 안 돼!'라는 그녀의 마음에도 이제 '그럴 수도 있어!' 라는 마음이 생겨나기 시작한 것입니다.

아무리 부정하고 싶어도 삶은 우리들의 뜻대로 흘러가지 않습니다. 행복은 원해야 찾아오지만, 불행은 원치 않아도 찾아오기 마련입니다. 그것이 인생입니다. 우리는 고통의 불가피성과 삶의 불확실성을 받아들여야 합니다. 그럴 때 비로소 삶의 불행에 대한 정신적 면역체계가 정상적으로 작동할 수 있습니다. 예기치 못한 불행 앞에서도 무너져 내리지 않고 다시 일어서서 앞으로 나아갈 수 있습니다.

잘못이나 실수를
인정합니다

국문학을 전공하는 형진 씨는 남들보다 휴학을 많이 한 탓에 학교를 오래 다니고 있습니다. 학기 초에 그는 수업도 잘 들어가고 과제도 곧 잘 하는 편이었습니다. 그러나 중간에 결석을 하거나 과제평가가 좋지 않으면 그 과목을 포기하거나 학교를 휴학하고 말았습니다. 좋은 점수를 받기 위해서 재수강을 하거나 휴학을 자주 하다보니 졸업은 점점 늦어졌습니다. 삶에 오점이 남기는 것을 잘 견디지 못하고 흠 없이 잘 하고 싶어 하는 성격 때문에 벌어진 일입니다.

하지만 재수강을 하거나 다시 복학해서 수업을 듣는다고 해서 꼭 성적이 잘 나오리라는 법은 없습니다. 다시 시작한다고 해도 중간에 어떤 문제에 부딪히는 일은 또 생기기 마련입니다. 결국 형진 씨가 바라는 깔끔한 완성은 쉽지 않습니다. 소설을 습작할 때도 형진 씨는 같은 오류를 반복합니다. 글을 쓰다가 막히면 그 부분은 넘어갈 수도 있는데 건너뛰지를 못해 글을 완성하지 못합니다. 꼭 마음에 흡족한 문장이 나와줘야 그다음으로 넘어갈 수 있는 성격 탓에 그의 습작소설들은 늘 미완성으로 남아 있습니다.

인생은 포맷할 수 없습니다

컴퓨터 소프트웨어에 오류가 발생하면 두 가지 해결방법이 있다고 합니다. 포맷format과 디버깅debugging입니다. 포맷은 운영체제나 프로그램을 깨끗이 지워버리고 다시 설치하는 방법입니다. 그에 비해 디버깅은 오류가 난 부분을 찾아내어 하나하나 고치는 것을 의미합니다. 포맷이라는 방식은 참 깔끔합니다. 그러나 데이터가 유실될 수도 있고, 무엇 때문에 오류가 생겼는지 잘 모르기 때문에 이후에 똑같은 오류가 반복될 가능성도 있습니다.

포맷에 비해 디버깅은 좀 답답한 해결방식으로 느껴질 수 있습니다. 일일이 오류가 난 부분을 찾아야 하기 때문입니다. 그러나 시간이 더 걸리더라도 무엇이 잘못되었는지를 파악하고 해결해가기 때문에 더욱 좋은 프로그램을 만들 수 있는 방식입니다. 그렇다면 인생의 오류를 해결하기 위한 방법에는 어떤 것이 있을까요? 삶은 포맷과 디버깅이 모두 가능할까요?

많은 사람들은 인생에 오류가 발생하면 깨끗이 포맷하기를 원합니다. 자꾸 리셋 버튼을 찾습니다. 깨끗이 지워버리고 새로 시작하고 싶은 것이지요. 그러나 무엇 때문에 오류가 발생했는지 구체적으로 잘 찾아보지 않게 됩니다. 단지 없던 일로 하고 싶을 뿐입니다. 그러나 컴퓨터와 달리 인생은 포맷할 수 없습니다. 그저 계속해서 디버깅하면서 개선해나갈 수 있을 뿐입니다. 삶에는 디버깅을 통해 발전하거나, 아니면 계속해서 오류를 반복하는 두 가지 경로만 존재합니다.

형진 씨는 오류가 생기면 이를 고치려고 하기보다 늘 포맷하려고 했던 사람입니다. 흠을 안고 가는 것을 용납하지 못하는 것이지요. 그러므로 문제나 오류가 생기면 이를 해결하고 나아가기보다는 어떻게든 처음으로 되돌리려고만 했습니다. 하지만 삶의 오류를 해결하는 방법은 오직 오류를 수정해나가는 것을 통해 이루어집니다. '시도–실패–오류교정–재시도–성취'라는 과정은 성장과 실력향상의 공통적 과정입니다. 그럼에도 형진 씨는 '시도–성취'만을 중요하게 여기고 있었습니다. 만일 디버깅을 외면하고 포맷만 하려고 한다면 그의 삶은 어떻게 흘러갈까요? 아마 도전을 회피하는 삶만 살게 될 것입니다.

청춘 시절 이루어야 할 가장 중요한 과제가 있다면 무엇일까요? 좋은 성적이나 좋은 스펙을 쌓는 것도 중요합니다. 다양한 경험을 해보는 것도 중요합니다. 인생의 비전이나 방향을 정하는 것도 중요합니다. 하지만 더 중요한 것이 있습니다. 시행착오를 통해 삶의 문제에 도전하고 맞설 줄 아는 성장지향적인 태도를 키우는 것입니다. 태도는 삶의 척추와도 같습니다. 젊은 시절 척추가 바로 서면 잠시 시련을 만나 어깨가 움츠려들 수는 있어도 삶 자체는 꺾이지 않는 법입니다. 하지만 척추가 바로 서지 못하면 삶은 점점 비틀어지고 구부러질 수밖에 없습니다.

시행착오와 끊임없는 오류의 수정만이 성장의 지름길

인생은 생방송입니다. 그런데 우리는 이 사실을 망각합니다. 인생을 자꾸 녹화방송으로 생각하는 오류를 저지르는 것이지요. 인생을 생방송이라고 여기면 방송사고가 나더라도 일단 수습하고 남은 시간 동안 제대로 진행하는 데 집중할 것입니다. 그러나 인생을 녹화방송으로 생각하는 사람은 작은 방송사고가 나도 녹화를 중단하고 다시 촬영하려고 합니다. 인생을 살아가면서 겪을 수밖에 없는 실수와 잘못들을 수습하고 껴안고 가기보다는 자꾸 제자리에 멈춰 서서 그 이전의 상태에서 다시 시작하고픈 충동에 빠져듭니다. 그뿐인가요. 지난 방송을 계속 되풀이해 보면서 실수를 편집하려 하거나, 또 다른 잘못은 없는지 반복적으로 살펴봅니다.

그러나 우리의 인생은 편집이나 재촬영이 가능하지 않습니다. 만족스럽지 못한 일이 있거나 실수가 생기더라도 마냥 뒤돌아보고만 있을 수 없습니다. 실수를 하기 이전으로 되돌아갈 수도 없는 노릇입니다. 생방송 중에는 중도포기란 없습니다. 방송이 싫든 좋든, 흠이 있든 없든 마무리를 지어야 할 책임이 있습니다. 그렇기에 생방송은 모두 긴장하고 집중해 촬영합니다. 순간의 실수가 벌어지더라도 임기응변을 발휘해서 해결하고 남은 방송을 책임져야 합니다.

무엇보다도 실수를 인정하고 받아들여야만 합니다. 인생의 많은 잘못은 잘못을 버리고 가려고 하거나 잘못 이전의 상태로 자꾸 되돌아가려고 하기 때문에 반복됩니다. 자꾸 길이 없는 길로 가려 하기 때문에 포기만 선택하게 됩니다. 지금까지 자신이 한 잘못에 대해 돌아보는 시간을 가져보세요. 다른 사람에게는 이미 엎질러진 물이라고 이야기하면서도, 속으로는 자신의 잘못을 주워 담으려고 하지 않았는지 스스로에게 질문해보세요. 완전한 원상복구를 통한 발전과 성장이란 없습니다. 시행착오와 끊임없는 오류의 수정만이 삶의 유일한 성장방식임을 기억하세요.

세상은 나를 중심으로 움직이지 않는다.
삶은 나의 필요에 의해 변화하지 않는다.
내가 발전하려면 세상과 조화를 이룰 수 있는 방식으로
삶을 바라보아야 한다.
무언가가 이어지기를 바란다면
성급함부터 버려야 할 것이다.

메리 제인 라이언, 「나에게는 지독한 인내가 필요해」 중에서

좋게 보려고 애쓰지 않고,
있는 그대로 봅니다

희영 씨는 말도 많고 유쾌한 사람입니다. 상담시간에 죽고 싶을 만큼 괴롭다는 이야기를 하면서도 특유의 해맑은 미소를 잃지 않을 정도입니다. 그녀가 우울증을 겪는다는 사실을 주변 사람들이 안다면 깜짝 놀랍니다. 늘 밝기 때문입니다. 그녀는 마음이 힘들 때면 늘 '나쁜 마음 가져봐야 나만 손해야. 잊어버려야지'라고 생각하고 아무 일도 아닌 듯 쉽게 넘겨버리곤 했습니다. 삶의 고단함에 찌들어 살던 부모님들과는 달리 어려서부터 늘 밝고 긍정적으로 생각하며 살아온 덕분입니다.

부부갈등에 대해서도 마찬가지였습니다. 참다못해 싸울 때도 있었지만 폭발하기 전까지는 문제상황을 못 본 척 그냥 넘어가는 식이었습니다. 그녀가 상담실에 온 것은 남편의 외도 때문이었습니다. 처음에는 아는 사람으로부터 남편이 누군가와 사귀는 것 같다는 귀띔을 들었지만 못 들은 척했다고 합니다. 남편은 그럴 사람이 아니라고만 생각했습니다. 사실 돌아보면 의심할 만한 여러 가지 행동들이 있었지만 그녀는 애써 모른 척했던 겁니다. 사실을 알면 알수록 힘들어질 것이 두려웠기 때문이지요.

그러나 결국 그 태도가 큰 화근이 되었습니다. 남편과 새롭게 만난 여자와의 관계가 걷잡을 수 없이 깊어진 것입니다. 결국 남편이 먼저 만나는 사람이 있다면서 이혼을 하고 싶다는 이야기를 꺼냈습니다. 청천벽력 같은 소식에 그날부터 그녀는 TV도, 쇼핑도, 사람 만나는 것도, 아이를 돌보는 것도 세상만사 모든 게 다 싫어졌습니다.

지나친 낙관주의의 함정

상담실에 찾아오는 사람들은 대개 부정적이거나 비관적인 생각을 하는 어두운 사람들이라고 생각하기 쉽습니다. 물론 어느 정도는 맞는 말이긴 합니다만 사실 편견이기도 합니다. 오히려 지나치게 낙관적인 사람들도 그들만의 문제가 있어 상담실을 찾아옵니다. 이들은 지나치게 낙관적인 성향으로 인해 현실을 있는 그대로 직시하지 못합니다. 현실을 자신이 보고 싶은 대로만 보는 것이지요. 지나친 낙관주의자들은 현실을 근거 없이 좋게 파악하거나, 자신의 미래에 대해 근거 없는 희망을 지니고 있다보니 미래에 대한 대책이 없는 경우가 많습니다. 현실과 미래 사이에 존재하는 크나큰 간격을 어떻게 메꿀 것인지에 대한 계획과 실천 없이, 그저 좋을 것이라고만 기대합니다. 정신분석학자인 에리히 프롬은 그의 저서 『소유냐 존재냐』에서 낙관주의의 가면을 쓰고 있는 사람들에 대해 이렇게 이야기했습니다.

> "무의식적으로는 절망하면서도 낙관주의의 가면을 쓰고 있는 사람들이 반드시 현명한 것은 아니다. 희망을 버리지 않는 사람의 경우 모든 환상을 버리고 실제적인 현실주의자가 되어 어려움을 완전히 인식하였을 때 비로소 그는 성공할 수 있다."

우리는 낙관주의와 낙관주의의 가면을 쓴 것을 구분해야 합니다. 진정한 낙관주의자는 '실천적 낙관주의'의 태도를 지향합니다. 이들은 자신이 원하는 결과가 끝내 이루어질 것이라는 믿음을 갖고 있지만, 예상치 못한 난관이 있을 수도 있고 자신이 생각하는 것 이상으로 노력해야 좋은 결과를 얻을 수 있을 것이라는 판단을 합니다. 현실적인 어려움을 직시하고 이를 해결해나가면서 원하는 방향으로 삶을 이끄는 사람들이지요.

이에 반해 낙관주의의 가면을 쓴 사람들은 프롬의 말처럼 무의식적으로는 절망하거나 우울해하지만 현재의 어려움을 피하기 위해 막연히 원하는 대로 이루어질 것이라고 믿고 현실을 왜곡해 받아들입니다. '도피적 낙관주의'입니다. 이들은 현실과 세상에서 한 발짝 떨어져 있습니다. 남들 눈에 보이는 것도 이들 눈에는 보이지 않습니다. 객관적 현실을 마주할수록 자신의 방어체계가 허물어지기 때문입니다. 남

루한 자신의 몰골이 비추어지는 현실의 거울을 마주할 용기가 없는 사람입니다.

진정한 긍정성은 낙관성보다 수용성에 가깝습니다

우리는 흔히 낙관주의와 비관주의를 설명하기 위해 '반쯤 남은 물컵'의 비유를 언급합니다. 낙관주의자는 물이 반쯤 남은 컵을 보고 '물이 반이나 남았다'고 말하고, 비관주의자는 '물이 반밖에 없다'고 말한다고 합니다. 나는 이 비유가 마치 둘 중 어느 하나를 고르라고 강요하는 느낌이 듭니다. 꼭 잔에 남은 물을 볼 때 앞의 두 가지 관점으로만 보아야 할까요? 그냥 '물이 있네'라고 할 수도 있고, 굳이 물의 양을 언급해야 한다면 '물이 반 남았다'고 하면 되지 않나요? 있는 그대로 보는 것입니다.

한국에서는 십여 년 전부터 긍정심리학과 행복론 열풍이 강세입니다. 그 때문인지 불쾌한 감정이나 부정적인 생각은 무조건 나쁘게 보고, 긍정적으로 사고하고 행복을 추구하는 태도는 무조건 좋게 보는 경향이 생겼습니다. 긍정성에 대한 강조가 지나쳐 부정성은 인정하지 않는다는 느낌까지 들 정도니까요.

하지만 지나친 긍정은 불안하고 우울한 현실을 잊기 위한 일종의 정신적 도피방식입니다. 우리가 생각하고 바라는 대로 현실이 달라질 수 있을 것이라고 믿음으로써 현실의 불안에서 벗어나려는 미성숙한 방어기제입니다. 오히려 균형감을 잃은 긍정성은 삶을 왜곡시킵니다.

그러므로 우리는 이 시점에서 '긍정'이란 말의 본래 의미를 다시 상기 시켜볼 필요가 있습니다.

'긍정肯定'의 사전적 의미는 말 그대로 '그러하다고 생각하여 옳다고 인정함'입니다. 긍정이란 모든 것을 마냥 좋게 보는 것을 뜻하지 않습니다. 진정한 긍정은 진실되게 바라보는 것을 말하며 모든 경험에 대해 허용적인 태도입니다. 그러므로 진정한 긍정성은 낙관성이라기보다는 수용성에 가깝습니다. 긍정적인 측면과 부정적인 측면을 모두 통합해서 있는 그대로 보는 것이 긍정의 바른 의미입니다.

미국의 여류작가 엘리노 포터가 쓴 『폴리애나』라는 소설이 있습니다. 폴리애나는 소설 속 주인공의 이름이기도 합니다. 가난한 목사의 딸이었던 폴리애나는 부모를 잃고 숙모 집에 얹혀사는 신세가 됩니다. 그러나 매사에 긍정적인 그녀는 아버지에게 배운 '유쾌한 게임'을 기억하며 살아갑니다. 유쾌한 게임이란 무언가 뜻대로 되지 않거나 기분이 좋지 않을 때 무엇이든 유쾌한 점을 찾아내 기분을 반전시키는 방법입니다. 예를 들어 이런 식입니다. 책 속에는 폴리애나의 후원자가 인형 선물을 보내주기로 했는데 실수로 목발이 도착하는 에피소드가 나옵니다. 폴리애나는 인형을 받지 못해 실망스러웠지만 이내 목발이 선사하는 유쾌한 점이 뭐가 있을까 고민합니다. 생각 끝에 자신은 목발이 필요하지 않은 건강한 몸이라는 사실을 깨닫고 기뻐합니다. 이런 그녀의 긍정적 태도가 오랜 독신생활로 생기를 잃은 숙모의 마음을 녹여주고 마을사람들까지 기쁘게 만듭니다. 이 책의 성공으로 '폴리애나'는 모든 일을 긍정적으로 생각하고, 세상을 밝고 희망차

게 사는 사람을 일컫는 보통명사가 되었습니다.

하지만 폴리애나처럼 맹목적인 낙관주의는 마냥 좋은 것이기만 할까요? 슬퍼해야 할 때 슬퍼하지 못하고, 화를 내야 할 때 화를 내지 못하고 어떤 상황에서도 늘 좋게 바라보려고 애쓰는 것이 과연 정신에 이로운 것일까요?

모나리자의 미소가 아름다운 까닭

매년 세계 각국에서 550만 명이 넘는 사람들이 '한 여자'를 만나기 위해 프랑스 파리에 찾아갑니다. 그녀는 신비한 미소를 짓고 있는 모나리자입니다. 모나리자는 과연 어떤 이유로 시대와 장소를 초월해 많은 사람들의 사랑을 받는 것일까요? 레오나르도 다빈치가 그린 모나리자 그림은 그 미묘한 미소와 표정 때문에 오랫동안 연구대상이었습니다. 현대의 과학자들은 그녀의 얼굴에 표현된 감정을 컴퓨터로 분석했습니다.

그 결과, 그녀의 표정에는 83퍼센트 정도의 행복함과 17퍼센트 정도의 두려움과 분노가 혼합된 감정이 섞여 있다고 밝혀졌습니다. 모나리자의 미소가 변함없이 아름답게 느껴지는 까닭은 행복한 감정과 부정적인 감정이 조화를 이루었기 때문이라고 생각해볼 수 있지는 않을까요?

행복학과 긍정심리학의 세계적인 권위자인 일리노이대학교 심리학과의 에드 디너 교수는 학생들에게 10점 만점을 기준으로 행복한 정도를 물어보았습니다. 대답들을 분석한 결과, 행복감의 수준을 8점 정도라고 대답한 사람들이 9~10점이라고 대답한 사람들보다 더욱 창의적이며 교육수준과 성취도가 높다는 점을 발견했습니다. 너무 행복하다고 대답한 사람들은 오히려 성취도도 떨어지고 면역력도 약해서 덜 건강한 것으로 조사되었습니다. 20퍼센트의 부족함이나 불만이 오히려 긍정적인 스트레스가 되어 삶의 또 다른 동기를 부여해 좀 더 풍요로운 삶으로 안내할 수 있었던 것이라고 분석해봅니다. 이를 '행복의 8점 현상' 또는 '8:2법칙'이라고도 합니다.

이렇듯 긍정과 부정은 서로를 배제하지 않습니다. 오히려 서로를 보완합니다. 긍정심리학 분야의 영향력 있는 학자 중 한 명으로 꼽히는 바버라 프레드릭슨 교수는 이를 중력과 반중력의 비유로 설명합니다. 과학적으로 중력은 우리를 땅으로 끌어당기는 힘이고, 반중력은 우리를 공중에 띄우는 힘인데 이 균형은 매우 중요합니다. 만일 중력이 지나치면 우리는 고꾸라져서 걸어다니기 힘들 것이고, 반중력이 지나치면 우리는 붕붕 떠다닐 수밖에 없습니다.

이와 마찬가지로 적절한 부정성은 중력처럼 현실이라는 땅에 발을 딛게 해줍니다. 그리고 적절한 긍정성은 현실에 땅을 딛되 새로운 곳으로 나아갈 수 있는 활기를 줍니다. 프레드릭슨은 긍정성과 부정성의 비율이 3:1은 되어야 긍정성이 제대로 발휘될 수 있다고 보았습니다. 물론 이 황금률에 대해서는 좀 더 연구가 필요하겠지만 학자들이 주장하는 공통된 사실은 건강한 삶을 위해서는 긍정성과 부정성이 함께 필요하다는 점입니다.

우리는 현실을 그대로 받아들여야 합니다. 현실을 받아들인다는 것은 체념과 순응과는 다릅니다. 수용은 적극적입니다. 수용은 당신에게 기반을 마련해줍니다. 수용은 내가 지금 어디에 있는지, 어떤 상황인지, 무엇을 가지고 있는지 상황을 있는 대로 바라보고 인정하는 태도입니다. 그래야만 그다음 단계로 발을 옮길 수 있습니다. 사람들이 원하는 곳으로 나아가지 못하는 이유는 꼭 가고 싶은 곳이 없어서가 아닙니다. 자신이 어디에 있는지를 몰라서 발을 내딛을 수 없는 경우도 많습니다. 내가 있는 곳이 A이고 내가 가고 싶은 곳이 B라면 목적지인 B를 아는 것만큼 지금의 내가 있는 A를 아는 것도 중요합니다. 자신의 현 상태와 현실을 파악해야만 우리는 앞으로 나아갈 수 있습니다. 그런 의미에서 수많은 기업들에게 위대한 기업으로 거듭나게 하는 비전을 제시한 짐 콜린스의 말은 기억할 만합니다. "결국에는 성공하리라는 믿음을 잃지 말아야 한다. 동시에 눈앞에 닥친 현실 속의 가장 냉혹한 사실을 직시해야 한다."

희영 씨는 뒤늦게 있는 그대로 세상을 보는 법을 배우고 있는 중입니다. 남편과의 이혼 위기라는 너무나 비싼 수업료를 치른 뒤 받고 있는 수업이지요. 그녀가 상황을 좋게 보려고만 하기보다 있는 그대로 직시했다면 부부 간의 갈등은 그렇게까지 확대되지 않았을지 모릅니다. 직면하기는 두렵지만 문제가 커지기 전에 왜 이런 문제가 생겨났는지 좀 더 살펴보고 대처했을 것입니다.

하지만 그녀의 불안도 이해는 갑니다. 남편의 마음이 떠났다는 것을 눈으로 확인하는 게 힘들었을 것입니다. 문제를 보고 싶지 않았던 거죠. 그러나 문제를 덮어버린다고 해서 문제가 없어지는 것이 아닙니다. 긍정적으로 상황을 본다고 상황이 긍정적으로 흘러가지 않습니다.

현실에 안주하는 것도 문제지만 현실감각을 잃어버리는 것은 더 큰 문제입니다. 상상을 현실로 만들고, 삶의 문제를 헤쳐 나가려면 현실감각이 살아 있어야 합니다. 현실감각이란 주어진 상황을 정확히 파악할 수 있는 능력입니다. 균형 잡힌 현실감각을 갖기 위해서는 어느 정도의 불신이나 부정성이 꼭 필요합니다.

그러므로 부정성을 박멸해야 할 대상으로 봐서는 안 됩니다. 멸균된 환경이 인간의 건강이나 면역체계에는 최악의 환경인 것처럼, 부정성이 없는 긍정성은 삶을 위기에 빠뜨립니다. 쌀밥 한 공기에 들어 있는 한 줌의 잡곡처럼 작은 불행이 들어 있는 행복이나 작은 불만이 깃든 만족이 우리를 더욱 건강하게 만듭니다. 그렇다면 당신이 부정적이라고 느끼는 감정과 경험 들이 꼭 나쁜 것만은 아니지 않을까요?

인정하는 것 자체에 치유의 힘이 있다.
인정하는 것은 현실을 이제 그만 부정하고
진실을 보기로 하는 것이기 때문이다.

심리학자, 데이비드 리코

때로는 포기가
삶을 이어줍니다

아프리카 원주민들이 개코원숭이를 사냥하는 방법은 아주 쉽다고 합니다. 우선 사방이 막힌 상자 속에 먹이를 넣어둡니다. 그 상자에는 원숭이의 앞발이 겨우 들어갈 만한 작은 구멍만 뚫어놓습니다. 이내 먹이 냄새를 맡고 찾아온 개코원숭이는 앞발을 넣어 먹이를 움켜쥡니다. 처음에 앞발을 넣을 때는 쉽사리 들어갔지만, 먹이를 움켜쥔 앞발을 빼기란 어렵습니다. 결국 상자 속에 앞발을 넣고 먹이를 움켜쥔 채 개코원숭이는 이러지도 저러지도 못하게 됩니다. 이때 원주민이 다가갑니다. 하지만 곧 포획될 위험에 있는 개코원숭이는 움켜쥔 먹이를 끝내 놓지 못합니다. 먹이를 잡은 손을 놓지 않으면 원주민에게 잡힐 텐데 말입니다. 이 얼마나 답답하고 어리석은 동물인가요. 그러나 과연 우리 자신은 그렇지 않다고 말할 수 있을까요? 이쯤에서 한 가지 질문을 던져보겠습니다. 당신은 지금 더 중요한 것을 위해 덜 중요한 것을 포기하고 있습니까?

지금 우리 사회는 그 어느 때보다도 포기를 부정적인 것으로 바라보고 있습니다. 포기하지 않고 끝까지 도전하는 것을 절대미덕으로 삼으며, 불굴의 의지를 탁월한 성공 방정식으로 여기고 있습니다. 하지만 현실은 그렇게 단순하지만은 않습니다. 오히려 제때 포기하지 못해 삶의 고통을 자처하거나 막다른 길에 다다라서야 후회하는 사람들이 부지기수입니다. 손에 쥔 것을 놓을 줄 알아야 다른 새로운 것을 얻을 수 있는 것이 인생임을 우리는 종종 잊고 삽니다.

좋은 포기와 나쁜 포기

세상살이에 늘 양면이 존재한다는 사실은 상담실 풍경에서도 예외가 없습니다. 스트레스가 너무 많아서 상담을 받으러 오는 사람도 있지만, 스트레스가 너무 없어서 상담을 받으러 오는 사람도 있습니다. 너무 쉽게 포기하는 문제로 오는 사람도 있지만, 포기를 할 줄 모르는 집착 때문에 오는 사람들도 있습니다. 태훈 씨는 후자입니다.

집안에 고시에 합격한 인물들이 많다보니 태훈 씨 역시 어릴 때부터 고시에 합격하는 길 외에 다른 진로를 생각한 적이 없었습니다. 주변 사람들도 당연히 태훈 씨가 쉽게 합격할 것이라고 기대했습니다. 그러나 어찌된 영문인지 합격선 근처까지는 가더라도 한 번도 그 선을 넘어서지를 못했습니다. 조금만 더 하면 될 것 같은 아쉬움에 몇 년을 고시에 매달리다보니 태훈 씨의 나이도 어느덧 서른을 훌쩍 넘어섰습니다. 이제 와서 다른 일을 하려고 결심하다가도 지금까지 쏟아부은 시간과 노력이 억울해서 그만두지를 못했습니다. 마땅히 갈 곳도 없었습니다. 결국 이러지도 저러지도 못한 채 태훈 씨는 시간만 허비하고 있는 중이었습니다. 지금은 합격이 목적이라기보다 더 이상 어쩔 도리가 없어서 공부한다고밖에 할 수 없는 상황이었습니다. 설상가상으로 몸과 마음은 지칠 대로 지쳐 도무지 공부에 집중할 수도 없는 상태였습니다.

우리는 흔히 포기는 안 좋은 것이라고 생각합니다. 자라오면서 그런 이야기를 숱하게 들어왔습니다. 포기는 나약한 것이며 끝까지 포기하지 않는 악바리 근성이야말로 성공의 핵심이라고 세뇌되어 왔던 것이지요. 그러나 이제 포기에 대한 일면적인 평가에서 벗어나야 합니다. 나는 상담실에서 포기의 지혜를 깨닫지 못해 불필요한 갈등과 고통을 겪는 사람들을 너무 많이 보았습니다. 포기하지 못해 생기는 집착과 미련이 얼마나 현실을 왜곡시키고 삶을 망가뜨리게 되는지 말입니다.

포기는 단순히 나쁘다고만 할 수 없습니다. 어떤 마음과 어떤 과정으로 이루어지느냐에 따라 좋은 포기가 될 수도 있고, 나쁜 포기가 될 수도 있습니다. 나쁜 포기는, 제대로 해보지도 않고 단념하는 것입니다. 목표만 포기하는 것이 아니라 목표에 담긴 삶의 가치까지 포기하는 것도 포함됩니다. 예를 들어 태훈 씨가 사회적 약자를 보호하기 위해 사법고시를 보는 것이었다면, 고시에서 낙방하더라도 다른 방식으로 사회적 약자를 도울 방법을 찾을 수 있습니다. 하지만 고시를 포기하면서 사회적 약자를 돕고 살겠다는 삶의 가치까지 포기한다면 이는 나쁜 포기입니다. 다른 선택으로 이어지지 않고 목표에 담긴 삶의 가치까지 한꺼번에 손에서 놓아버리는 단절적 포기는 나쁜 포기입니다. 어려움에 부닥치면 습관적으로 포기하고 마는 것 역시 나쁜 포기 중 하나입니다.

그에 반해 좋은 포기도 있습니다. 자신이 도무지 잘할 수 없고, 적성에 맞지 않는 것은 과감히 포기하고 대신 잘할 수 있는 것을 찾아가는 것은 좋은 포기입니다. 기한을 정해 최선을 다했는데도 결과가 좋지 않다면 그 결과를 겸허히 받아들이고 깨끗이 내려놓는 것도 좋은 포기입니다. 교수직과 안정된 생활을 포기하고 아프리카 밀림으로 떠난 슈바이처 박사처럼 대의를 위해 소의를 포기하는 것 역시 좋은 포기입니다.

우리에게는 좋은 포기와 체념의 지혜가 필요합니다

살면서 뜻을 세우고 이를 이루기 위해서는 집념을 가지는 것은 중요한 생의 과업입니다. 하지만 제대로 된 삶을 살아가려면 일이 뜻대로 풀리지 않을 때 과감히 내려놓을 수 있는 체념 또한 필요합니다. 여기서 말하는 체념은 좋은 포기와 비슷한 의미입니다. '체념諦念'이라는 단어의 '체諦'는 '살피다, 조사하다, 명료하게 알다'는 뜻입니다. 체념에는 자신의 처지와 능력, 사실관계를 파악한다는 성찰의 의미가 내포되어 있습니다. 그렇기에 체념은 자신의 모든 것을 던져버린 상황을 의미하는 게 아니라 자신이 잃어버린 것, 잘못 생각한 것, 할 수 없는 것들을 깨끗하게 내려놓는 것입니다. 체념은 에너지를 고갈시키지 않습니다. 오히려 새로운 방향으로 다시 흘러갈 수 있도록 도와줍니다.

그러나 좌절은 다릅니다. 좌절에는 성찰이 없습니다. 자신의 능력과 상황에 대한 철저한 파악도 없습니다. 좌절은 마음이나 기운이 꺾여서 귀찮거나 힘들다고 여겨 중도에 그만두는 것입니다. 더 나아가 특정 부분이나 목표만을 단념하는 것이 아니라 자신의 삶과 가치 전체를 던져버리는 행위입니다. 그렇기에 좌절은 삶을 새로운 방향으로 이끌지 못합니다. 다만 절망으로 몰아넣을 뿐입니다. 그러므로 우리에게는 좌절이 아닌 좋은 포기와 체념의 지혜가 필요합니다.

사람들은 흔히 불가능은 없다, 무조건 노력하면 된다고 쉽게 말합니다. 하지만 이는 인간의 근원적 한계와 무력감에 대한 반동형성일 뿐입니다. 한계는 분명히 있습니다. 삶의 장애물을 한 개인이 모두 극복할 수는 없습니다. 때로는 체념할 줄 알아야 합니다. 한계를 모르는 끈기와 인내는 집착과 강박에 불과합니다. 그리고 집착과 강박은 어느 순간 삶 전체를 꺾어놓는 좌절과 절망에 다다르게 합니다.

우리는 흔히 성공한 사람들은 하나같이 자신의 하나밖에 없는 꿈을 놓치지 않고 끈기 있게 밀어붙인 사람이라 생각합니다. 하지만 꼭 그렇지만은 않습니다. 성공한 사람들이 화려한 조명을 받기 전까지 무대 뒤에서 흘린 눈물과 땀을 모르는 것처럼, 그들의 성공 뒤에 감추어진 포기의 순간들 역시 잘 모를 뿐입니다. 오히려 성공한 사람들 중에는 자신의 꿈과 목표를 중도에 포기했기 때문에 자신의 진면목을 드러낼 수 있었던 사람들이 많습니다.

『아Q정전』이라는 걸작을 쓴 중국의 대문호 루쉰이 대표적인 인물입니다. 그는 원래 의사가 되기를 꿈꾸었지만 의사의 꿈을 접고 작가가 되어 글을 통해 중국 국민의 의식향상에 큰 영향을 미쳤습니다.

골프의 여제 아니카 소렌스탐도 처음부터 골프 선수는 아니었습니다. 소렌스탐은 어렸을 때 테니스 선수로 활동했습니다. 그러나 자신의 내성적인 성격과 공격적인 성향의 테니스가 잘 맞지 않아 많은 스트레스를 받았다고 합니다. 그래서 열두 살 때 테니스를 과감히 포기하고 자신의 성격에 맞는 골프로 전향하여 최고의 선수가 되었습니다.

체조 선수였던 러시아의 옐레나 이신바예바도 키가 너무 커서 체조를 하는 데 불리한 신체를 갖게 되었습니다. 결국 그녀는 체조 선수로 성장하는 것을 단념했습니다. 그러나 운동에 대한 의지를 꺾지 않고 대신 장대높이뛰기 선수가 되었습니다. 그녀가 체조에 미련을 버리지 않았거나 혹은 아예 운동을 포기했다면 결코 세계적인 장대높이뛰기 선수가 될 수 없었을 것입니다.

일본의 건축가 안도 다다오도 포기를 통해 진면목을 드러낼 수 있었습니다. 어려서부터 싸움을 잘했던 그는 고등학교 때 프로복서가 되어 챔피언을 꿈꾸었습니다. 하지만 아마추어 권투와는 달리 프로 무대에서 선수로 뛰기엔 자신의 실력에 한계가 있음을 절감한 안도 다다오는 2년 만에 권투를 그만두었습니다. 이후 무엇을 할지 고민하던 끝에 어린 시절 즐겨했던 목공을 다시 배우기 시작했고, 이를 계기로 건축을 공부해 세계적인 건축가의 반열에 오르게 되었습니다.

이렇듯 자신이 가장 빛나는 곳에 서기 위해서는 집념만큼이나 현명한 포기가 중요합니다. 인생이란 본질적으로 뜻대로 흘러가지도 않으며 시행착오의 연속이기에 살아가면서 좀 더 자신에게 맞는 방향을 만들어갈 수 있습니다.

포기는 또 다른 선택과 희망의 길을 열어줍니다

포기는 결코 끝이 아닙니다. 막다른 선택도 아닙니다. '포기는 끝'이라는 마음에서 벗어난다면 우리는 포기를 통해 또 다른 선택과 희망으로 삶을 이어갈 수 있습니다. 물론 그렇다고 해서 원하는 것이 있는데도 시도조차 해보지 않거나, 때 이른 포기를 해서도 안 될 노릇입니다. 중요한 것은 언제 포기해야 하고, 어떻게 포기할지에 대한 지혜를 익히는 것입니다. 포기는 결코 절망이 아니고, 인생 사전에서 없애야 할 해로운 것이 아닙니다. 새로운 시작과 현실적인 희망을 이루는 데 필수적인 삶의 기술입니다.

포기는 삶을 외면하는 것이 아니라 삶을 끌어안는 태도입니다. 포기가 절망이 아닌 새로운 시작이 되려면 두 가지 조건이 필요합니다. 첫 번째 조건은 포기의 계획과 기준을 세워 능동적으로 선택할 줄 알아야 합니다. 주식투자를 할 때 손절매의 기준을 잡아놓는 것처럼 도전을 할 때도 기한과 기준을 정해놓아야 합니다. 그래야 최선을 다할 수 있고 노력을 다한 후에는 깨끗이 포기할 수 있습니다. 두 번째 조건은 목표는 포기하더라도 가치나 방향을 포기해서는 안 됩니다. 예를 들어 부산이라는 목표지점은 포기하더라도 동남쪽으로 가겠다는 방향성을 포기하지 않으면 우리는 그 길에서 또 다른 풍경을 만날 수 있습니다.

좌절은 끝을 의미합니다. 하지만 한계를 수용하는 것은 결코 끝이 아니라는 사실을 기억하세요. 한계를 수용한다면 우리는 또 다른 시작으로 나아갈 수 있습니다. 문제로부터 등을 돌리는 것은 좌절이지만, 문제를 향해 마주보는 것은 받아들임입니다. 받아들이게 되면 비로소 우리는 '이제 어떻게 할 것인가'라는 새로운 단계로 나아갈 수 있습니다.

삶의 불편을
기꺼이 받아들입니다

나는 상담을 할 때 내담자들에게 삶의 만족도를 종종 물어봅니다. 만점은 100점입니다. 당연히 삶에 대한 만족도를 100점이라고 이야기하는 사람은 없습니다. 나는 내담자들이 말하는 점수를 듣고 난 뒤에 또 다른 질문을 던집니다. "어떻게 하면 만족도가 더 올라갈 수 있을까요?" 사람들은 삶의 만족도를 높이는 방법으로 자신이 이루고자 하는 것, 바라는 것들을 성취해야 한다고 이야기합니다. 각자가 생각하는 여러 가지 삶의 조건들(돈, 사랑, 명예 등)을 얻으면 어느 정도 삶의 만족도는 상승할 것입니다.

그러나 상담을 하다보면 원하는 조건이 이루어진다고 해도 예상했던 것만큼 삶의 만족감이 올라가지도 않고 오래 지속되지 않는 경우들을 마주합니다. 자신이 실제로 원하는 것과 원한다고 생각하는 것

사이에는 차이가 있으며, 사실 원하는 것의 이면에 숨어 있는 불편함을 미처 알지 못했기 때문입니다. 예를 들어 승진을 하면 좋겠다고 생각했지만 막상 승진이 되고 난 뒤 늘어난 책임이나 업무량 때문에 스트레스가 커질 수도 있는 것이죠. 그렇다면 사람들은 자신에게 어떤 변화가 생기면 좀 더 삶에 만족할 수 있다는 사실을 알고 있음에도 왜 그 변화를 이루기 위한 노력을 기울이지 않을까요? 여러 가지 이유가 있을 수 있겠지만 가장 큰 이유는 힘들거나 불편하기 때문일 것입니다.

불편함이 없는 만족은 그저 쾌락에 불과합니다

만일 가까운 지인이 당신에게 내일부터 매일 5시에 일어나라고 했다고 가정해보세요. 그것도 아무 대가 없이 반년 동안 매일 그렇게 하라고 시킨다면 어떻게 받아들이겠습니까? 아마도 왜 그런 피곤한 일을 감당해야 하느냐며 불평할 것입니다.

그러나 만일 당신이 해외지사에서 근무를 하고 싶어 그 준비를 위해 새벽 5시에 일어나 외국어 학원에 가야 한다면 어떨까요? 그것 역시 힘들고 어렵다고 할 사람도 있겠지만 대부분은 그렇게 하겠노라고 긍정적으로 대답할 것입니다. 왜냐하면 자신이 원하는 것을 이루기 위한 선택이며 그에 따르는 불편을 받아들일 수 있기 때문입니다. 우리는 자신이 원하는 것일수록 그에 따르는 불편을 감수할 수 있습니다.

내가 아는 어떤 분은 추운 겨울에도 산악자전거 타기를 즐깁니다.

지난해에는 부상을 입어 얼굴에 수십 바늘을 꿰맬 정도로 큰 상처를 입었는데도 말이지요. 두 아이를 키우는 또 다른 지인은 힘들고 고된 육아에도 불구하고 천 기저귀를 손으로 빨아서 사용합니다. 그뿐만이 아닙니다. 폐식용유로 빨랫비누를 만들어 쓰고, 웬만해서는 일회용품을 쓰지 않습니다. 이들이 이렇게 불편을 자처하는 이유는 무엇일까요? 일상의 불편함에도 불구하고 자신들의 삶의 방식에 자부심과 만족감을 가지고 살아가는 이유는 무엇일까요? 그것은 몸은 잠시 불편하지만 정신적으로는 자신에게 더 중요한 것을 추구하기 때문입니다. 여기에 만족의 비밀이 숨어 있습니다. 불편과 함께 더불어 만족을 느끼면 그 만족감이 배가 된다는 사실입니다.

불편함이 없는 만족이란 쾌락에 지나지 않습니다. 주말에 하루 종일 집에서 TV를 보거나 게임을 하는 것과 자신이 좋아하는 운동을 위해 피트니스 센터에서 땀을 흘리는 것을 비교해보세요. 불편 없는 만족은 길에서 주운 돈처럼 순식간에 사라져버립니다. 먹는 순간에는 맛있지만 오히려 갈증만 부추기는 설탕물 같은 즐거움입니다. 쇼핑, 게임, TV 시청, 음식, 도박 등이 바로 불편 없는 만족의 대표들입니다. 불편 없는 쾌락은 우리의 삶을 병들게 하고 오히려 더 깊은 불만으로 삶을 몰아갑니다.

인간의 삶은 울음과 함께 시작합니다. 그 누구도 예외는 없습니다. 살아가는 내내 우리는 온갖 불편들을 겪어야 합니다. 질병, 실패, 상실, 갈등, 궁핍 등 눈을 감는 그날까지 우리는 수많은 불편들과 함께 살아가야 합니다. 오죽하면 감정을 나타내는 400여 개의 우리말 가운데 유쾌한 감정을 표현하는 단어는 29퍼센트에 불과하고, 불쾌한 감정을 나타내는 단어는 71퍼센트나 될까요? 그만큼 인생살이에는 유쾌한 것들보다 불쾌한 것들이 더욱 많습니다. 정도의 차이는 있겠지만 불편에서 벗어날 수 없다는 삶의 조건은 누구에게나 동일합니다.

그런데도 우리는 불편을 그저 피하려고만 애씁니다. 불편이 적을수록 삶의 만족도가 커질 것이라는 착각을 합니다. 하지만 불편을 겪지 않는다고 과연 우리는 더 행복해지고 삶에 만족하게 될까요?

불편 없는 만족은 일시적이며 쾌락에 불과하여 궁극적으로는 우리의 삶을 더욱 피폐하게 만듭니다. 삶이 만족스럽지 않은 것은 불편함 때문이 아니라 오히려 마땅히 겪어야 할 불편을 피하기 때문입니다. 불편을 선택하는 것이 아니라 어쩔 수 없이 불편을 참고 있기 때문에 삶이 괴로운 것이지요. 늘 불만에 차 있거나 마음이 건강하지 못하는 사람들은 대개 스스로 감수하는 불편이 없는 사람들입니다. 반대로 삶의 만족도가 높은 사람들은 삶의 불편이 없는 것이 아니라 스스로 선택한 불편함이 있기 때문에 만족스러운 것입니다.

물론 무조건 불편을 추구한다고 만족을 얻는다는 것이 아닙니다. 자신의 삶에 중요한 것을 추구하기 위해 그에 따르는 불편을 감수할 때만 삶의 만족은 찾아옵니다. 쉽게 말해 깊은 만족의 핵심은 자신에게 가치 있는 것을 추구하기 위해 자발적으로 불편을 겪는 것입니다. 그래서 앞에서 언급한 에코맘은 환경을 지키기 위해 겪게 되는 불편을 '즐거운 불편'이라고 부릅니다. 불편이라고 해서 다 같은 불편이 아닌 것이죠. 불쾌한 불편도 있지만 유쾌한 불편도 있습니다.

'기꺼이 받아들임'은 능동적인 삶의 태도입니다

그러므로 우리는 무엇보다 자신에게 중요한 것이 무엇인지 찾아나서야 합니다. 자신에게 정말 중요한 것이 무엇인지를 깨닫는다면 그것을 유지하거나 얻기 위해 생기는 어려움과 불편함을 기꺼이 받아들일 수 있습니다. 프랑스의 철학자 몽테뉴가 '나는 즐거움의 결과로 훨씬 큰 고통이 찾아온다면 그 즐거움을 피할 것이고, 나중에 더 큰 즐거움으로 끝날 것 같으면 그 고통도 기꺼이 감수할 것이다'라고 한 이야기도 같은 맥락입니다.

사람들은 흔히 받아들임을 수동적인 의미로 오해합니다. 하지만 받아들이는 것은, 부정하고 피하는 것에 대한 상반된 개념으로 매우 적극적인 태도입니다. 그럼에도 불구하고 우리는 왜 받아들임에 대해서 소극적이라는 느낌을 받는 것일까요? 그것은 아마 마지못해 받아들인 경험이 많았기 때문일 것입니다. 부모님이, 선생님이, 윗사람이, 상사가 하라고 지시하니까 하기 싫더라도 '어쩔 수 없이' 해온 경험들이 많아서 우리는 받아들임을 그저 소극적인 삶의 태도로 치부해버립니다.

진정한 받아들임은 능동형입니다. 우리는 진정한 받아들임을 위해 '마지못해 받아들이기'와 '기꺼이 받아들이기'를 구분해야 합니다. 예를 들어 인사업무를 맡고 있는 한 직장인이 시간이 지날수록 자신에게 맞지 않는 업무를 하는 것 같아 괴롭다고 합시다. 어쩔 수 없는 받아들이는 태도로 일관한다면 이 직장인은 '다른 업무를 해봐야 별 수 있겠어!'라며 고민을 덮어버리고 그냥 주어진 일만 할 것입니다. 이러한 받아들임은 미봉책이며 결코 삶의 불만을 해소시켜주지 못합니다.

그에 비해 '기꺼이 받아들임'은 자신의 불만을 피하지 않고 능동적으로 수용하는 태도입니다. 기꺼이 받아들이는 태도를 가진 사람은 자신이 무엇 때문에 불만스러운지를 좀 더 깊이 살펴보고, 불만을 개선하기 위해 자신이 영향을 미칠 수 있는 부분과 없는 부분을 나누어 바라봅니다. 그리고 자신이 영향력을 행사할 수 있는 부분에 시간과 노력을 집중합니다. 따라서 기꺼이 받아들이는 태도는 언제나 실천으로 이어집니다.

만일 앞에서 예로 들었던 직장인이 인사 업무보다는 자신에게 영업 업무가 적합하다고 생각했다면 우선 회사 내에서 업무변경이 가능한지 알아보았을 것입니다. 만일 회사 안에서 부서 이동이 어렵다면 영업 업무를 하기 위해 이직준비를 할 수도 있을 것입니다. 삶의 경험을 적극적으로 수용하게 되면 우리는 앞으로의 삶을 개선해나갈 수 있습니다. '어쩔 수 없어'가 아니라 '현실에서 지금 나는 무엇을 할 수 있을까?'로 의식의 초점이 옮겨가는 것이지요.

그러므로 암과 같은 중병에 걸리거나 교통사고처럼 갑작스런 불행에 빠진 사람들에게 받아들임의 마음은 무척 중요합니다. 기꺼이 받아들이게 되면 원망이나 좌절을 하는 것이 아니라 대안을 찾게 됩니다. 암이나 중병에 걸린 환자라면 병원 치료에도 적극적으로 임하겠지만 더 나아가 식습관을 개선하고 운동을 하며 마음을 다스리는 데 힘쓰게 됩니다. 우리는 삶의 경험을 기꺼이 받아들일수록 뒤를 돌아보기보다는 앞을 바라보고 나아가게 되고, 할 수 없는 것에 매달리기보다는 할 수 있는 것에 집중하게 됩니다.

자발적으로 불편을 선택하는 순간, 삶은 성장합니다

누구나 불편 없이 편하게 살기를 바랍니다. 누군가에게 구속받지 않고 살기를 원합니다. 그러나 불편과 구속이 없는 삶은 없습니다. 직장에 매여 있지 않거나 날마다 출근하지 않아도 되는 프리랜서나 예술가라고 한들 한없이 자유로운 삶을 사는 것은 아닙니다. 아무리 좋아하는 일도 하기 싫을 때가 있습니다. 다만 삶은 '스스로 자신을 구속하느냐, 다른 사람에 의해 구속되느냐' 하는 차이가 있을 뿐입니다. 구속 없는 자유는 없습니다. 그러므로 자유의 진정한 의미는 '타인의 구속에서 벗어나 스스로를 구속시키는 것'입니다.

우리는 자발적으로 삶의 불편이나 구속을 기꺼이 받아들여야 합니다. 기꺼이 받아들인다는 것은 진정으로 이 순간에 마음을 열어놓는 것이며, 있는 그대로의 현실을 자각하는 것입니다. 그리고 자신이 원하는 것을 위해 그에 따르는 불편을 열린 마음으로 수용하고 현실을 변화시킬 수 있는 행동을 하는 것입니다.

몇 년 전에 나는 위내시경 검사를 받은 적이 있습니다. 수면내시경 검사를 받을 수도 있었지만 별로 힘들지 않을 것 같아 일반내시경 검사를 받기로 했습니다. 그런데 막상 내시경이 식도 안으로 들어오는 순간 후회가 밀려오기 시작했습니다. 이물감으로 인해 너무 불편했던 겁니다. 내시경을 그저 뽑아버리고 싶은 심정이었습니다. 의사는 힘들어하는 나를 보면서 "힘을 빼세요. 그리고 삼켜보세요. 꿀꺽하고 삼키세요"라고 주문을 했습니다. 하지만 내시경을 움직일 때마다 오히려 몸에는 더 힘이 들어갔습니다. 몸에 힘이 잔뜩 들어가다보니 내시경은 제대로 움직이지 않았고 검사는 더디게 진행되었습니다. 그때 이런 생각이 들었습니다. '이 검사는 내 건강을 위해 하는 것이고, 내시경은 내 뱃속에 이미 들어와 있는데 내가 지금 거부한다고 무슨 소용일까. 시간만 더 지체되고 나만 더 괴로울 뿐이지.' 신기한 것은 그런 마음이 들자 어느 틈엔가 내시경으로 인한 괴로움이 한결 가벼워졌습니다.

내시경이 목구멍 속에 들어와 있는 것은 똑같은 상황이었는데 왜 괴로움이 줄어들었을까요? 오직 단 하나의 차이가 감각을 바꾸어놓았습니다. 내 마음이 변한 것뿐이었습니다. 건강을 위해 내 몸속으로 들어온 불편한 내시경을 받아들이고 나니 이후부터 검사는 순조롭게 진행되었던 것입니다. 그때 나는 다시 한 번 깨닫게 되었습니다. 나에게 도움이 된다고 생각하고 불편을 받아들이면 똑같은 불편이라도 훨씬 덜 힘들다는 사실을 말입니다.

삶의 불편도 마찬가지가 아닐까 싶습니다. 삶의 만족이나 기쁨을 위해 불편을 기꺼이 받아들이기로 한다면 그 불편은 좀 더 수월하게 느껴질 것입니다. 그리고 불편을 기꺼이 받아들인 만큼 당신의 삶은 충만해지고 성장하게 될 것입니다. 지금 당신의 삶에는 자발적 불편이 있습니까?

목표가 아닌
가치를 지향합니다

미정 씨는 드디어 원하는 대학의 교수가 되었습니다. 그런데 막상 원하는 것을 이루고 보니 마냥 기쁘기보다 허탈감이 밀려왔습니다. 처음에는 잠깐이려니 싶었는데 점점 어두운 기분에 빠져들었습니다. 강의준비도 제대로 하지 못할 만큼 우울함은 깊어갔습니다. '교수가 되는 것이 왜 그렇게 중요했을까?' 지금까지 교수가 되는 것은 너무나 명확한 삶의 목표였는데 막상 되고 나니 그것이 왜 그토록 중요했는지 스스로 설명하기 힘들었습니다.

굳이 이유를 찾자면 교수가 되는 것은 아버지가 바라던 것이었습니다. 그녀의 아버지는 어려서부터 미정 씨를 '우리 박사님! 김미정 교수님!'이라고 부를 정도였습니다. 물론 교수가 되려고 한 것이 꼭 아버지 때문만은 아니었지만 이제 와서 별로 즐겁지 않은 것을 보면 자신이 정말 그 자리를 원했던 것이었는지 뒤늦은 의문이 들기 시작했습니다.

상담을 하다보면 미정 씨처럼 아이러니하게도 원하는 목표를 이루고 나서 허망함이나 우울감에 빠지는 사람들을 종종 만납니다. 막상 원하는 목표에 도달하고 보니 자신이 정말 원하는 것이 이것이었는지 회의를 느끼는 사람들이지요. 사실 자신이 진짜 좋아하는 것과 좋아한다고 생각하는 것은 다를 수 있습니다. 자신이 좋아할 것이라고 생각했지만 실제로 그 일이 이루어졌을 때 별로 흡족하게 느껴지지 않는 일도 비일비재합니다. 그 말인즉슨 자신이 무엇을 좋아하고 무엇을 중요하게 여기는지를 잘 안다는 것이 쉽지 않다는 뜻이기도 합니다.

삶에서 목표보다 더 중요한 것은 가치입니다

목표를 성취해도 허무함을 느끼는 것은 목표 안에 가치가 제대로 담겨 있지 않기 때문입니다. 가치와 목표는 구분되어야 합니다. 가치란 계속 나아가고자 하는 방향이며 제한된 끝이 없습니다. 그에 비해 목표는 원하는 결과를 얻으면 끝이 나기 마련입니다. 예를 들어 학문연구를 위해 대학교수가 되는 게 꿈이이라면 '학문연구'는 가치가 되는 것이고 '대학교수가 되는 것'은 목표입니다. 학문연구라는 가치는 대학교수가 된다고 사라지지 않지만 대학교수라는 목표는 교수가 되는 순간 사라집니다.

그러므로 가치지향적인 사람들은 멈추지 않고 끊임없이 성장할 수 있지만, 목표지향적인 사람들은 목표가 이루어진 다음, 방향을 잃기 쉽습니다. 만일 미정 씨가 가치중심적인 사람이라면 교수가 되기 전이나 되고 난 후에도 학문을 연구하는 자세는 변하지 않을 것입니다. 미정 씨에게 교수직이란 학문 탐구를 위한 수단이기 때문이지요. 하지만 이 사람이 목표중심적인 사람이라면 이야기는 달라집니다. 그 사람은 교수가 된 이후에는 학문 탐구를 소홀히 할 수도 있습니다. 만일 교수가 되지 못한다면 학문을 연구하는 일과는 전혀 상관없는 일을 할지도 모릅니다. 애초부터 학문 탐구가 인생의 중심가치가 아니었기 때문입니다.

목표를 우선시하는 삶은 본말이 뒤바뀐 삶입니다. 목표를 이루어야 가치를 추구할 수 있는 것이 아니라 가치를 추구하기 때문에 목표를 이룰 수 있습니다.

우리는 흔히 가치추구라는 삶의 방향성 세우기를 외면하고 그저 목표달성이라는 삶의 한 지점에만 매달립니다. 그래서 정해진 목표를 달성하지 못하면 가치를 추구할 수 없다고 생각하거나, 목표달성에 매달리느라 자신도 모르는 사이에 점점 인생의 중심가치와 유리된 삶을 살아가게 됩니다.

하지만 목표보다 중요한 것은 가치입니다. 목표와 가치가 연결되어 있지 않으면 삶은 표류합니다. 성공우울증도 생길 수 있습니다. 원하는 목표를 이루고도 허탈합니다. 목표가 있다고 해서 무조건 행복하거나 열정이 생기는 것은 아닙니다. 자신의 중심가치 위에 세워진 목표만이 영향력과 의미를 가집니다. 그러므로 가치지향적인 사람들은 더욱 큰 용기를 가지고 과제에 도전합니다. 이들은 시련에 맞설 수 있고 어려움 앞에서 쉽게 꺾이지 않습니다. 모든 것을 포기하고 싶을 만큼 실패감에 빠지지도 않습니다. 많은 사람들이 도전과 재도전 앞에서 한없이 망설이는 것은 자신의 삶에서 무엇이 진정 중요한지를 모르기 때문입니다.

그렇다면 어떻게 해야 두려움을 물리치고 자신이 원하는 삶을 살 수 있을까요? 해답은 어렵지 않습니다. 자신의 삶에서 가장 중요한 것을 추구하면 됩니다. 본질적인 가치를 추구하는 사람에게는 실패란 있을 수 없습니다. 영국의 소설가 길버트 체스터턴의 말이 인상적입니다. "해서 가치 있는 일은 하지 못해도 가치가 있다."

내 인생의 핵심가치를 찾는 방법

나의 이야기를 꺼내봅니다. 소심하고 겁이 많은 나는 늘 안전 지향적인 삶을 살아왔습니다. 못한다는 평가를 듣는 것을 끔찍이도 싫어했습니다. 도전하기보다는 쌓아온 것을 지키는 데에만 급급했습니다. 늘 할 수 있는 일만 시도했습니다. 늘 안전한 목표만 세우니 실패도 없었습니다.

그러다가 첫아이의 돌을 치르고서 처음으로 내가 원하는 삶을 떠올리기 시작했습니다. 아이에게 '원하는 삶을 살아라!'라고 말하려면 내가 먼저 그런 삶을 살아야겠다고 반성했기 때문입니다. 내 생애 처음으로 안전한 삶보다는 가치 있는 삶을 살겠다고 결심한 게 삼십대

후반이었습니다.

그후 내가 정말 중요하게 생각하는 가치가 무엇인지 탐색하기 시작했습니다. 그때 찾은 중요한 가치가 바로 '사람들의 정신적 성장에 도움이 되고 싶다'는 것이었습니다. 정신적 치유를 넘어 정신적 성장에 도움이 되는 사람이고 싶은 마음이 생겼습니다. 적어도 3년만큼은 내가 원하는 가치를 최우선에 두고 살자고 마음먹었습니다. 정신건강을 치유하는 정신과의사의 영역을 넘어 정신건강을 예방하고 향상시키는 심리훈련 전문가가 되기로 결심했습니다.

삶의 방향성이 세워지고 결심이 서는 순간, 마음이 달라졌습니다. 실패에 대한 두려움이 사라지기 시작했고, 시도를 했다는 것만으로도 가치 있다고 여기게 됐습니다. 원하는 결과가 주어지면 더욱 좋겠지만 설사 그 시도가 별다른 결과를 내지 못한다 하더라도 후회하지 않을 것 같은 자신감이 생겼습니다. 그때 처음 깨달았습니다. 이루지 못해도 가치 있는 삶이 있을 수 있다는 것을 말입니다. 그것이 가치를 실현하기 위해 도전하는 자들에게만 주어지는 삶의 특권인 것을 알게 됐습니다.

물론 단박에 자신의 핵심가치를 파악하는 것이 힘들 수도 있습니다. 그러나 삶은 열심히 살려고 하는 자에게 친절한 법입니다. 계속 물으면 언젠가 답을 줍니다. 처음부터 뚜렷한 답은 얻어지지 않습니다. 하지만 계속 물으면 점점 더 뚜렷한 답이 보입니다. 먼저 여러분이 원하는 바를 떠올려보세요. 인생에서 이루었으면 좋겠다고 생각하는 여러 가지 소망이나 목표를 적어보세요. 이왕이면 관계, 일, 놀이나 취미의 영역으로 나누어 골고루 구체적으로 적어보세요. 그리고 이렇게 물어봅니다. '이 소망이 나에게 왜 만족을 주는가?' '이 목표에는 어떤 가치가 담겨 있는가?'

사람마다 다르겠지만 '여유로운 삶' '자연과 함께 하는 것' '어려운 이웃을 돕는 것' '새로운 지식을 익히는 것' '사회적 불평등을 해소하는 것' 등 여러 가지 가치들이 나올 것입니다.

반대로 찾아가는 방법도 있습니다. 여러분의 삶에서 불만인 것을 쭉 써보는 것입니다. 그리고 이렇게 물어봅니다. '이것이 왜 나에게 불만을 주는가?' '이 불만에는 내가 중요하다고 생각하는 무엇이 빠져 있는가?'

이 과정을 통해 자신의 삶에서 중요한 가치를 찾아갈 수 있습니다. 가치는 찾으면 찾을수록 많이 나옵니다. 하지만 중요한 것은 핵심가치입니다. 여러 가치 중에서 자신에게 정말 중요한 것을 뽑아내야 합니다. 자신에게 중요한 가치가 없는 것도 문제이지만, 너무 많아서 가치의 우위를 구분할 수 없다면 이 역시 삶을 고단하게 합니다. 선택의 기준이 바로 설 수 없기 때문입니다.

가치는 수직적으로 배열되어야 합니다. 인생의 시기에 따라 바뀌겠지만, 지금 당신에게 가장 중요한 가치가 무엇인지 바로 답할 수 있어야 합니다. 만일 여러 개의 가치가 혼재되어 우위를 구분하기 어렵다면 이런 상상을 해보는 것도 좋습니다. 당신의 집에 불이 난다면 당신은 무엇을 가장 먼저 들고 빠져나올 것 같습니까? 당연히 가장 중요한 것을 들고 나올 것입니다. 마찬가지 셈법으로 자신의 삶에서 절대 포기할 수 없고 끝까지 지키고 싶은 가치를 찾아보세요. 그리고 그 가치의 토대 위에서 구체적인 삶의 목표를 재정립해야 합니다. 지금 내가 생각하는 목표에 내가 중요하다고 생각하는 가치가 얼마나 반영되어 있는지 살펴보세요.

가치중심적인 사람은 계속 성장합니다

목표중심적인 사람에게 삶은 쟁취하는 것이지만, 가치중심적인 사람에게 삶은 추구하는 것이 됩니다. 그러므로 가치중심적인 사람에게는 실패도 없고 끝도 없습니다. 가치란 추구하느냐 추구하지 않느냐로 나뉘는 것이지, 성공이냐 실패로 나뉘는 것이 아니기 때문입니다. 따라서 가치중심적인 사람은 삶의 모든 경험을 열린 태도로 받아들입니다. 가치지향적인 사람에게는 모든 경험이 배움의 과정입니다.

목표중심적인 사람들이 결과중심적이고 불편을 그저 마지못해 참는 사람들이라면, 가치중심적인 사람들은 과정중심적이고 불편을 잘 받아들이는 사람들입니다. 그들에게 불편이란 자신의 삶의 가치를 추구하기 위해 자발적으로 선택한 어려움입니다. 가치중심적인 사람들은 정신적 맷집이 강하고 사고방식이 유연한 편입니다. 당신은 목표중심적인 사람입니까, 가치중심적인 사람입니까? 가치중심적인 사람이라면 당신은 삶 속에서 그만큼 더 많은 것을 받아들여 성장해나갈 수 있을 것입니다.

목표지향적인 삶을 산다면
당신이 얼마를 갖고 있든 결코 충분하지 않을 것이다.
가치지향적인 삶은 그렇지 않다.
당신이 어떤 상황에 처해 있든 가치는 항상 이용할 수 있기 때문이다.
특정한 목표를 이루지 못해 참담한 기분이 든다면 이렇게 해보자.
우선 그 목표에 숨어 있는 가치를 찾고 나서 자신에게 물어보자.
'작은 것이라도 이 가치와 일치하는 지금 할 수 있는 행동은 무엇일까?'
그런 다음 마음을 다해 행동하라.
가치는 언제나 당신과 함께 있고 항상 이용할 수 있다.

루스 해리스, 『행복의 함정』 중에서

막힘이 있어도
삶은 계속 흘러갑니다

나는 어릴 때 길을 잃은 적이 없었습니다. 대신 일부러 길을 잃어버리려고 애썼던 적은 있습니다. 이름하여 '길 잃어버리기' 놀이입니다. 심심할 때 나름대로 혼자 놀기 위해 생각해낸 방법이지요. 길 잃어버리기 놀이는 매우 간단합니다. 심심하면 집을 나와서 아무 데나 정처 없이 걸으면 됩니다. 생전 처음 본 곳까지 갔다가 다시 되돌아오면 됩니다. 그 과정에서 잠시 길을 잃어 불안해한 적도 있었습니다.

그러나 결국 길을 찾아 헤매다가 다시 길을 찾거나 주위 사람들에게 길을 물어봐서 집에 돌아오곤 했습니다. 부모님이 아셨다면 걱정을 많이 하셨겠지만 나만의 비밀스러운 놀이는 한동안 계속 되었습니다. 길을 잃을 수도 있어서 불안했을 법도 한데 그 시절의 나는 왜 그런 놀이를 계속했을까요? 아마 길을 찾아 헤매는 것이 두렵기보다는 재미있었고, 결국에는 집에 올 수 있을 것이라는 믿음이 있었던 것 같습니다.

정작 길을 잃어버린 것 같은 두려움과 혼란함이 커진 것은 성인이 된 무렵부터였습니다. 대학 입학시험이 끝나고 진학을 앞둔 나는 갑작스럽게 혼란에 빠졌습니다. 청소년기에 무엇을 하고 살 것인지에 대한 아무런 고민 없이 지내다보니 대학 입학시험이 끝난 뒤 학교와 전공을 결정하는 것이 너무 막막했습니다.

결국 부모님의 권유에 의해 의과대학에 들어갔지만 늘 '이 길이 나의 길인가?'라는 질문이 떠나지 않았습니다. 왠지 어딘가에 내가 가야할 길이 따로 있는 것 같았지만 도무지 알 수 없었고 방황은 계속 이어졌습니다. 두 번의 휴학을 했지만 답을 찾을 수 없었습니다. 나는 왜 이렇게 내 삶이 혼란스럽고 방향을 찾아가기 힘든 것인지 답을 구하고 싶어 정신과의사가 되기로 결심했습니다. 정신과의사가 되고 나서 스스로를 많이 이해하게 되었지만 그럼에도 불구하고 '이 길이 나의 길인가?'라는 질문에서는 여전히 벗어나지 못했습니다. 아니, 오히려 갈수록 그 질문은 커져만 갔습니다.

결국 몇 년간의 또 다른 방황과 탐색 끝에 지금은 나름의 방향을 찾아서 가고 있는 중입니다. 물론 그렇다고 '이 길이 나의 길인가?'라는 질문을 멈춘 것은 아닙니다. 여전히 강한 확신은 없습니다. 다만 그런 불확실성에도 불구하고 예전처럼 불안하지는 않습니다. 결국 내가 가야 할 곳으로 가게 될 것이라는 믿음을 갖고 있으며, 내가 가야 할 곳이 어디인지 점점 그 답이 구체화되고 있다고 느끼기 때문입니다.

이제는 예전처럼 확실한 지도와 계획표가 없어도 길을 떠날 수 있습니다. 기꺼이 헤매고 두드릴 마음의 준비가 된 셈이지요. 설사 무언가 뜻대로 되지 않고 장애물로 인해 길이 막힌다고 하더라도 그 안에 어떤 의미와 메시지가 있고 어디로 가야 할지에 대한 단서가 내포되어 있을 것이라고 생각하는 요즘입니다.

케 세라 세라! 이루어질 일은 이루어집니다

도리스 반 카펠호프라는 독일계 미국여성은 어려서부터 춤추는 것을 좋아했습니다. 자연스럽게 발레리나를 꿈꾸었지요. 그녀는 발레 콩쿠르 대회에 우승한 뒤 부푼 꿈을 갖고 열두 살 때 할리우드로 건너갔습니다. 그러나 갑작스러운 불행으로 2년간 준비해온 그녀의 꿈은 산산조각 나고 말았습니다. 열네 살 때 집으로 오는 길에 큰 교통사고를 당해 다리를 다치고 만 것입니다. 발레리나의 꿈은 한순간에 좌절되었고, 그녀 앞에 놓인 것은 장기간의 재활치료뿐이었습니다.

몹시 낙담한 그녀의 삶에 위안이 되어준 것은 라디오에서 흘러나오는 노래들이었습니다. 그녀는 라디오에서 흘러나오는 가수들의 노래를 하루 종일 따라 불렀습니다. 그러던 어느 날, 불행을 받아들이고 삶을 노래하던 그녀에게 우연한 기회가 찾아왔습니다. 방송국 오디션을 보게 된 것입니다. 그 기회를 살려 그녀는 가수가 되었고 이후에는 영화배우로도 활동했습니다.

그녀는 바로 '케 세라 세라'라는 유명한 노래를 부른 도리스 데이입니다. 이 노래는 히치콕 감독의 〈나는 비밀을 알고 있다〉라는 영화의 주제곡이기도 합니다. 그런데 이 노래 제목의 뜻은 무엇일까요? 스페인어인 '케 세라 세라'를 우리는 흔히 '될 대로 되라'라는 뜻으로 알고 있습니다. 노래 가사의 'Que Sera, Sera'가 영어로 'Whatever will be, will be'로 번역되었는데 이를 '될 대로 되라!'로 해석했기 때문입니다. 듣기에 따라 다를 수 있지만, 왠지 될 대로 되라는 말은 체념이나 소극적인 태도로 느껴집니다.

하지만 이 영어 문장은 '되어야 할 것은 결국 그렇게 되기 마련이다'라는 뜻으로 해석되기도 합니다. '될 대로 되라'는 의미가 아니라 '이루어질 일은 이루어진다'는 인생에 대한 섭리와 신뢰가 담긴 문장으로 받아들일 수도 있지요. 발레리나의 꿈은 물거품이 되었으나 결국 가수와 영화배우의 삶을 살아간 도리스 데이에게 너무 들어맞는 노래라는 생각이 듭니다.

뜻대로만 되지 않는 것이 인생입니다. 어렸을 때는 나이가 들면 삶이 안정될 것이라고 생각하지만, 중년이 되어도 삶은 여전히 물음표 투성이고 불안정합니다. 시련은 나이에 관계없이 언제고 계속 찾아옵니다. 왜냐고 묻는다면 인생이 그런 것이라고 답할 수밖에 없습니다.

또 다른 한 사람을 소개해볼까 싶습니다. 한국 태생인 그는 아홉 살 때 부모님을 따라 미국으로 이민을 갔습니다. 그리고 동네 와이엠시에이YMCA에 우연히 갔다가 체조를 배우게 되었습니다. 정식으로 배운 것도 아닌데 남들보다 몸이 유연해서 체조 선수로서 재능이 엿보였던 그는 부모님의 반대에도 불구하고 체조를 시작했습니다. 그는 누구보다 열심히 연습했고 결과도 언제나 좋았습니다. 열일곱 살에 미국 올림픽 예비 선수로 선정되는 등 도리스 데이처럼 그 역시 꿈을 향해 승승장구할 것만 같았습니다.

그러나 열여덟 번째 생일을 이틀 앞둔 어느 날, 그의 꿈은 물거품이 되고 말았습니다. 어려운 기술을 연습하던 중 턱이 바닥에 먼저 떨어지면서 일곱 번째와 여덟 번째 척수 사이의 신경이 끊어진 것입니다. 그는 결국 가슴 아래가 모두 마비된 중증 장애인이 되었습니다. 사고 후 1년 동안 그는 깊은 분노와 좌절 속에서 시간을 보냈습니다. 무엇으로도 위로받을 수 없는 시간이었다고 합니다. 1년의 시간이 지나고 나서야 그는 자신의 장애를 받아들일 수 있게 되었습니다. 그는 그 순간을 이렇게 이야기합니다.

"사고가 난 지 1년 만에 비로소 나는 가슴 아래가 마비되고 손가락 신경이 자유롭지 못한 중증 장애인의 삶을 받아들이기로 결심했다. 그날 참 많이 울었다. 그런데 참 이상했다. 현실을 받아들이기로 결심한 순간부터 그렇게 마음이 평온할 수가 없었다."

그는 자신의 장애를 받아들이는 순간, 다른 꿈을 꾸고 싶어졌습니다. 넋을 잃고 닫힌 문을 바라보기보다는 그 뒤에 열린 문을 찾아다니기 시작했습니다. 운동복을 입는 대신 펜을 잡았습니다. 우선 병상에서 공부를 시작했습니다. 대학 입학시험을 볼 마음이었지만 오래 앉아 있으면 끊어질 것만 같은 통증을 견디지 못해 공부가 쉽지만은 않았습니다.

그러던 어느 날, 그는 한 권의 책을 보게 됩니다. 미국 재활의학의 아버지라고 불리는 하워드 러스크의 자서전인 『돌봐야 할 세상』이었습니다. 그 책을 보며 그는 자신의 고통에서 새로운 의미와 사명을 찾았습니다. 자신과 비슷한 장애를 가진 사람들을 돕기로 결심한 것입니다. 그는 의사가 되기로 마음먹었습니다. 그리고 혼신의 노력 끝에 재활의학과 전문의가 됩니다. 그는 지금도 휠체어를 타고 진료를 하며 많은 장애환자들에게 희망을 주고 있습니다. 바로 '슈퍼맨 의사'로 많이 알려진 이승복 씨가 이 이야기의 주인공입니다.

인생에서 막다른 골목이란 없습니다

아무리 부정하고 싶어도 삶은 자신의 뜻대로만 흘러가지 않습니다. 혼자 아무리 운전을 조심스럽게 한다고 해도 상대방의 실수나 잘못으로 얼마든지 사고가 일어나는 것처럼 아무리 조심스럽게 불행이나 상처를 피해가려고 해도 그럴 수 없는 게 인생입니다. 그런 일을 겪을 때면 삶이 멈춰버린 느낌이 들거나 아예 회생불가능하게 꺾여버린 느낌이 들 수도 있습니다.

그러나 삶에서 막다른 골목이란 없습니다. 길이 끝난 곳에서 다시 길은 시작됩니다. 시련의 불가피성과 삶의 불확실성을 받아들일 수 있다면 우리는 어긋난 인생 행로 앞에서도 새로운 가능성을 찾아갈 수 있습니다.

투자의 달인이라 불리는 워런 버핏은 자신의 인생에서 가장 큰 행운이 하버드대학교에 불합격한 것이라고 종종 말합니다. 그는 스무 살 때 꼭 입학하고 싶었던 하버드 경영대학원 입학시험에서 떨어집니다. 당연히 실망이 컸겠지요. 하지만 결과를 받아들이고 다른 대안을 찾기 시작합니다. 다른 열린 문을 찾아다닌 것입니다. 새롭게 여러 곳을 알아본 결과, 그는 컬럼비아 경영대학원에 진학할 수 있었습니다. 그리고 그곳에서 평생의 스승인 벤자민 그레이엄 교수를 만납니다. 하버드 경영대학원에 떨어졌기 때문에 만들어진 인연이자 행운이었지요.

그 행운은 노력 없이 덜컥 주어진 행운이 아닙니다. 주어진 현실을 엄연히 받아들이고, 닫힌 문만 보기보다 열린 문을 살핀 사람에게 주어진 행운이었습니다. 뜻대로 되지 않은 현실을 받아들였기 때문에 새롭게 찾아온 기회였던 것입니다. 그러나 자신의 뜻대로만 인생이 움직여야 한다고 생각하는 사람들은 자신의 뒤에 또 다른 열린 문이 있는데도 이를 놓치고 닫힌 문만을 두드리고 서 있거나 그 앞에서 울고 있기 십상입니다.

거대한 산이 가로막는다 해도 길을 잃지 않는 강물처럼

유유히 흐르는 강물을 한번 보세요. 강이 막혀 바다로 흘러가지 못했다는 말을 들은 적이 있나요? 아무리 거대한 산이 막아선다고 해도 강은 길을 잃지 않습니다. 새로운 물길을 만들어 돌아서 갈 뿐이지요. 강은 장애물을 받아들이고 돌아갈 줄 알며, 더 낮은 곳을 향해 나아가기 때문에 결코 멈추지 않습니다.

사람의 혈관도 마찬가지입니다. 나쁜 식습관과 운동부족으로 뇌혈관 질환이 많아지긴 했지만, 우리 몸은 설사 큰 혈관이 막힌다고 하더라도 피의 흐름을 단박에 멈추지 않도록 설계되어 있습니다. 우리의 몸은 새로운 작은 혈관들을 만들어서 측부순환을 하기 때문입니다. 작은 우회도로를 만들어 생명을 보존하는 것이지요. 이렇듯 생명 안에는 강물처럼 길이 막히면 새로운 길을 만들어내고, 철새처럼 제 갈 길을 찾아갈 수 있는 본능적인 방향감각이 내재되어 있습니다.

인생의 길도 다르지 않다고 봅니다. 인생 역시 막다른 길은 없습니다. 길이 끝난 곳에서 또 새로운 길을 걸어갈 수 있는 가능성이 있습니다. 삶에는 끝이라는 말이 없습니다. 오직 새로운 시작만이 있을 뿐이지요. 다만, 이 모든 새로운 시작은 삶의 모든 경험을 받아들일 줄 아는 사람들에게만 열린다는 것을 기억하세요. 마음을 낮춰 삶의 경험을 받아들이는 한 바다로 흘러가는 물처럼 인생은 더 깊이, 더 길게 흘러갑니다.

인생에 대한
믿음을 가집니다

산악가 중에 앨버트 머머리라는 사람이 있습니다. 그로부터 현대 등반의 역사가 시작됐다고 할 만큼 위대한 산악인으로 평가되는 사람입니다. 어린 시절의 머머리는 병약한 몸을 튼튼하게 하려고 산에 오르기 시작했는데, 등산을 통해 건강을 회복한 뒤로는 더욱 강한 사람이되었습니다. 그는 1890년대부터는 가이드 없이 고산을 등반하기 시작했습니다. 머머리는 능선을 따라 정해진 길을 올라가는 것이 아니라새로운 루트를 개척하는 모험적인 등반을 나서기로 유명했습니다. '길이 끝나는 곳에서 비로소 등산은 시작된다'는 말에는 그의 등반정신이 고스란히 압축되어 있지요. 그래서 후대의 사람들은 그의 등반정신을 가리켜 '머머리즘mummerism'이라 부릅니다. 그의 이름을 딴 머머리즘이란 말은 정상 등극만을 중요하게 생각하는 등정주의登頂主義와

비교되는 개념으로, 오르는 과정을 중요하게 여기는 등로주의登路主義
를 표현하는 다른 말입니다.

당신은 등정주의자입니까? 등로주의자입니까?

등정주의가 목표만을 중시하는 것이라면, 등로주의는 과정을 중요
하게 여깁니다. 인생의 산을 오르는 것도 비슷하단 생각이 듭니다. 인
생에도 수많은 오르막이 있고 내리막이 있습니다. 인생의 등정주의가
속도와 성공을 중시한다면, 인생의 등로주의는 새로운 도전과 과정을
중시하는 태도입니다. 아마도 등정주의자라면 삶의 성취만을 성공으
로 인정하고 받아들이겠지만, 등로주의자는 실패나 상처를 포함한 삶
전체를 받아들이고 사랑하는 사람일 것입니다.

인생을 등정주의자로 살아간다면 눈앞에 닥치는 불행이나 시련은
온통 성공의 방해물로만 보일 것입니다. 하지만 등로주의자로 살아간
다면 불행이나 시련 역시 자신의 인생을 좀 더 깊이 있게 성장시킬 수
있는 경험이라고 느낄 것입니다. 인생의 등로주의자는 내리막을 앞에
두고 잠시 허탈해하겠지만 좌절하지는 않습니다. 다만, 가야 할 길을
가는 것이며 이 길은 또 다른 오르막으로 이어져 결국 자신이 가야
할 곳에 가닿을 것이라는 믿음을 잃지 않습니다.

인생은 우리의 계획과 무관하게 흘러가기도 합니다

우리들은 모두 인생에 대한 각자의 믿음을 가지고 있습니다. '나의 인생은 불행할 것이다' '나의 인생은 계속 내리막길일 것이다' '인생이란 별것 없다' '인생은 무의미하다' 같은 부정적 신념을 가진 사람들도 있고 '인생은 내가 원하는 대로 된다' '나는 어떤 일이 있어도 성공한다' '나에게 불행이나 내리막길이란 없다' 같이 자신이 바라는 대로 될 것이라고 믿는 사람도 있습니다.

긍정의 힘을 중요시하는 요즘에는 자의든 타의든 후자의 신념을 가지는 사람들이 많아졌습니다. 수백여 권의 자기계발서들은 그러한 믿음을 부추기면서 마치 자신이 결심만 하면 온 우주가 자신을 위해 힘을 모아줄 것처럼 이야기합니다. 자신에게 삶의 결정권이 있다고 생각하고 인생의 많은 부분을 선택할 수 있다고 믿게 합니다.

하지만 이는 착각입니다. 고대인들이 지구를 중심으로 태양이 돌고 있다고 착각했던 것처럼 우리들은 그저 자신이 세상의 중심이라고 착각하고 있을 뿐입니다. 우주는 결코 개인의 꿈을 이루어주기 위해 존재하지 않습니다. 인생은 자기 계획이나 희망과는 다른 방향으로 흘러가기 쉽습니다. 우리는 우리 스스로의 의지가 삶을 이끌어간다고 생각하지만 그 위에는 우리를 이끌어가는 또 다른 힘들이 있습니다. 그 힘을 누군가는 '신'이라 부르고, 누군가는 '운명'이라 부르고, 누군가는 '무의식'이라 부르고, 또 다른 누군가는 '유전자'라고 부르기도 합니다. 그 힘을 어떻게 명명하느냐가 중요한 것이 아니라 그 힘과 영향력을 잘 이해하는 것이 삶을 잘 살기 위해서 꼭 필요합니다. 그래서 우주의 질서에 우리의 꿈을 조화시키는 것이 중요합니다. 그 주파수를 맞추는 작업이 결코 쉬운 일은 아니지만 시행착오를 거치며 조율을 해나가면 됩니다.

그렇다면 인생은 불친절하기만 한 것일까요? 인생은 믿을 수 없는 것일까요? 어려운 질문이지만 나는 인생이 친절하다고 생각합니다. 그리고 인생을 믿습니다. 이 삶에 대한 믿음은 내가 원하는 대로 삶이 흘러가거나 이루어질 것이라는 맹신이 아닙니다. 비록 내 뜻과 다르게 다른 방향으로 삶이 나를 이끌더라도 그 경험들이 어떻게든 나에게 도움이 될 것이라고 믿는 것입니다. 굴곡진 여정으로 나를 인도하더라도 결국 인생은 내가 있어야 할 곳으로 나를 안내해줄 것이라고 믿습니다. 인생에 대한 믿음이 없으면 조금이라도 좋지 않은 경험은 피하려 들기 쉽습니다. 좋은 것만 경험하려고 하여 삶의 편식을 하게 됩니다.

입맛에 맞고 하고 싶은 것만 하려 든다면 마음의 건강과 정신적 맷집은 약해지기 쉽습니다. 물론 마음에 안 드는 일을 받아들이는 것은 말처럼 쉬운 일만은 아닙니다. 하지만 마음에 들지 않는 경험들 역시 삶을 더 나은 곳으로 이끌어준다는 믿음을 가지게 된다면 우리는 안 좋다고 느끼는 경험들 역시 좀 더 잘 받아들일 수 있게 됩니다. 그리고 받아들임을 통해 그전에는 볼 수 없었던 열린 문과 새로운 기회를 발견할 수도 있습니다. 심리학자 아치볼드 하트는 '좋은 것과 나쁜 것을 함께 받아들이지 않으면 신이 내 삶을 위해 마련한 계획이 수행될 수 없다'고 하지 않았던가요.

삶의 여관을 찾아오는 모든 손님을 기꺼이 맞이하세요

이슬람의 신비주의 시인 루미는 삶을 여행자의 집에 비유한 바 있습니다. 그 비유대로 삶을 여행자의 집이라고 하고 당신을 그 집의 주인이라고 한다면, 우리가 경험하는 일들은 그곳을 찾는 손님이라고 할 수 있습니다. 인생의 여관에는 수많은 손님들이 찾아옵니다. 그중에는 자신의 마음에 드는 손님도 있을 것이고, 전혀 겪고 싶지 않은 손님도 찾아올 것입니다. 그런데 주인인 내가 받고 싶은 사람만 받고, 받기 싫은 손님은 내쫓으면 어떻게 될까요? 경우에 따라 다르겠지만 왜 나가야 되느냐며 화를 내고 싸우려 드는 손님도 있을 것입니다. 그러다보면 결국 내가 받고 싶은 손님들도 그 풍경을 보고서 다른 곳으로 가버릴 수 있습니다.

우리는 인생에서 벌어지는 여러 가지 경험들을 골라서 맞이할 수 없습니다. 그러므로 좋지 않은 일이 찾아온다면 기꺼이 궂은 일들이 머물다 갈 자리를 내주는 것이 필요합니다. 그들이 찾아온 저마다의 이유와 가르침이 있을 것이며, 머무름을 허용하면 결국 그들은 잠시 머무르다 떠날 것입니다. 그들을 대접하여 보내는 것이 결국은 삶의 자산을 키우는 길입니다.

단, 머무를 공간을 주되 주의할 것이 있습니다. 손님이 오면 사랑채에 머물다 가게 했던 것처럼 객실에 머무르게 해야지 안방을 내줄 필요는 없습니다. 안 좋은 경험을 존재의 중심에 머무르게 할 필요는 없습니다.

생각해보면 애초부터 인생을 위한 정확한 지도란 존재하지 않았습니다. 자신의 인생을 살아간 사람들은 명확한 지도를 갖고 있어서 삶에 도전했던 사람들이 아닙니다. 그들은 '무엇이 나의 길인가?'라는 질문을 품고 길을 찾아 헤매는 고통을 기꺼이 받아들인 사람들이었을 뿐입니다.

지금 안개가 자욱한 길처럼 앞이 잘 보이지 않나요? 그렇다면 눈앞에 보이는 곳까지라도 우선 걸어가보세요. 그곳까지 걸어가면 걸어온 만큼 나아가야 할 길이 또 보일 것입니다. 삶이란 나아간 만큼 열리는 것이니까요.

생활 속에서 실천하는 수용력 증진 훈련 3

삶과 현실 받아들이기

1 경험에 의미를 더해봅니다.

삶과 현실을 잘 받아들이려면 경험에 의미 차원을 더하는 것이 필요합니다. 부정적 경험이라도 그 경험에 의미를 부여할 수 있다면 우리는 기꺼이 그 경험을 받아들일 수 있게 됩니다. 손가락을 볼 때 손가락이 '가리키는 곳'을 볼 필요가 있는 것처럼 우리는 어떤 경험이 주어질 때 그 경험이 말해주는 메시지에 깊이 귀를 기울여야 합니다. '이 경험이 나에게 말해주고자 하는 것이 무엇인가?'를 묻고 답해야 합니다. 의미는 경험을 받아들일 수 있는 공간을 넓혀주고 받아들이고도 주저앉지 않도록 내적인 힘을 부여합니다.

2 '나라고 예외일 수 없어'라고 말해봅니다.

삶과 현실을 잘 받아들이려면 '당연히'라는 말을 줄이고, 남에게 벌어질 수 있는 일은 자신에게도 벌어질 수 있다는 것을 받아들여야 합니다. 나는 당연히 아프거나 사고를 당하지 않고 건강하게 살 것이고, 당연히 나의 휴가 때는 날씨가 좋을 것이며, 당연히 우리 아이들은 부모의 말을 잘 들을 것이며, 당연히 내가 응원하는 팀이 경기에 이겨야 한다는 생각을 다음과 같이 바꿔서 이야기해보세요. '나라고 아프거나 사고를 당하지 말란 법이 없고, 나의 휴가 때 날씨가 꼭 좋을 수만은 없고, 아이들은 부모의 뜻대로만 자라지 않을 수 있으며, 내가 응원하는 팀이라도 경기에 질 수 있어'라고 말입니다. 삶과 현실을 잘 받아들이는 사람들은 '그럴 수는 없어!'라는 말 대신에 '그럴 수도 있어'라는 말을 많이 쓰는 사람들입니다.

3 오감을 열고 현실과의 접촉면을 늘립니다.

삶과 현실을 잘 받아들이려면 현실과 접촉하고 있어야 합니다. 현재의 감각에 집중하는 것이야말로 현실의 경험을 잘 받아들일 수 있는 중요한 통로입니다. 그러나 우리는 생각과 감정에 빠져 있느라 정작 몸의 느낌인 감각은 소홀히 하기 쉽습니다. 감각은 우리로 하여금 현실을 지각하게 함으로써 현실감을 부여합니다. 감각에 집중하려면 속도를 늦추고 음미하는 경험이 필요합니다. 걸을 때는 땅이 발바닥에 닿는 느낌을 느끼며 걷고, 식사를 할 때는 음식을 천천히 씹으면서 그 맛을 음미하며 먹습니다. 대화를 할 때는 상대의 눈을 바라보고 상대가 어떤 이야기를 하는지 귀를 기울입니다.

4 실수는 바로 인정하고 앞으로 나아갑니다.

인생은 살아 있는 것입니다. 인생은 녹화방송이 아니라 생방송입니다. 실수를 했다고 해서 처음부터 다시 시작할 수 없습니다. 실수를 수습하고 남은 시간에 집중해야 합니다. 시간은 흘러가고, 삶은 돌이킬 수 없다는 것을 인정하면 우리는 경험에 대해 지나친 후회와 자책에 빠지지 않고 경험을 받아들이고 앞으로 나아갈 수 있게 됩니다.

좋은 관계란
갈등이 없는 관계가 아닙니다.
가까운 사이이면서도
충돌이나 갈등이 없다는 것은
두 사람이 중요한 문제를
피하고 있다는 것을 의미합니다.

좋은 관계는
갈등을 인정하고
갈등을 살펴보고 풀어감으로써
더 깊이 연결되는 관계입니다.

좋은 관계는
갈등을 자원화할 수 있는 관계입니다.

4

누군가와 가까워지기
힘든 당신에게

—

타인을 받아들이기

'작은 연결감'으로
삶을 살립니다

수많은 사람들이 마음의 고통 때문에 정신과를 찾습니다. 그렇다면 마음의 고통이 클수록 병원에 자주 오게 되는 것일까요? 물론 틀린 말은 아닙니다. 하지만 정확한 표현도 아닙니다. 사람들이 병원에 오는 대개의 공통된 이유는 심적 고통이 크기 때문이라기보다는 그 고통 속에 '홀로 있다'고 느끼기 때문입니다. 세상과 동떨어진 채 혼자 갇혀 있다는 느낌이 마음의 상처를 더 깊게 만듭니다.

자신의 마음을 알아주는 누군가가 있거나 비슷한 어려움을 겪는 사람이 있다면 고통의 무게는 줄어들기 마련입니다. 고통 속에 혼자 있다고 느끼며 병원에 온 사람들에게 정신과의사는 그 사람의 마음을 알아준 최초의 사람이 되는 경우가 많습니다. 직장인 은진 씨도 그랬습니다.

그녀는 서른 살이 될 때까지 연애를 한 번도 하지 않았습니다. 남자를 믿지 못했기 때문입니다. 은진 씨는 남자들이 자신을 싫어한다고 믿고 있었습니다. 그렇게 생각하게 된 데에는 대학교 2학년 때 겪은 상처가 컸습니다. 내심 자신에게 관심을 가지고 있다고 생각했던 과 선배가 그녀의 제일 친한 친구에게 프로포즈를 했다는 소식에 큰 충격을 받았습니다. 결국 두 사람은 커플이 되었습니다. 선배와 친구는 아무 일 없었다는 듯 은진 씨를 대했지만 그녀는 두 사람을 보는 것이 너무 괴로웠습니다. 감당할 수 없었습니다. 두 사람은 물론 같은 과 사람들도 대하기 힘들어졌습니다. 결국 은진 씨는 심적인 부담감을 못 이기고 휴학을 했습니다. 그리고 다시 복학한 뒤에는 다른 사람들에게 관심을 보이지 않고 공부에만 집중했습니다.

단절되는 순간, 삶은 바닥으로 내려갑니다

상담이 이어질수록 은진 씨 내면에 숨겨진 거절에 대한 깊은 상처가 드러나기 시작했습니다. 이미 대학생이 되기 전부터 그녀는 거절에 대한 예민함이 컸습니다. 그녀에게 눈을 감고 어머니와의 생애 첫 기억을 떠올려보도록 했습니다.

"대여섯 살이었던 것 같아요. 부부싸움을 심하게 하신 뒤 아버지는 집을 나가버렸어요. 어머니는 혼자 이불을 뒤집어쓰고 벽을 보며 누워 있었던 것 같아요. 나는 구석에 있다가 엄마에게 조심스럽게 다가갔지요. 엄마가 나를 안아주길 바랐습니다. 두 분이 싸운 것 때문에 나도 놀라고 무서웠으니까요. 그런데 엄마가 나를 귀찮다는 듯이 확 밀쳐내더니 뒤도 돌아보지 않는 거예요. 그때 너무 서러워서 울었는데 엄마가 달래주지 않아 마냥 울었던 기억이 나네요."

이야기를 하면서 그녀는 서럽게 울었습니다. 마치 그때의 그 아이처럼 말입니다. 불화가 심했던 부모님은 보여주지 말았어야 할 모습을 어린 그녀 앞에서 많이 보인 것 같았습니다. 아이가 있는 것도 의식하지 않은 채 격한 부부싸움을 했고, 싸우고 나서도 자신들의 감정에 빠져 있느라 아이가 받았을 상처를 다독여주지 못했습니다. 어머니는 어렸을 때부터 수시로 그녀에게 아버지와 시댁 식구들에 대한 험담도 자주 늘어놓았다고 합니다. 그러면서도 정작 은진 씨가 필요할 때는 그 옆에 있어주지 않았습니다.

상담이나 프로그램을 진행할 때 나는 내담자나 참가자 들에게 살아오면서 가장 행복했던 순간들과 힘들었던 순간들을 떠올려보게 합니다. 대부분의 사람들에게 가장 행복하고 가장 고통스러웠던 순간은 결국 '관계'와 관련되어 있습니다. 개인적인 성취나 실패의 순간을 꼽기보다는 누군가와 사랑, 친밀감, 일체감 등을 경험했을 때나 반대로 사람들로부터 거절당했을 때, 혼자라고 느껴졌거나 수치심을 느꼈거나 배신을 당했던 순간들을 떠올립니다.

나의 경우도 마찬가지입니다. 돌아보면 내가 이해받고 사랑받는다는 느낌이 들었을 때 나는 가장 행복했고, 세상에 나 혼자뿐이라는 느낌을 받았을 때 가장 힘들었습니다. 자신이 누군가와 가장 깊이 연결되어 있다고 느낀 순간들이 삶의 정점이고, 아무도 옆에 없고 단절

되었다고 느꼈던 순간들이 삶의 바닥인 경우가 많습니다.

엄마에게 거절당했던 생애 초기기억은 은진 씨의 삶을 지배하고 있었습니다. 그 어두운 그림자 때문에 학창시절에도 친구들 사이에서 늘 뒷전으로 밀려난다는 느낌을 받았고, 단짝 친구 없이 학교를 다녔던 시절도 있었습니다. 그 때문에 마음속으로는 언제나 자신이 누군가에게 가장 중요한 존재였으면 바랐고, 자신이 좋아하는 친구들에게 자신은 별로 중요하지 않는 사람처럼 여겨지는 것이 너무 싫었습니다. 받아들여지지 않을 바에야 차라리 혼자인 것이 더 편했습니다. '사람은 어차피 혼자야'라며 마음의 문을 닫고 산 것입니다. 단절감을 겪지 않으려고 외로움 속에 스스로 걸어 들어간 마음 아픈 자기방어였던 것입니다.

모든 생명체의 본능, 애착과 접촉

13세기 독일의 황제 프리드리히 2세는 끔찍한 호기심이 있었습니다. 그는 아기들이 인간의 말을 듣지 않고 자라면 어떤 언어로 말하게 될지 궁금했습니다. 이를 위해 황제는 부모에게서 아이를 빼앗아 보모가 키우도록 실험을 설계했습니다. 인간이 내뱉는 '자연 그대로의 언어'가 무엇인지 궁금했던 겁니다. 아이를 키우는 보모들은 아이들에게 젖을 먹이고, 잠을 재우고, 목욕을 시켰지만 그 외의 순간에는 만지지도 않고, 말도 건네지 않았습니다. 과연 정서적인 접촉과 대화 없이 자라난 아이들은 어떤 말을 사용했을까요?

안타깝게도 실험을 통해서 황제의 궁금증이 풀릴 수는 없었습니다. 아이들이 말할 수 있는 나이가 되기도 전에 모두 죽었기 때문입니다. 1248년 역사가 살림베네는 이 비극적인 실험에 대해서 이렇게 기록했습니다. "쓰다듬어 주지 않아서 아기들은 살 수 없었다."

이와 유사한 실험이 1960년대에 다시 이루어졌습니다. 이번에는 원숭이를 대상으로 한 실험이었습니다. 심리학자 해리 할로는 사회적 상호작용을 연구하기 위해 새끼 원숭이를 어미로부터 떼어내어 여러 가지 실험을 진행했습니다. 그는 태어난 지 얼마 되지 않은 새끼 원숭이를 어미와 분리시켰습니다. 그리고 새끼 원숭이를 철사로 만든 가짜 어미 원숭이 두 마리와 함께 키웠습니다. 두 마리의 가짜 원숭이 중 한 마리는 철사 위에 헝겊을 두르고 있었고, 또 다른 한 마리는 철사로 만들어지긴 했지만 젖병을 들고 있었습니다.

관찰결과, 새끼 원숭이들은 배가 고플 때만 '젖병엄마'에게 갔고, 그 외의 시간에는 하루 종일 '헝겊엄마'에게 매달려 있었습니다. 그리고 외부에서 위협이 가해질 때면 어김없이 헝겊엄마에게 안겨서 두려움을 달래곤 했습니다. 실험을 통해 할로는 애착의 핵심은 먹이가 아니라 '접촉'임을 밝혀냈습니다.

이후로 여러 가지 변형된 실험이 이루어졌습니다. 예를 들면 애착이 형성되고 난 뒤 헝겊엄마가 새끼 원숭이에게 찬물을 쏟거나 뾰족한 물체로 찌르도록 만들었습니다. 새끼 원숭이들은 여느 때처럼 어미인줄로만 알고 달려갔는데 느닷없이 찬물을 뒤집어쓰거나 불쾌한 자극을 받게 되었습니다. 새끼 원숭이들은 이후에 어떻게 했을까요?

새끼들은 아무리 배척을 당하고 상처를 입어도 이미 애착이 형성된 가짜엄마의 품 안으로 파고들기 위해 기어오르고 또 기어올랐습니다. 엄마와의 애착관계를 유지하는 것은 새끼에게는 죽고 사는 문제이기 때문에 자신을 아프게 하고 고통을 주어도 애착대상의 품에서 벗어나지 못했습니다. 본능인 셈이죠.

비록 끔찍한 방법을 동원하긴 했지만 앞의 두 실험을 통해 접촉과 애착은 인간의 발달과 성장에 필수불가결한 요소이며 인간의 본능임을 알 수 있습니다. 생명체는 어떤 희생을 치르더라도 애착대상과 연결되고자 하는 본능이 있습니다. 그렇기 때문에 선천적으로 사람들과의 접촉을 피하는 자폐증이 아닌 이상, 관계를 피하는 사람들은 본능에 반하는 행동을 하는 것입니다. 본능을 거스르는 행동은 아무리 무덤덤해지고 습관화가 되었다 하더라도 근본적으로 마음에 고통을 주며 많은 에너지를 소모하게 합니다. 결국 관계의 단절은 수많은 정신적·신체적 문제의 직접적 간접적 원인이 됩니다.

본능을 향하는 것은 자연스러운 것이며 본능에 반하는 것은 부자연스러운 것입니다. 생명체에게는 잘 먹고 잘 자는 것만큼이나 따뜻한 보살핌을 받는 것이 중요합니다. 마음의 문을 닫고 홀로 자기세계 속에서만 살아가는 이들도 그 마음속에는 누군가와 깊은 연결을 나누고픈 욕구가 숨어 있습니다. '결국 인생은 혼자야!' '다가오지 마, 아무도 필요 없어!'라며 누군가 가시 돋친 태도를 보인다면 그만큼 그 사람은 누군가와 하나가 되고 싶은 마음이 클 것이라고 추측해도 됩니다.

우리 모두에게는 단절에 대한 트라우마가 있습니다

인간에게는 자신을 안아줄 사람이 필요합니다. 그것은 어른이라고 해서 다르지 않습니다. 안아준다는 것이 꼭 신체적 포옹만을 의미하는 것은 아닙니다. 정신적인 포옹도 중요합니다. 인간은 끊임없이 누군가 자신을 보살펴주길 바라는 약한 존재입니다. 그러므로 사람이 정신적·신체적으로 건강을 유지하기 위해서는 정서적인 애착대상이 꼭 필요합니다. 이는 요람에서부터 무덤에 이르기까지 그 형태만 달리할 뿐, 변하지 않는 속성입니다.

그러나 우리는 어른이 되면 이 사실을 잘 받아들이지 않으려고 합니다. 우리 사회가 혼자 잘 견뎌내는 것을 어른스러운 것으로, 정서적으로 남에게 의지하는 것을 나약한 것으로 보기 때문입니다. 이런 사회적 편견 때문에 정서적 친밀감을 나눌 대상을 잃어버리고 우리는 정서적 연결이 끊긴 채 살아가기 쉽습니다. 대신 단절감에서 벗어나고자 일탈행동을 일삼거나 엉뚱한 대상으로부터 마음의 위로를 받습니다. 게임, TV, 음식, 일, 알코올, 쇼핑 등이 일시적인 도피처 역할을 하는 일탈의 대상들입니다. 방향 없는 자기계발이나 성공에 대한 집착도 때로는 그 도피처가 될 수 있습니다.

애착에 대한 욕구는 평생 지속됩니다. 우리는 이 본능적인 욕구를 받아들여야 합니다. 아이는 사람들의 축복 속에 세상 밖으로 나옵니다. 하지만 아이에게 탄생이란 생애 최초의 트라우마이기도 합니다. 마치 에덴동산에서 쫓겨난 아담과 이브처럼 가장 편안한 엄마의 뱃속에서 갑작스럽게 추방된 것이지요. 아이는 탯줄로 엄마와 한 몸으

218

로 연결되었다가 험한 세상에 내동댕이쳐지며 최초의 단절을 경험합니다. 이 '출생외상birth trauma'은 뇌에 각인된 가장 근원적인 불안입니다. 따라서 모든 인간은 거절과 단절에 대한 '원상처'를 가지고 있는 셈입니다. 그런 점에서 보면 인생이란 생애 최초로 겪은 단절감이라는 트라우마를 반복적으로 경험하는 것이며, 이를 극복하기 위해 부단히 애착의 대상을 찾아가는 기나긴 여정이기도 합니다.

단절의 고통은 때때로 죽음을 능가합니다. 집단 따돌림을 당한 아이들이 겪는 고통은 죽음보다 더한 고통이기에 이들의 자살률은 매우 높습니다. 보통 암환자의 자살률은 일반인의 자살률에 비해 2배가량 높다고 알려져 있습니다. 그런데 일반인의 자살률에 비해 무려 10배 이상 높은 자살률을 보이는 환자들이 있습니다. 바로 에이즈 환자들입니다. 암환자는 대개 주변의 걱정과 보살핌을 한 몸에 받습니다. 하지만 에이즈 환자들은 가까운 사람들에게조차 외면당하는 경우가 많습니다.

놀라운 현상이지만 죽음이 단절이 아니라 연결을 의미한다면 사람들은 기꺼이 목숨을 끊기도 합니다. 신앙을 위해 순교를 하고, 스스로 폭탄을 안고 자살을 감행하는 것은 그들의 죽음이 같은 집단에 속한 이와의 강한 연대감을 의미하기 때문입니다.

아이들의 반항이나 문제행동도 단절감과 관련되어 있습니다. 아이들의 반항은 겉으로 드러나는 표현처럼 부모를 무시하거나 공격하는 데에 그 목적이 있지 않습니다. 부모와 깊이 연결되고 싶은 욕구가 좌절된 데 따른 실망과 분노를 공격적으로 표현한 것이라고 보아야 합니다. 그러므로 아이가 느낀 분노와 실망감을 풀어주고 정서적으로 다시 연결되어 있다는 느낌을 준다면 반항적인 행동은 약화되기 마련 입니다. 반대로 아무리 설득을 하고 야단을 쳐도 연결감의 바탕 아래 에서 이루어지지 않는다면 공염불에 불과합니다. 그러므로 모든 관계 갈등을 풀어가는 제1원칙은 연결감을 회복하는 것입니다. 정신적인 치료도 마찬가지입니다. 수많은 치료방법이 있지만 가장 중요한 것은 의사와 환자 사이의 신뢰관계입니다. 연결된 관계 자체가 치료의 가장 강력한 도구인 셈입니다.

삶의 '작은 연결감'들을 회복하세요

사람과의 관계에서 긍정적 영향력을 미치려면 연결감을 회복하는 일이 우선입니다. 그러나 우리는 늘 겉으로 드러나는 표현에만 주목 할 뿐, 그 이면에 감춰져 있는 '연결 본능'을 외면해버리는 경우가 많 습니다. 아이들이 투정을 부리면 부모를 힘들게 만드는 표현과 행동 에만 주목할 뿐, 그 이면의 좌절된 욕구를 읽어주지 못합니다. 어른 들도 다르지 않습니다. 어른들 역시 상대와의 관계에서 단절됐다는 느낌에 빠지면 그 반응이 아이들의 그것과 하나도 다르지 않습니다. 아이들처럼 침묵하고, 토라지고, 상대를 공격합니다. 방법이 조금 다 를 뿐이지요. 서로의 마음 깊은 곳에 있는 하나 되고 싶고, 이해받고 싶은 욕구들을 이야기하거나 살펴보려 하지는 않습니다.

심지어는 타인의 보살핌이나 정서적 지지가 필요 없다고 이야기합니다. 그리고 그것을 '독립'이라는 이름으로 포장합니다. 하지만 그것은 독립이 아니라 고립입니다. 독립은 삶을 성장으로 끌어가지만, 고립은 삶을 점점 황폐하게 만들어갈 뿐입니다. 인간에게 애착관계란 있어도 그만이고, 없어도 그만인 것이 아닙니다. 애착관계는 생존과 성장의 기반이 됩니다. 새는 하늘이라는 공간 위에서 날 수 있고, 물고기는 물속에서 헤엄칠 수 있듯이, 인간은 오직 관계 안에서만 성장할 수 있습니다. 그러므로 당신이 변화하고 성장하고 싶다면 홀로 서는 것이 아니라 사람들 속으로 더 깊이 들어가야 합니다.

관계맺기의 두려움 뒤에 숨겨진
좌절감을 극복합니다

관계를 맺는 것은 인간의 본능이건만 주위에는 늘 경계태세를 늦추지 않는 사람들이 있습니다. 관계가 가까워지는 것을 매우 불편해하는 사람들이지요. 상담실을 찾은 경진 씨도 그랬습니다. 서른일곱 살의 학교 선생님인 경진 씨는 다른 선생님들과 잘 어울리지 않는 편입니다. 점심시간에도 식사를 같이 하지 않습니다. 위장이 안 좋은 이유도 있지만, 사실 같이 식사하면서 이야기를 나누는 것이 싫습니다. 공통된 주제도 없을뿐더러 의미 없는 이야기를 주고받다보면 짜증이 납니다. 특히 자신이 담임인 반에 대해 다른 선생님이 뭐라고 이야기하는 것이 너무 듣기 싫습니다. '자기 일이나 잘 할 일이지, 왜 남의 반에 대해 이래라 저래라 하는 거야!'라는 마음이 울컥 듭니다.

동료 교사들이 자신을 어떻게 보는지에 대해서도 신경을 끊은 지

오래되었습니다. 회식도 참여하지 않으며 동료들의 경조사에도 잘 가지 않습니다. 완전히 모르는 척할 수는 없어서 경조사비를 내는 정도가 경진 씨가 맺는 인간관계의 전부입니다. 최소한의 도리만 하고 마는 겁니다.

그녀는 인간관계를 맺음에 있어서 '받지도 주지도 않는다'는 신념을 가지고 있습니다. 그런 생활이 벌써 10여 년 가깝게 이어졌습니다. 그러니 주위에서 여러 가지 이야기가 돌 수밖에 없습니다. 하지만 그런 말도 대수롭지 않게 생각하고 살아왔습니다. 그런데 작년부터는 마음이 괴롭기 시작했습니다. 외로움이 점점 고개를 내밀고, 하루하루 삶이 고단하게만 느껴졌습니다. 사람들과 엮이지 않고 사는 것이 과연 바람직한 삶인지 의문과 회의가 계속 들었습니다. 마흔 이후에도 이런 식으로 계속 살아간다는 것에 대해 자신이 없어졌습니다.

다른 사람을 받아들이지 못하는 이유

경진 씨가 누군가와 가까워지는 것을 싫어하는 이유는 무엇일까요? 그녀의 어린 시절에 대해 물어보았습니다. 어린 시절의 경진 씨는 성격이 고집스러운 편이었습니다. 그녀의 부모는 그런 경진 씨를 있는 그대로 받아주지 않았습니다. 특히 유난히도 엄격했던 아버지는 경진 씨가 다른 의견을 말하는 것을 용납하지 못했습니다. 가족 누구라도 자신의 뜻에 어긋나는 것을 그대로 넘어가지 않았지만, 고집스러운 경진 씨가 유독 많이 혼나고 맞았습니다. 말대꾸를 많이 한다는 이유

때문이었습니다. 아버지는 걸핏하면 "싫으면 나가!"라고 소리를 질렀습니다. 그런 상황에서 어린 경진 씨가 할 수 있는 일은 아무것도 없었습니다. 오로지 순종하는 척하는 것뿐이었지요.

게다가 어머니는 경진 씨가 아버지에게 혼나고 있을 때 한 번도 중간에서 말린 적이 없었습니다. 오히려 아버지를 거들 뿐이었습니다. "네가 왜 또 아버지 성격을 건드려서 집안을 이렇게 시끄럽게 만들어놓느냐!"는 식이었습니다. 경진 씨는 늘 통제 속에 살았습니다. 다른 친구들과 달리 이른 통금시간이 있었고, 대학생이 되고 나서도 화장부터 옷차림까지 부모님의 잔소리를 들어야만 했습니다. 겉으로는 순종하는 척했지만 마음속으로는 부모에 대한 반감과 사람에 대한 불신이 커져만 갔습니다.

경진 씨는 앞에서 소개한 은진 씨처럼 인간관계를 회피하는 똑같은 문제를 겪고 있습니다. 하지만 자세히 보면 그 원인은 사뭇 다릅니다. 은진 씨는 상대가 자신을 싫어하거나 떠날 것이라는 두려움 때문에 관계맺음에 서툴렀다면, 경진 씨는 누군가와 가까워지는 것 자체를 두려워했습니다. 경진 씨에게 누군가와 가까워진다는 것은 자아가 위험해진다는 것과 같은 의미였습니다. 상대와 가까워지면 자신의 자아가 붕괴되거나 상대에게 흡수되어버릴지 모른다는 두려움을 무의식 중에 가지고 있었습니다. 상대가 자신을 파괴시킬지 모른다는 두려움을 안고 있었던 것입니다.

그렇기에 누군가를 받아들이기가 힘들었습니다. 경진 씨가 사람들을 경계했던 것은 그녀가 누군가에게 진심으로 받아들여진 경험이 없었기 때문입니다. 우리가 타인과 관계를 맺기 위해 필요한 공감, 연민, 이해, 사랑 같은 감정은 적절한 사랑과 애착을 경험한 후에야 비로소 형성되고 발전할 수 있습니다. 애착과 수용의 관계에 놓인 경험이 없으면 우리가 가진 사회적 인간으로서의 능력은 결코 충분히 발휘될 수 없습니다.

사람으로 인한 고통은 사람으로 인해 치유됩니다

그렇다면 애착에 손상이 있고 누군가에게 받아들여진 경험이 없다면 불신과 경계의 벽 속에서 평생 살아야만 하는 걸까요? 한 가지 의미 있는 연구결과를 소개해볼까 합니다.

1950년대 하와이의 카우아이 섬에서 심리학적으로 굉장히 역사적인 연구가 펼쳐졌습니다. 환경이 인간발달에 어떤 영향을 미치는지를 조사하기 위해 1955년에 카우아이에서 태어난 모든 신생아 833명을 대상으로 그들이 서른 살이 넘을 때까지 그 성장과정을 면밀히 조사한 것입니다. 당시 섬 주민의 대다수가 가난, 육체 및 정신질환, 범죄, 중독 등 열악한 상황에 놓여 있어서 예상했던 대로 아이들의 성장과정도 순탄치는 못했습니다. 특히 201명의 아이들은 신체적·정신적 보살핌을 받기 어려울 정도로 아주 열악한 상황에 처해져 있었기에 더욱더 부정적인 성장과정이 예상되었습니다.

그런데 자료분석을 담당했던 심리학자 에미 워너는 놀라운 사실을 발견합니다. 다른 부모들에 비해 더욱 가난했고, 질병을 앓고 있었으며, 심각한 불화를 겪는 부모 밑이나, 아예 부모가 없는 환경에서 자란 고위험군의 아이들 중 약 3분의 1인 72명의 아이들이 아무런 문제도 일으키지 않고 건강한 성인으로 자라났기 때문입니다. 심지어 좋은 환경에서 자라난 아이보다 더 모범적으로 성장한 경우도 있었습니다.

워너 교수는 이 연구결과를 집중적으로 분석했습니다. 같은 환경에서도 다르게 자랄 수 있는 인간의 속성에 대해 후속연구를 진행했습니다. 그리고 이렇게 역경을 딛고 일어서는 힘을 '회복탄력성resilience'이라고 명명했습니다. 워너 교수는 40년에 걸친 연구를 정리하면서 회복탄력성의 발달에 있어 가장 중요한 것은 인간관계라고 결론지었습니다.

건강하게 자라난 72명의 아이들에게는 공통점이 있었습니다. 부모가 아니더라도 인생을 살아가면서 자신을 이해하고 받아주며 기댈 언덕이 되어주었던 사람이 한 명 이상 있었다는 사실입니다. 『나의 라임 오렌지나무』의 제제에게 뽀루뚜가 아저씨가 있었던 것처럼 아이들에게는 이들을 진심으로 사랑해주고 도와준 의미 있는 존재가 있었던 것입니다. 사람으로 인해 고통 받은 것은 또 다시 사람으로 인해 치유 받을 수 있음을 확인시켜준 결과입니다.

관계맺기의 두려움 뒤에 숨겨진 좌절감

경진 씨의 인생 사전에 결혼이란 없습니다. 여러 가지 이유들이 있지만 무엇보다도 자신의 인생을 제대로 살 수 없을 것이라는 생각 때문입니다. 경진 씨는 결혼 뒤 자아를 지켜낼 자신이 없었습니다. 그녀처럼 상대에게 휘말릴지 모른다는 두려움을 가진 사람들은 어린 시절 부모로부터 과잉보호나 과도한 간섭을 받는 등 지나칠 정도로 밀착된 관계에 있었던 경우가 대다수입니다. 자아가 미처 발달하기도 전에 부모의 뜻과 영향에 과도하게 휘둘렸기 때문에 스스로 자아를 지탱시킬 수 없다는 만성적인 좌절감을 경험한 사람들입니다. 이런 좌절감과 두려움이 해소되지 못한 채 성인이 되면 보편적인 인간관계를 맺는 데도 어려움이 생깁니다. 이들은 누군가의 호감이나 선의의 관심을 마치 자신에 대한 침범으로 느끼고 거부반응을 보입니다. 상대에게 이용당할지 모른다는 불안감 때문에 관심을 순수하게 관심으로 받아들이지 못합니다.

결국 상대가 다가온 만큼 물러나거나 아니면 마음의 문을 닫아버리는 식으로 거리를 유지하려고 합니다. 어떤 식으로든 누군가와 깊이 엮이기를 거부합니다. 도둑이 들까봐 높은 담벼락을 세워놓고도 불안해하는 사람과 같습니다. '사람을 믿어서는 안 돼! 의지해서도 안 돼!' '문을 열어주면 우리 집이 난장판이 될지도 몰라' '사람들은 나를 이용하려는 이기적인 존재일 뿐이야'라는 그릇된 믿음으로 사람들의 접근과 소통을 차단합니다.

물론 이러한 방어를 통해 자신을 보호할 수 있는 것도 사실입니다. 하지만 그 방어가 자신을 계속 지켜줄 수 있을까요? 시간이 지나면서 이 방어적인 인격체는 주 인격체 행세를 하게 됩니다. 상처로 생긴 방어적인 인격체임에도 불구하고 스스로도 그것을 자신의 진짜 인격체로 착각하고 살아가게 되는 것이죠. 방어적인 인격체의 작동 탓에 자신의 내면에서 본능적으로 떠오르는 관계의 욕구들은 짓눌러집니다.

갑옷도 너무 무거우면 자신을 구속하고 맙니다. 처음에는 보호장비 역할을 했을지 모르지만 어느 순간부터는 갑옷의 무게 때문에 자신이 본래 가지고 있던 힘조차 발휘하지 못하게 됩니다. 그러나 오랫동안 문을 닫고 있으면 밖으로 나오는 것보다 그 안에 숨는 것이 더 힘들다고 여겨질 때가 찾아오기 마련입니다. 숨이 막혀올 때가 분명 다가옵니다. 관계는 본능이기 때문입니다. 상담을 하러 온 경진 씨가 바로 그런 상태였습니다.

관계에 대한 두려움은 극복이 가능합니다

이제 경진 씨에게는 다시 마음의 문을 열고 사람들에게 다가갈 것인지, 아니면 계속 숨어 지낼 것인지 선택이 필요합니다. 그 저울질 끝에 누군가는 조심스럽게 문을 열고 밖으로 나옵니다. 하지만 사람들이 자신을 이용하거나 결국엔 떠나버릴 것이라는 부정적인 믿음을 가진 채 세상에 나오게 되면 '자라 보고 놀란 가슴이 솥뚜껑 보고 또 놀라는' 상황이 생기게 됩니다. 결국 깜짝 놀라 다시 문을 닫고 들어가 버립니다. 마음의 빗장을 풀고 세상 밖으로 나올 준비가 부족한 상태라 그렇습니다. 떨리는 두려움을 안고 다시 세상 속으로 걸어 나올 때는 단단한 준비를 해야 합니다. 극장처럼 어두운 곳에 있다가

밝은 곳으로 나가면 눈부심 때문에 아무것도 보이지 않고 순간적으로 방향감각이 흔들립니다. 그러므로 어렵사리 마음의 문을 열고 나온 사람이라면 눈부심이 가실 때까지 잠시 멈춰 서 있을 필요가 있습니다.

나는 초등학교 때 수영장에 갔다가 조금 과장해서 말하면 빠져 죽을 뻔한 적이 있었습니다. 깊은 곳에 잘못 뛰어들었다가 엄청나게 물을 먹고 기어 나온 일이 있었습니다. 그날 이후로 물에 대한 공포가 생겨 물이 있는 곳은 얼씬도 못했습니다. 그러다가 언제부터인가 물을 무서워하는 것이 아니라 물을 안 좋아하는 것이라고 생각했습니다. 산을 좋아하는 사람이라고 자부하며 심지어는 바다보다 산을 좋아하는 사람들이 더 어진 사람이라고 여겼습니다. 일방적인 편견이고 합리화였습니다. 사실은 안 좋아하는 것이 아니라 두려워하고 있는 것이었는데도 말입니다.

그러다가 신혼 초에 아내와 함께 다시 수영을 배우기 시작했습니다. 처음에는 너무 긴장해서 도저히 몸이 뜨지 않았습니다. 강사도 긴장하지 말라고 몇 번이나 이야기했지만 그런 이야기는 귀에 들어오지 않았습니다. 남들은 하루하루 다르게 실력이 늘어났지만 나는 답답하리만큼 실력이 늘지 않았습니다. 하지만 세상에 변하지 않는 것이 없는 것처럼 물에 대한 두려움 또한 변했습니다. 서서히 물에 대한 두려움이 사라지면서 어느 날엔가는 물에 몸을 내맡길 수 있었습니다. 납덩이를 매단 것 같던 내 몸이 수면 위로 떠오르는 느낌을 받는 순간, 잠시 허둥거리긴 했지만 이내 편안함을 느꼈습니다. '아! 나도 물에서 뜰 수 있구나!' 싶었습니다. 그 후로는 물에서 노는 것이 즐거웠습니다. 특히 힘들이지 않고 물위에 누워서 수영장 천장을 바라보는 느낌이 너무 좋았습니다.

나는 관계에 대한 두려움도 물에 대한 두려움을 극복하는 것과 다르지 않다고 봅니다. 관계를 맺을 때도 상대가 나를 두고 떠나거나 상대가 나를 배신하지 않을까 하는 두려움을 느낄 수 있습니다. 하지만 물을 두려워하는 사람이 수영을 배우면서 그러한 두려움을 차츰 극복하는 것처럼, 우리는 얼마든지 자신을 보호하면서도 다른 사람과 가까워지는 것을 배울 수 있습니다.

혹시 당신도 경진 씨처럼 다른 사람들과 가까워지면 자아가 위험해질 것이라고 생각하나요? 하지만 상대에게 휘말릴지 모른다는 두려움은 힘없는 어린 시절에 겪어야 했던 상처에 대한 심리적인 반응일 따름입니다. 그 두려움과 무기력한 느낌이 성인이 된 지금도 자동적으로 나타날 수 있습니다. 그러나 중요한 것은 당신은 그때 그 아이가 아니라는 사실입니다. 이제 당신은 어른이 되었습니다. 심리적으로는 아직 미숙한 부분이 있겠지만 분명한 것은 당신은 그때보다 훨씬 더 자신을 안전하게 보호할 수 있고, 아닌 것에 대해 아니라고 말할 수 있습니다.

지금의 내가 어린 시절의 나와 다르다는 것을 인정하고 받아들이는 것은 중요한 과제입니다. 훈련을 통해 누군가 당신에게 너무 빨리 다가올 때는 시간을 두고 서로를 좀 더 알아갔으면 좋겠다고 이야기하는 법을, 당신이 싫어하는 것을 상대방이 강요하는 느낌이 들 때는 부담스럽거나 싫다고 분명하게 이야기하는 법을 배울 수 있습니다. 당신은 옛날의 그 아이가 아니고, 상대는 옛날의 그 부모가 아니니까요. 다만 변화한 모습에 익숙해지기까지 시간이 필요할 뿐입니다.

누구나 수영을 배울 수 있는 것처럼 우리는 누구나 관계를 맺어가는 방법을 배울 수 있습니다. 당신의 얼어붙은 마음 아래에는 누군가와 하나 되고 싶은 욕구가 흘러가고 있음을 기억하세요.

완전한 사랑에 대한
환상을 버립니다

상담을 할 때 나는 사랑에 대한 질문을 자주 하는 편입니다. 사랑이
라는 주제만큼 한 사람에 대한 많은 정보를 주는 주제는 없기 때문
입니다. 누군가의 사랑에 대한 생각과 경험담을 들으면 그 사람이 어
떤 사람인지를 가장 빨리 파악할 수 있습니다. 내가 곧잘 던지는 질
문 중 하나는 '지금까지 몇 번 사랑해보았습니까?'입니다. 질문을 들
은 사람들은 어떤 사람까지 '사랑'에 포함시켜야 하나 싶어 헷갈려하
면서도 나름의 기준을 세워 대답합니다. 한 번도 사랑해본 경험이 없
다, 서너 명 정도로 헤아려진다, 열 손가락으로도 셀 수 없다 등 다양
한 대답들이 나옵니다.

그러면 나는 다시 묻습니다. 이번에는 사랑했다고 판단하는 그 기
준이 무엇인지에 대해 묻습니다. 왜 어떤 이는 사랑했던 대상에 포함

시켰고, 누군가는 포함을 시키지 않았는지 말입니다.

연애가 끝날 때 사랑은 시작됩니다

스물일곱 살 재훈 씨는 지금까지 수많은 여자를 만나왔습니다. 한 여자와 연애를 하면서 또 다른 여자를 만나기도 했습니다. 그런데 어찌된 일인지 교제는 언제나 1년을 채 넘기기 힘들었습니다. 처음에는 좋은 매너로 상대방과 매끄러운 관계를 유지하는 듯하다가도, 어느새 자신의 여자가 되었다는 생각이 들면 그때부터는 함부로 대하기 일쑤였습니다. 재훈 씨는 밀고 당기는 연애의 줄다리기에서 자신이 승리를 차지했다고 느끼거나 더 이상 설레지 않으면 그 순간부터 사랑이 끝났다고 단정합니다. 그래서 늘 긴장감이나 설렘이 사라지면 또 다른 사랑을 찾아 나섰던 것이지요.

문제는 얼마 전에 사귀던 여자친구에게 또 다른 여자를 만나고 있던 사실을 들키고 난 뒤부터 시작되었습니다. 그 과정에서 너무 큰 상처를 받은 여자친구가 자살시도까지 했습니다. 그전까지는 자신의 문제를 그다지 심각하게 생각해본 적이 없었는데 이번에는 너무 힘들었습니다. 자신은 왜 안정적인 사랑을 하지 못하는지 이해가 되지 않았습니다. 살아오면서 몇 번의 사랑을 해보았냐는 질문에 그는 스무 명도 넘는 여자들을 만나왔다고 했습니다. 그러면서도 한편으로는 한 번도 사랑이란 걸 제대로 해본 적이 없는 것 같다고도 고백했습니다. 나는 상담을 진행하면서 그의 문제를 이해하기 위해 편의상 사랑과 연애를 구분하는 것이 필요하다고 생각했습니다.

연애는 '빠지는 것'입니다. 소위 말해 '눈에 콩깍지'가 씌워지는 것이죠. 별다른 노력이 필요 없습니다. 자연스럽게 상대에게 끌리는 마음입니다. 이때 뇌 속에서는 화학적인 변화가 활발하게 일어납니다. 도파민, 페닐에틸라민 등의 물질이 분비되어 두 남녀를 강하게 연결시킵니다. 세상의 모든 관심이 파트너에게 쏠리고, 잠시도 떨어지기 싫습니다. 둘이 만나 하나가 된 것 같은 착각이 일어나는 시간들입니다. 마치 뱃속에서 엄마와 온전히 하나였던 그 시간으로 다시 되돌아간 느낌입니다. 그래서 연애를 할 때는 변함없이 상대와 영원히 하나일 것 같은 착각에 빠집니다. 말하지 않아도 연인이 내 마음을 모두 알 것만 같고, 어떤 부족한 점도 받아주고 이해받을 수 있을 것 같습니다.

그러나 뇌에서 흘러나오는 '열정의 물질들'이 다시 정상적인 수준으로 분비되기 시작하면 서서히 마법은 풀리기 시작합니다. 12시가 넘으면 다시 재투성이 시골 소녀의 모습으로 되돌아오는 신데렐라처럼, 사랑하는 연인들은 이제 현실로 돌아오게 됩니다. 하나라고 느껴졌던 상대방이 자신의 마음을 너무나도 모르는 타인 같고, 각자의 단점과 차이가 커다랗게 보입니다. 시간이 지남에 따라 서로가 너무 다른 두 사람이라는 것을 깨닫게 되는 것입니다.

서로 다르다는 것을 확인하는 순간 둘의 사랑은 부정되고 깨질 위험에 처합니다. 그리고 다시 어딘가에 있을 자신의 진짜 반쪽을 찾아 떠나게도 됩니다. 그것을 우리는 이별이라 말합니다. 하지만 이는 사랑이 끝난 것이 아니라 연애가 끝난 것입니다. 진짜 사랑은 연애의 감정이 식을 때 시작합니다.

사랑에는 이성이 필요합니다

해마다 남녘의 봄은 노란 산수유 꽃으로 시작합니다. 봄의 전령사라고 할 수 있는 산수유는 두 번 피는 꽃으로 유명합니다. 처음에는 툭하니 겉꽃이 피어나고, 이어 별꽃 같은 속꽃이 화사하게 피어납니다. 그래서일까요? 산수유의 꽃말은 '지속持續'입니다. 나는 사랑도 산수유와 같다고 생각합니다. 연애의 열정이 사그라질 때 사랑은 또 하나의 꽃을 피워냅니다. 바로 '친밀함의 꽃'입니다. 다른 말로 하면 '애착' 혹은 '정'입니다. 열정은 식지만 친밀함이 생겨나서 사랑의 불은 꺼지지 않습니다. 진정한 사랑은 하나 됨의 환상이 허물어진 자리를 친밀함으로 채워나갑니다. 이 친밀함은 일체감과는 달리 상호이해와 차이의 존중을 토대로 발달합니다. 연애는 서로가 하나라는 일체감에 바탕을 두고 커나가지만, 사랑은 서로가 다른 존재라는 것을 인정하고 각자의 개별성을 존중하면서 성숙해지고 깊어집니다. 『사랑의 발견』의 저자 이수현은 사랑의 발전과정을 이렇게 이야기합니다.

"사랑은 강한 동질성을 기초로 확장된다. 말하지 않아도 상대가 비슷한 생각을 하고 있으며, 대답하지 않아도 동의하고 있을 거라는 믿음이 그것이다. 하지만 사랑은 서로의 동질성을 확인하기보다는 격렬하고 가슴 아프게 서로의 차이점을 발견하는 과정이다. 사랑하는 사람들은 아리스토파네스의 말처럼 '원래 하나였던 반쪽을 다시 찾은 것'이 아니라 처음부터 다른 존재였다. 도저히 받아들일 수 없는 상대의 방식을 받아들이고 그 차이를 인정하는 것이 사랑의 시작이다."

연애는 감정으로 이루어져 있지만 사랑은 감정만으로 하는 것이 아닙니다. 서로를 이해하고 차이를 존중할 줄 아는 이성의 영역이 뒷받침되지 않으면 사랑을 지속할 수 없습니다. 그렇기에 연애는 누구나 할 수 있지만, 사랑은 철든 어른들만 할 수 있습니다.

늘 가슴이 떨리거나 영원히 하나라고 느끼는 사랑은 없습니다. 세상의 모든 사랑은 불완전합니다. 인간이 근본적으로 불완전한데 인간의 사랑이 어떻게 완전할 수 있겠습니까? 사랑이 모든 문제를 해결해주고, 삶을 영원히 구원해줄 수 있는 정답은 아닙니다. 그렇다고 해서 사랑이 중요하지 않다는 것은 아닙니다. 중요한 것은 이런 사랑의 불완전성을 받아들이고 온전한 사랑으로 나아가려고 노력하는 것입니다. 연애는 노력 없이 되지만 사랑은 노력하지 않으면 안 됩니다. 사랑은 주어지는 것이 아니라 만들어가는 것입니다.

하지만 재훈 씨는 한 번도 사랑을 노력이라고 생각하지 않았습니다. 사랑은 감정이기 때문에 정말 사랑하는 사람이라면 시간이 지나도 그 감정이 퇴색되지 않으며, 만나고 또 만나도 설렐 수 있다고 생각하고 있었습니다. 그는 상담이 진행되는 와중에도 어딘가에 꼭 자신만의 짝이 있을 것이라는 마음속 환상을 쉽게 내려놓지 못했습니다.

사랑의 불완전성을 받아들이세요

재훈 씨처럼 사랑다운 사랑을 해본 적이 없는 사람들 중에는 완전하거나 비현실적인 사랑을 꿈꾸는 경우가 많습니다. 말을 안 해도 내가 원하는 것을 상대가 알아주기를 바라거나, 상대는 자신의 부족함을 다 채워줄 수 있는 이상적인 사람일 거라고 여기거나, 어디엔가 잃어버린 반쪽, 백마 탄 왕자가 기다리고 있을 것이라는 등의 허황된 기대를 갖고 있습니다. 사실 이러한 기대를 가지고 있다는 것은 그만큼 인간이란 존재가 불완전하고 나약한 존재임을 증명합니다. 그렇기에 사랑을 통한 생의 구원을 꿈꾸는 것이지요.

사랑할 때 우리는 상대를 있는 그대로 사랑한다고 느끼지만 실제로는 '이상화된 그(녀)'를 사랑할 따름입니다. 이에 대해 뇌과학적인 근거도 있습니다. 연애를 하게 되면 초기에는 페닐에틸아민과 같은 흥분성 신경전달물질의 농도가 증가하게 되어 이성이 마비되고 열정에 사로잡힙니다. 이때 상대의 단점도 마냥 좋게만 보이는 '핑크렌즈 효과'가 나타납니다. 인간의 심리는 이러한 생물학적 변화를 더욱 강화시킵니다. 연애감정을 느끼는 상대는 자신의 인생을 좌우할 중요한 사람이기에 자꾸 상대를 좋은 사람으로만 생각하게 되는 것입니다. 결국, 상대와 현실을 있는 그대로 보는 것이 아니라 본인의 희망에 따라 왜곡시켜 바라보게 되는 것이죠.

문제는 통상 연애를 시작한 지 18개월을 전후로 해서 이 사랑의 물질들이 감소하게 되었을 때 생깁니다. 이 시기는 피할 수 없는 사랑의 위기이기도 하지만 연애가 사랑으로 나아갈 수 있는 기회이기도 합니다. 연애감정밖에 없는 연인들은 휘발유로 피운 불과 같습니다. 뜨겁게 타오르지만 쉽게 불이 꺼지고 말지요. 그러나 사랑의 불완전함을 받아들이고 서로 이해하려는 연인들은 친밀감과 상호이해라는 장작을 계속 공급해주기 때문에 사랑의 불이 꺼지지 않습니다.

우리는 사랑이 변하지 않는 것이라는 환상에서 벗어나야 합니다. 사랑은 노력입니다. 사랑은 생의 그 어떤 감정들보다 중요한 감정이지만 우리의 모든 문제가 사랑을 통해 구원받을 수는 없다는 사실도 받아들일 수 있어야 합니다.

사랑은 연애와 다르다.
사랑에는 상호성이 있고,
동시적인 조절과 동조가 있다.
따라서 성숙한 사랑은 상대방을 아는 것과 중대한 관련이 있다.
연애는 단지 하나의 감정을 성립시키는 데 필요한 인지를
짧은 기간 동안 요구할 뿐이고,
사랑하는 이의 정신을 서문에서 후기까지
정독할 것을 요구하지 않는다.
그러나 사랑은 친밀함에서,
즉 낯선 영혼을 오랜 시간 자세히 살펴봄으로써 파생된다.

토머스 루이스 등, 『사랑을 위한 과학』 중에서

'따로 또 같이'라는
관계의 거리를 지킵니다

부부갈등으로 인해 상담하는 부부들 중에는 사랑을 '둘이 만나 하나가 되는 것'이라고 정의하는 분들이 많습니다. 일체감을 강조하는 분들이지요. 이들이 겪는 문제의 원인은 부부란 본디 하나여야 하는데 상대는 비밀도 많고 너무 개인적이라서 자신을 사랑하지 않는 것 같다는 불만입니다.

매년 5월 21일을 부부의 날로 정한 것도 둘(2)이 만나 하나(1)가 된다는 의미 때문이라고 하니 부부관계에서 일체감은 정말 중요한 요소임에 틀림없습니다. 그러고보니 '너는 내가 되고 나도 네가 될 수 있었던 수많은 기억들'이라는 유행가 가사도 있습니다. 일심동체가 사랑의 중요한 기준이 되면 둘이 만나 하나가 되지 않았을 때 왠지 덜 사랑하는 것 같고, 서로 모든 것을 공유하지 않으면 제대로 된 사랑을 나누지 못하는 것처럼 느껴집니다. 하지만 서로 다른 두 사람이 만나 온전한 하나가 될 수 있을까요? 혹 그렇게 될 수 있다고 해도 그런 관계가 과연 건강한 관계일까요?

사랑, 일체감과 독립성 사이의 밀고 당기기

정신분석학자 마가렛 말러는 아이들을 관찰하면서 '육체적 출생'과 '심리적 출생'을 구분한 바 있습니다. 출생 후로도 아이는 어머니와 심리적 공생관계에 있다가 만 3세가 되어서야 안정적인 어머니상과 자신을 내면화하여 개체성을 획득할 수 있다고 본 것입니다. '분리-개별화'라 불리는 이 과정은 아이에게 또 하나의 산통에 비할 수 있는 큰 고통입니다. 아이는 공생에 대한 욕구와 독립에 대한 욕구 사이에서 끊임없는 심적 갈등을 겪으면서 개별화 즉, 심리적 탄생을 이루어냅니다.

만일 분리-개별화 과정이 잘 이루어지지 않으면 아이는 독립을 하거나 타인과 관계를 맺는 데 어려움을 겪게 됩니다. 하지만 이 과정을 건강하게 거쳤다면 아이는 자아와 관계 사이에서 길을 잃지 않고 균형을 잡고 살아갈 수 있게 됩니다. 분리-개별화는 피할 수 없는 성장 과정입니다. 관계의 발달과 자아의 발달은 모두 인간에게 중요한 과업입니다.

이러한 이중적인 욕망 사이에서의 갈등은 어른이 되어 연애를 하게 될 때도 고스란히 반복됩니다. 일체감의 욕구와 독립성의 욕구가 팽

팽한 줄다리기 싸움을 하는 것이죠. 그런 관점에서 보면 '둘이 만나 하나가 된다(1+1=1)'는 사랑의 개념은 공생에 대한 욕구만 인정할 뿐, 독립에 대한 욕구를 배제합니다.

인간의 성장조건을 감안한다면 건강한 관계란 둘이 만나 하나가 되는 것이 아닙니다. 건강한 관계란 자신의 개인적 관심사와 자아정체성을 보존하는 가운데, 상대방과 '우리'라는 연결감을 가지고 살아가는 것입니다. 즉, '나'라는 삶에 '우리'라는 또 하나의 삶이 더해지는 것입니다. 그래서 건강한 관계란 각자의 삶이 있으면서도 둘이 알고 있는 친구, 둘이 추구하는 목표, 둘이 즐기는 관심사, 둘이 함께 나누는 시간들로 교집합을 만들어가는 관계입니다. 이는 둘이 만나 하나가 된다기보다 셋이 되는 것이며, 합일이 이루는 것보다 공존하는 것을 의미합니다.

친밀한 인간관계만이 성숙의 기준은 아닙니다

현대의 정신분석이나 심리치료는 프로이드 시대의 자아심리학에서 벗어나 관계를 중요시합니다. 그런 까닭에 상호적 관계형성의 능력을 정서적 성숙의 중요한 기준으로 삼아온 것이 사실입니다. 즉, 친밀한 인간관계의 여부를 정신건강의 중요한 기준으로 강조해온 것이죠. 반면에 혼자 설 수 있는 능력은 상대적으로 소홀하게 다루어졌습니다.

그러나 사람에게는 관계의 욕구 외에도 다양한 욕구가 있기 때문에 친밀한 인간관계가 꼭 행복의 전제이거나 완성이라고만은 할 수 없습니다. 앞에서 애착을 강조했던 내용과 다소 모순되게 들릴지 모르지만 오히려 친밀한 인간관계만이 유일한 행복의 원천이 되는 순간, 삶이 불행해질 수도 있습니다. 늘 변치 않는 사랑처럼 이상화된 인간관계를 바라게 되기도 하고, 불가피한 인간관계의 갈등에 상처받기 쉬운 존재가 될 수도 있습니다.

따라서 건강한 성인에게는 혼자 서는 능력과 친밀한 관계를 발달시킬 수 있는 능력이 골고루 필요합니다. 아이러니하게도 서로 하나가 되어야 한다는 강박은 서로를 하나로 이어주는 것이 아니라 오히려 관계를 멀어지게 합니다. 인간에게는 자유와 사랑, 두 가지 욕구가 모두 있습니다. 건강한 어른들의 사랑이란 서로 함께하는 영역을 키워가면서도 '나는 나대로 존재할 수 있는' 영역이 공존하는 셋의 사랑입니다.

세상에 나와 똑같은
사람은 없음을 인정합니다

"다른 사람들한테는 매너가 좋은데 애인이 조금만 내 뜻대로 해주지 않으면 참을 수가 없어요. 절충이라는 것이 없어요. 내 의견을 따르느냐 따르지 않느냐 둘 중 하나예요. 나만 생각해주길 바라죠. 저도 내 마음이 얼마나 유치한지 알아요. 그러나 알면서도 잘 안 바뀌네요. 나라는 사람은 왜 이런 거죠?"

철진 씨는 어려서부터 여러 가지 면에서 뛰어난 편이었습니다. 운동도 잘하고, 공부도 잘하고, 리더십도 좋아 사람들에게 인기도 많았습니다. 외동아들이어서 부모님들도 철진 씨가 요구하는 것들은 모두 다 들어주며 애지중지 키웠습니다. 워낙 부족함 없는 환경에서 자란 덕에 철진 씨는 좌절하거나 힘들었던 기억이 별로 없었습니다. 자신에 대한 높은 자부심과 자신감이 넘치는 사람이었지요.

문제는 자부심이 지나쳐 우월감으로 표현될 때였습니다. 특히 연애를 할 때 그런 성향은 더욱 두드러졌습니다. 대부분의 여자들은 능력 있고 매너 좋은 철진 씨에게 쉽게 호감을 느꼈습니다. 하지만 교제는 오래 지속되지 못했습니다. 철진 씨가 언제나 자신의 뜻과 입장만을 지나치게 강요했기 때문입니다. 수직적인 관계를 바란 탓에 철진 씨의 연인들은 철저히 그의 뜻에 순종하거나 혹은 헤어지거나 둘 중 하나를 선택해야만 했습니다.

철진 씨의 문제는 관계가 가까워질수록 '권유'하는 것이 아니라 '강요'하는 태도에 있었습니다. 생각이나 취향이 다른 문제라고 넘어갈 수 있는 것도 어떤 식으로든 설득하고 강요해서 상대방이 받아들이도록 했습니다. 심지어는 여자친구의 옷차림까지 간섭했다고 하니 싸움이 끊이지 않을 수밖에요.

언쟁을 풀어가는 방법에도 문제가 있었습니다. 어떻게든 잘못했다는 말이 나올 때까지 상대를 공격했습니다. 분에 못 이겨 여러 사람들 앞에서 욕설을 한 적도 있고, 완력으로 상대가 거부하는 행동을 강요한 적도 있었습니다. 여자친구가 자신의 아바타인양 자기처럼 생각하고 행동해주길 바랐던 겁니다. 결국 늘 관계는 파국으로 치달았습니다. 신기한 것은 다른 인간관계에서는 큰 문제가 없었던 점입니다. 연애관계에만 유독 일방적인 관계를 강요했습니다. 연인이 되면 그때부터는 자신의 감정과 욕구에만 신경을 쓰고, 상대의 마음은 배려하지 않는 심술쟁이 어린아이가 되어버렸던 것입니다.

서로 다르기에 사랑하게 됩니다

철진 씨는 사랑하는 사람과 관계를 맺는 방식에 있어서 자신의 욕구대로 행동하는 5세 이전의 어린아이와 다를 바가 없었습니다. 어린아이들은 욕구가 충족되지 않으면 드러눕거나 짜증을 내며 떼를 씁니다.

그러나 6~7세가 넘으면 아이들은 상대가 자신과 다른 생각을 가진 개별적 존재라는 것을 이해합니다. 자신이 좋아한다고 해서 상대도 좋아할 것이라 생각하지 않고, 자신이 보는 관점과 상대가 보는 관점이 다르다는 것을 점점 깨달아갑니다. 이렇게 다른 사람의 입장, 관점, 인지, 욕구 등을 추론하고 이해할 수 있는 것을 정신의학에서는 '조망수용Perspective taking 능력'이라고 부릅니다. 이런 인지발달을 통해 나와 상대가 다른 존재이며, 같은 상황에서도 서로 다른 생각과 느낌을 가질 수 있다는 사실을 깨닫게 됩니다. 자신만의 입장이 있듯이 상대 역시 다른 입장이 있을 수 있다는 것을 받아들이는 것이죠.

상담을 하며 철진 씨에게 질문을 던졌습니다. "정말 여자친구가 당신의 카피캣copy cat이라도 된 것처럼 당신과 똑같이 생각하고 똑같이 행동한다면 어떨까요?" 그는 그랬으면 좋겠다고도 생각했지만 막상 상대가 자신과 똑같은 사람이라고 생각하면 재미도 없을 것 같고 굳이 만날 필요가 없을 것 같다고 대답했습니다. 그의 대답처럼 우리가 다른 사람을 만나는 이유는 나와 비슷해서이기도 하지만 사실 나와 다른 면에 매력을 느끼고 끌리기 때문입니다.

아이에게 공부를 가르쳐보거나, 배우자에게 운전을 가르쳐본 일이 있는 사람이라면 가족에게 뭔가를 가르친다는 것이 얼마나 어려운 일인지 알 것입니다. 가족이 아닌 사람이라면 차근차근 가르칠 일도 가족에게는 화부터 납니다. 왜 그럴까요? 그것은 가족이 자신과 다른 사람이라는 것을 잊어버리기 때문입니다.

우리는 누군가와 가까워질수록 그 사람이 나와 다른 개별적 존재라는 마음에서 벗어나 서로 연결되어 있다고 느낍니다. 문제는 연결감이 지나치다보면 상대를 개별적 존재가 아니라 '자아의 일부'로 바라보게 됩니다. 관계의 갈등은 사실 우리가 서로 다른 존재이기 때문에 벌어지는 것이 아닙니다. 우리가 서로 다른 존재라는 사실을 인정하지 않거나 잊어버릴 때 문제가 발생합니다. 상대가 나처럼 생각하지 않고 나처럼 느끼지 않는다는 것을 잊지 않는다면 우리는 덜 충돌하게 됩니다. 부딪히더라도 양보하거나 소통의 가능성을 열어둘 수 있습니다.

그런데 '어떻게 그렇게 생각할 수 있어!' '어떻게 그렇게 느낄 수 있어!'라고 하게 되는 순간, 갈등은 증폭됩니다. 반대로 '아! 저 사람은 나와 다르구나!' '나는 이렇게 느끼지만 그 사람은 다르게 느낄 수도 있어'라는 인정을 통해 갈등은 한결 줄어듭니다. 자신을 인정하면 자신과 친해지고 편해지는 것처럼 다른 사람을 인정하면 그 사람과의 관계 역시 친해지고 편안해집니다.

서로 같은 언어, 같은 문화, 같은 종교를 가진다고 해서 평화가 도

247

래하는 것은 아닙니다. 사이가 좋은 부부는 성격 차이 없이 똑같은 성향을 지녔기 때문에 평화로움을 유지하는 것이 아닙니다. 사랑과 평화는 본질적으로 동질성에서 나오는 것이 아니라 차이의 존중에서 비롯됩니다.

남과 다른 나의 특성이 내가 누구인지 말해줍니다. 나의 다름을 존중해야 나를 잃어버리지 않는 것처럼, 타인의 다름을 존중해야 관계를 잃어버리지 않고 공존과 사랑으로 나아갈 수 있습니다.

많은 사람들은 서로 다르게 태어났음에도
서로 같아지려고 노력하다가 결국 자신을 잃게 된다.
반면 성장하는 사람들은 자신이 남과 다른 점을
애써 감추려 하지 않고 오히려 자신의 독특함에 주목한다.

문요한, 「그로잉」 중에서

문제없는 사이가
문제입니다

결혼 8년차인 인주 씨는 우울하고 불안한 마음에 상담실을 찾았습니다. 최근 들어 특별한 스트레스가 있었던 것도 아닌데 잠이 잘 오지 않아 밤마다 와인을 마시다가 자는 게 습관이 될 정도였습니다. 2년 전 갑상샘암이 발견되어 수술을 받은 일이 있어 건강에 신경을 썼던 것 정도가 스트레스의 원인이라면 원인일 수 있었습니다. 하지만 지금의 우울함은 꼭 그것 때문이라고 할 수는 없었습니다.

나는 인주 씨와 이런저런 이야기를 나누다가 부부 사이가 어떤지 물었습니다. 그녀는 주저하지 않고 "부부 사이요? 문제없는데요"라고 대답했습니다. 그러나 좀 더 상담을 진행해보니 인주 씨 부부가 최근 2년 동안 부부관계를 전혀 갖지 않았다는 사실을 알 수 있었습니다. 잠도 오래전부터 따로 자고 있었습니다. 인주 씨는 남편이 코를 심하게 골았고 서로 수면시간대가 다르다보니 자연스럽게 잠을 따로 자게 되었다고 설명했습니다. 이해할 수 있는 이유가 있었기에 그녀는 부부 사이에 문제가 없다고 대답했습니다. 겉으로 드러내고 싸우지 않으므로 부부 간의 문제가 없다고 생각할 수도 있었습니다.

그러나 상담이 내밀해지면서 인주 씨의 우울감은 부부관계의 숨은 갈등에서 비롯되었음을 짐작할 수 있었습니다. 인주 씨의 입에서 오랫동안 묵혔던 원망과 분노가 터져나오기 시작했습니다. 특히 2년 전 자신이 암 수술을 받을 때, 남편이 다른 여자를 만났던 일이 그녀에게는 가장 큰 상처였습니다. 이때 인주 씨는 갈등을 풀기보다 거리를 두는 방법을 선택했습니다. 자신이 상처받았다는 것조차 남편 앞에서 인정하고 싶지 않았기 때문입니다. 그냥 마음의 문을 닫아버렸던 것입니다. 인주 씨 부부는 남들 앞에서는 문제없는 부부 행세를 했지만 집에서는 남남처럼 지냈습니다. 가정 안에서 부부라는 관계는 없어지고 그저 엄마, 아빠로서의 역할만 남아 있었습니다.

가까운 사이이기 때문에 상처를 주고받습니다

"가까운 인간관계에서 어떤 문제나 어려움이 있습니까?"라는 질문을 하면 상담실에서조차 생각보다 많은 사람들이 "별 문제 없는데요" "좋습니다"라고 이야기합니다. 물론 문제나 어려움이 있는데 선뜻 이야기하기 어렵거나 말로 표현하기 힘들어서 그렇게 대답하기도 합니다. 하지만 정말 문제가 없다고 생각해서 그렇게 이야기하는 사람들도 꽤 많습니다. 그럴 경우에 나는 문제가 없다는 말이 무엇을 뜻하는 것인지 다시 한 번 질문을 던집니다. 이때 문제가 없다는 말을 '싸움을 하지 않는다'는 의미로 생각하고 있는 경우가 대다수입니다. 싸우지 않기 때문에 자신의 인간관계는 문제가 없다고 생각합니다. 그 말은 싸우는 관계는 좋은 관계가 아니고, 싸우지 않는 관계라야 좋은 관계라는 생각이 은연 중에 있음을 드러냅니다. 그러나 싸우지 않는 관계가 마냥 좋은 관계이기만 할까요? 싸움은 그저 관계에 해로운 것일까요? 다툼 없이 서로를 깊이 이해하고 연결될 수 있을까요?

문화인류학자 에드워드 홀은 인간 사이의 거리를 네 가지로 분류했습니다. 가장 가까운 거리는 46센티미터 이내의 '밀접거리intimate distance'입니다. 애무를 나눌 수 있을 정도로 가깝지만 그렇기에 역으로 폭력을 행사하거나 상처를 줄 수 있는 거리입니다. 그다음으로 가까운 거리는 '개체거리personal distance'로 이는 1.2미터 이내의 거리입니다. 개체거리는 상대의 체취를 느낄 수 있어 친밀감을 느낄 수 있지만, 동시에 불쾌감을 주고받을 수도 있는 거리입니다. 다음은 '사회거리social distance'입니다. 이는 1.2~9미터 떨어진 거리로 사무적인 상호작용이 이루어지는 거리입니다. 마지막으로 9미터 이상의 거리는 '공적거리public distance'로 공연자와 관객처럼 서로를 관찰자로서 지켜보는 거리를 의미합니다.

에드워드 홀의 구분에 따르면 서로에 대한 거리가 멀수록 우리는 안전하고 불쾌하지 않을 수 있지만 친밀해질 수도 없습니다. 반대로 우리가 누군가와 가까워져서 친밀해지면 그만큼 서로에게 상처를 주고받을 수 있는 사이가 될 수 있습니다. 이때 우리가 상대에게 상처를 주려는 의도가 없어도 상처를 주고받는 일은 피할 수 없습니다.

두 사람이 같이 잠을 자거나 밀착해서 생활을 하다보면 아무리 조심한다고 해도 서로 부딪힐 수밖에 없습니다. 더운 여름이면 살과 살이 닿는 것 자체가 곤욕이기도 합니다. 따라서 만일 누군가가 관계에서 갈등이나 문제를 느끼지 않고 있다면 그것은 그 사람이 그만큼 관계를 맺고 있는 상대방에게 친밀한 거리를 허용하지 않고 있음을 의미합니다.

갈등을 잘 풀면 관계는 한층 깊어집니다

상담을 할 때 인간관계의 갈등이나 문제가 없다고 이야기하는 내담자를 만나면 나의 안테나는 바짝 곤두섭니다. 갈등이나 문제가 없다는 것은 그 사람이 건강하거나 좋은 사람이라는 의미라기보다는 갈등을 피하는 사람임을 말해주기 때문입니다. 인간관계에 문제가 없다고 대답하는 사람들은 대개 갈등을 두려워하는 사람들입니다. 부모의 심각한 싸움을 보고도 아무것도 할 수 없어 공포감과 무력감을 경험한 아이처럼 이들은 사람들과의 갈등에 놓이면 견딜 수 없이 괴로워하거나 깊은 무력감을 느낍니다.

그러나 겪어야 할 갈등과 싸움을 피하게 되면 순간은 편할지 모르지만 결국 더 큰 고통에 부딪힙니다. 작은 갈등을 피하다보면 원인은 해결되지 못하고 갈등은 곪고 곪아 더 커지기 마련입니다. 서로를 위해서 혹은 지금 당장의 평화를 위해서 피하려고 했던 작은 갈등이 결국 자신도 모르게 자라나서 서로를 해치는 폭탄이 됩니다.

우리는 갈등을 받아들여야 합니다. 갈등에 등을 돌려서는 안 됩니다. 좋은 관계를 위한다는 미명하에 갈등을 회피하면 의도와는 정반대로 관계는 멀어지고 마음은 힘들어집니다. 깊은 관계란 점점 자연스러운 상태로 나아가는 것입니다. 하지만 갈등을 피하는 사람들은 자꾸만 자신을 꾸며야 하는 상태가 되기 때문에 점점 심리적인 부담감이 커져 힘들어집니다.

인간관계란 갈등의 연속입니다. 우리는 서로 다르기 때문입니다. 서로 다른 성질의 것이 만나면 부딪힐 수밖에 없습니다. 갈등이 생겼다는 것은 서로 가까워졌음을 의미합니다. 더 가까워지기 위해서 무엇이 관계를 가로막고 있는지 자세히 살펴봐야 할 때가 왔음을 말합니다.

우리는 지금이라도 갈등을 바라보는 시각을 근본적으로 바꿔야 합니다. 갈등을 피하거나 증폭시키면 관계는 파국으로 치닫지만 갈등을 잘 풀면 관계는 깊어집니다. 갈등은 일종의 예방주사입니다. 그러므로 작은 갈등을 풀 수 있는 해결력을 키워서 큰 갈등도 풀어갈 수 있는 발판으로 삼아야 합니다.

가까운 사이이면서도 충돌이나 갈등이 없이 그저 좋은 관계만 유지한다면 두 사람이 정작 중요한 문제를 피하고 있다는 것을 깨달아야 합니다. 좋은 관계는 갈등을 인정하고 갈등을 살펴보고 풀어감으로써 더 깊이 연결되는 관계입니다. 좋은 관계란 갈등이 없는 관계가 아니라 갈등을 자원화할 수 있는 관계입니다.

삶은 갈등의 연속입니다. 인간의 숙명이기도 합니다.
누구에게나 어디서나 갈등은 있기 마련입니다.
문제는 갈등 그 자체가 아니라,
갈등을 어떻게 다루느냐 하는 것입니다.

강영진, 『갈등 해결의 지혜』 중에서

너그러움을 가장한 무관심도 갈등을 만듭니다

우리는 어려서부터 '상대에게 관용을 베풀어라' '상대를 존중하라'는 말을 들으며 자랐습니다. 흔히 관용은 '다른 사람에게 아량을 베풀어 주는 것'이라거나 '자신의 의견을 강요하지 않고 상대의 의견을 인정해 주는 태도'로 정의됩니다. 그래서 남에게 싫은 소리를 하지 않고, 다른 사람의 삶의 방식에 대해 간섭하지 않는 자신의 모습을 관용적이라고 생각하기 쉽습니다. 앞에서 언급한 인주 씨도 스스로를 관용적인 사람이라고 생각했습니다. 남편의 여러 가지 문제에 대해서 그냥 인정했고 간섭하지 않았기 때문입니다. 하지만 과연 인주 씨는 관용적인 사람일까요?

관용의 탈을 쓴 은밀한 배척

개념을 잘 이해하기 위해서는 반대의 의미를 떠올려보면 좋습니다. 관용의 반대말은 무엇일까요? 관용이 상대를 이해하고 받아들이는 것이라면, 상대를 거부한다는 의미로 쓰이는 말로는 '배척'이 있습니다. 배척은 따돌리거나 거부하여 밀어 내친다는 의미입니다. 어느 누군가를 의도적으로 배제하고, 더 나아가 괴롭히는 집단 따돌림은 배척의 흔한 표현형입니다.

그런데 따돌림은 항상 노골적으로만 일어나지 않습니다. '은따'라는 말처럼 은밀한 따돌림도 존재합니다. 봐도 못 본 척, 아예 없는 사람 취급을 하고 신경 쓰지 않는 것이지요. 때로는 관용을 가장한 배척도 벌어집니다. 문제는 이를 스스로 관용으로 착각하는 것입니다. '너는 너고, 나는 나다'라는 태도가 대표적인 태도입니다. 이는 얼핏 보면 상대를 존중하는 것 같기도 합니다. 상대에게 간섭하지 않기 때문입니다. 하지만 이런 태도 안에는 너에게 신경 쓰지 않을 테니까 너도 나에게 간섭하면 안 된다는 의미가 내포되어 있습니다. 상대의 접근이나 상대와의 소통을 허락하지 않는다는 점에서 은밀한 배척입니다. 관용의 표현법을 취하고 있지만, 상대를 인정하지 않고 거부하는 것은 본질적으로 다르지 않습니다.

2년 전부터 인주 씨 부부는 서로의 생일이나 기념일을 챙기지 않았습니다. 서로의 삶의 방식에 대해 간섭하지도 않습니다. 남편이 밖에서 새벽까지 술을 마시든, 외박을 하든 관심을 두지 않습니다. 일정한 생활비만 나누어 낸 뒤, 나머지 돈은 각자 쓰고 싶은 대로 쓰며 살았습니다. TV도 두 개를 구입해 각자의 방에서 보고 싶은 것을 보고, 재테크도 따로 했습니다. 그저 아이들을 위해서나 가족 모임이 있을 때만 부부처럼 지낼 뿐입니다. 남편은 늘 밖으로만 나돌았고 인주 씨는 아이들과 밀착되어 있었습니다. 부부 간에 서로 나누어야 할 친밀감을 서로 다른 곳에서 채우고 있었습니다.

인주 씨의 예는 극단적인 사례지만 요즘 한국사회의 부부들은 인주 씨의 부부와 비슷합니다. 가족 안에서 '너는 너고 나는 나'라는 개인주의적인 삶의 방식이 점점 뿌리내리고 있습니다. 자녀중심적인 가족이 있을 뿐, 부부중심의 가족을 찾아보기 어렵습니다. 세로만 있고 가로가 없다보니 하나의 아름다운 직물이 짜일 수 없습니다. 가정이 와해되고 기형화될 수밖에 없습니다. 부부 간의 단절로 인해 남편은 점점 가정에서 설 자리가 없어지고 아내는 아이들에게만 매달립니다. 아이들이 부모들의 '대리 자아'로 자랄 뿐 아니라 심지어는 부모들의 '대리 배우자' 역할을 해야 할 때도 있습니다.

관용의 진정한 의미는 서로의 다름을 인정하는 것을 넘어섭니다. 낮은 단계의 관용이 차이를 인정하는 것이라면, 높은 단계의 관용은 여기서 한 걸음 더 나아갑니다. 차이를 인정하고 너와 나를 가르는 벽을 세우는 것이 아니라 차이를 존중하면서 소통하는 단계까지 다다릅니다. 그러므로 차이를 고정화시키고 관계를 차단시키는 것은 관용이라 할 수 없습니다. 은밀한 배척일 뿐입니다. 차이를 존중하면서 소통과 연결로 나아갈 때 우리는 비로소 관용이라 이야기할 수 있습니다.

표현 뒤에 숨은 욕구를 알아야 합니다

간혹 시사 토론 프로그램을 봅니다. 그런데 토론 프로그램을 볼 때마다 서로 이야기를 해서 갈등을 조정하고 있다거나 서로를 이해하고 있다는 느낌을 받은 적이 한 번도 없습니다. 이야기가 거듭될수록 각자의 주장만 반복하고, 결국 의견과 의견이 부딪혀서 나타나는 파열음만 크게 들릴 뿐입니다. 회의적인 생각에 토론을 다 보기도 전에 채널을 돌리게 됩니다. 무엇을 위해서 이 프로그램을 만들고, 출연했을까 싶은 생각도 듭니다. 패널들은 상대에게 어떻게 해야 큰 펀치를 날릴 수 있을지에만 관심이 있을 뿐, 정작 차이를 좁혀보려고 하는 데는 관심이 없어 보입니다. 관계의 갈등도 그렇습니다. 서로의 주장과 의견을 늘어놓는다고 해서 갈등이 해결되지 않습니다. 충돌만 생길 뿐입니다. 갈등을 풀기 위해서는 부정적인 감정표현과 뻣뻣하게 세우는 자존심 아래에 감춰져 있는 진짜 관심사와 욕구를 알아야 합니다.

아이들에게 부모는 없어서는 안 될 절대적 존재이지만 이런 아이들도 한 번씩 부모를 밀쳐낼 때가 있습니다. 무언가 몹시 마음이 상할 때입니다. 그럴 때면 "엄마, 미워!" "엄마랑은 말도 안 할 거야. 저리 가!"라는 말도 서슴지 않습니다. 그러나 아이는 정말 엄마랑 이야기를 하고 싶지 않은 것일까요? 정말 엄마가 멀리 떠나버리기를 바라는 것일까요? 만일 아이의 표면적인 요구대로 이야기도 안 붙이고 아이를 혼자 두는 엄마가 있다면 분명 공감능력에 문제가 있다고 볼 수 있습니다. 하지만 대부분의 엄마는 아이의 마음을 헤아려 화가 난 아이의 마음이 누그러지도록 달래줍니다. 아이의 표현 뒤에 있는 욕구를 알아차리기 때문입니다. 그러면 막무가내이던 아이는 다시 순하고 천진한 모습으로 되돌아옵니다. 거친 말을 서슴지 않고 화를 내는 아이의 진짜 속마음은 엄마가 달래주기를 바라고 있는 것입니다.

갈등을 푸는 핵심은 감정과 욕구를 드러내는 것입니다

관계가 가까워지면 우리는 심리적으로 퇴행하기 쉽습니다. 부모님의 상황은 생각하지도 않고 갖고 싶은 것을 사달라고 떼쓰는 아이처럼 자기중심적으로 행동하게 됩니다. 상대와 차이를 좁혀가기보다는 완전하게 상대를 굴복시키거나 지배하고 싶은 충동에 휩싸입니다. 의도와 욕구대로 표현을 일치시키기보다는 의도와는 정반대로 표현해놓고 상대가 내 마음을 이해해주길 바라기도 합니다.

예를 들어 퇴근 후 집에 들어갔을 때 아내가 반갑게 맞아주길 바라는데 아내는 방안에서 나오지 않아 불만인 남편과 아이들을 키우느라 지쳐서 남편이 일찍 들어오기를 바라는 아내가 있다고 해봅시다. 이때 소통을 잘 못하는 부부라면 상대가 원하는 것을 들어주고 자신이 원하는 것을 이야기하기 어렵습니다. 남편은 반갑게 나를 맞이해달라고 이야기하는 대신 자꾸 집에 늦게 들어오거나 말을 안 하는 식으로 행동합니다. 아내는 아이들 때문에 힘들다는 것을 이야기하고 당신이 좀 더 일찍 와서 도와주면 고맙겠다는 말 대신에 "당신이라는 남자는 어쩌면 그렇게 인정머리가 없어!"라며 남편을 공격할 수 있습니다. 그렇게 마음과는 다르게 표현하고 나서 정작 자신이 내심 바라는 대로 상대가 알아서 행동해주길 바랍니다.

의도와 표현이 일치된다면 얼마나 좋겠습니까마는 우리는 좌절된 욕구를 이야기하기보다는 화를 내거나 침묵하는 것으로 자신의 좌절된 욕구를 드러내기 쉽습니다. 그러나 분노나 침묵 뒤에 감추어진 좌절된 욕구를 바라보지 않으면 관계의 갈등은 풀리지 않습니다. 따라서 갈등을 푸는 핵심고리는 자신의 감정과 욕구를 솔직히 드러내는 것입니다. 서로가 느끼는 것과 원하는 것을 솔직히 이야기하다보면 우리는 다시 연결될 수 있습니다.

관계를 연결해주는 '공통된 기반'

서로의 주장만 하는 것으로는 갈등이 풀리지 않습니다. 무엇 때문에 힘들었고 자신이 원하는 것이 무엇인지 감춰진 마음을 열고 이야기할 때만이 서로가 다시 연결될 수 있습니다. 그 과정에서 서로가 진정 원하는 것이 다르지 않다는 것을 깨닫게 됩니다. 진짜 적은 상대방의 존재가 아니라 부정적인 의사소통 방식이나 문제해결 방식이라는 것을 알게 됩니다.

갈등의 해결은 두 점의 중간을 찾는 것이 아니라, 두 점을 하나로 연결시켜줄 꼭짓점을 찾아 안정된 구도의 삼각형을 만드는 것입니다. 누군가와 갈등상황에 놓여 있다면 서로의 공통된 기반을 찾아보세요. 그리고 이를 기반으로 함께 할 수 있는 공통의 해결책을 이야기해보세요. 먼저 마음을 꺼내는 사람이 약하거나 지는 것이라는 어린

아이 같은 마음만 내려놓는다면 갈등은 자기 내면의 진짜 욕구를 깨닫게 해주고 깊은 연결로 나아가게 하는 윤활유가 될 수 있습니다.

　인주 씨 부부는 권유 끝에 부부치료를 하기로 했습니다. 서로 관계를 회복하기 위한 치료라는 전제를 두지 않고 다만 서로가 어떻게 느끼고 생각하고 있는지를 아는 데 의미를 두었습니다. 물론 쉽지 않은 일이었습니다. 부부치료 중에도 감정과 기대를 이야기하기보다 주장과 의견으로 빠지는 일이 자주 벌어졌습니다. 그럼에도 두 사람은 서로의 마음을 들어보려는 노력을 놓지 않았습니다. 그리고 그 과정에서 서로의 마음 밑바탕에는 좋은 부부가 되기를 바라는 마음이 공통적으로 있음을 알게 되었습니다. 자신은 좋은 부부관계를 위해 노력했지만 상대는 그렇지 않다고 믿어왔던 마음에 균열이 생기기 시작했습니다. 그 노력이 상대가 원하는 방식이었다기보다 자신이 선호하는 방식이었음도 깨달았습니다. 잘못된 의사소통 방식과 서로의 차이를 포용하지 못했던 문제해결 방식이 갈등의 원인임을 인정할 수 있게 되었습니다. 부부는 남편의 외도로 인한 상처를 치유해나가기 시작했고 계속된 상담을 통해 더 깊이 연결될 수 있었습니다.

사람은 신념의 기반이 약할수록 더욱 하나의 신념을
다른 신념에서 분리하려고 집착한다.
반면에 신념의 기반이 강할수록
더욱 신념을 같이 할 수 없는 동료들에게 두 손을 자유로이 내민다.
처음 사람의 태도는 광신적이고, 다음 사람의 태도는 관용적이다.
관용은 타인의 신념을 받아들인다는 의미가 아니라
상대를 그대로, 신념이나 생활을 선택할 권리와 자유를 가진
인간으로 존경한다는 의미이다.

빅터 E. 프랭클, 「심리요법과 현대인」 중에서

사랑한다면 상대가 원하는 것을
줄 수 있어야 합니다

지수 씨와 형욱 씨 사이의 부부싸움은 끝내 폭력으로 이어졌습니다. 지수 씨는 폭력까지 쓴 남편을 더 이상 용납할 수 없었습니다. 비록 남편이 잘못했다고 용서를 구하며 상담까지 하러 왔지만 당장이라도 관계를 끝내고 싶었습니다. 문제는 남편인데 자신까지 상담실에 와야 하는 것도 억울했습니다. 상담 중 대화는 부드럽게 이어지지 못하고 탁탁 끊겼습니다. 어떤 주제의 이야기를 해도 결국은 상대방의 잘못에 대한 이야기로 되돌아갔습니다. 각자 상대방이 자신을 얼마나 화나게 했는지, 자신은 상대를 위해 어떤 노력을 했는지 이야기하는 데에만 열을 올렸습니다.

형욱 씨는 아내를 위해 아내 직장 근처로 집도 옮기고, 주말에는 청소도 도맡아 했습니다. 생활비도 풍족하게 주고 있는 편인데 아내는 도대체 왜 그렇게 불만이 많은 것인지 이해하기 힘들었습니다. 아내는 아내대로 불만이 컸습니다. 지수 씨는 아내로서, 엄마로서, 맏며느리로서 1인 3역을 감당했습니다. 지수 씨는 늘 정신이 없는 가운데서도 새벽에 일어나 아침밥만은 꼭 챙겨주었는데도 남편은 자신이 힘든 것을 한 번도 알아주지 않았습니다. 아침밥 하는 게 힘들다고 하면 그 마음을 받아주기보다는 대뜸 "그럼, 하지 마! 누가 하라고 했어?"라고 되받아치기 일쑤였습니다. 그러면서도 남편은 지수 씨가 늘 웃어주기만을 바랐습니다. 마치 백화점의 친절한 직원처럼 늘 상냥하게 대해주기만을 원하는 것 같았습니다. 두 사람의 문제는 서로를 위해 노력하려고 많은 애를 써왔지만 정작 서로의 수고로움을 잘 느끼지 못하는 것이었습니다. 서로가 노력했다는 것조차 인정하기 힘든 상태였습니다.

'그게 정말 저를 위해서였나요?'

〈미투Me too〉라는 스페인 영화가 있습니다. 이 영화의 남자 주인공 다니엘은 다운증후군을 가진 장애인입니다. 다운증후군은 특징적인 외모를 가지고 있고, 정신지체를 앓고 있어 학업이나 직업 활동에 많은 어려움이 있습니다. 그런데 다니엘의 어머니는 아들의 지적장애를 인정하지 않았습니다. 외모는 어쩔 수 없더라도 보통 사람들처럼 키우고 싶은 마음에 지적 핸디캡을 노력으로 극복하게 만들어 결국 대학까지 졸업하도록 만들었습니다.

다운증후군이면서도 이례적으로 대학을 졸업한 다니엘은 장애를 극복한 인간 승리의 사례가 되었습니다. 다니엘은 방송출연까지 하는 유명인이 되었고 장애인을 돕는 복지기관에 취업합니다. 그런데 운명의 장난이었는지 다니엘은 라우라라는 비장애인 여성동료를 만나 첫눈에 반합니다. 그녀에 대한 사랑의 감정은 점점 깊어만 갔고 다니엘은 그녀에게 친구가 아니라 연인이 되고 싶다고 고백합니다. 라우라는 한 인간으로서는 다니엘을 좋아했지만, 연인이 되고 싶다는 그의 제안은 받아들일 수 없었습니다. 그녀를 위해서도, 그를 위해서도 그녀는 솔직하게 거절합니다. 그녀와 헤어지고 집에 돌아온 다니엘은 어머니를 붙잡고 이렇게 말합니다.

"왜 그렇게 (보통 사람처럼 만들려고) 애쓰셨어요? 그래봤자 지금 전 행복하지 않는데."

"달리 방법이 없었어. 선택의 여지가 없었단다. 내 말 알겠니?"

달리 방법이 없었다는 어머니의 말에 그는 이렇게 되묻습니다.

"저를 있는 그대로 받아들일 수는 없었나요?"

이 장면을 볼 때 나는 가슴이 아팠습니다. 어머니의 헌신적 노력과 희생에 대해 "그것이 과연 저를 위한 것이었나요?"라고 되묻는 것 같았습니다. 어머니의 헌신으로 그의 지적 핸디캡은 사라졌지만 그는 다운증후군 여성과도 그리고 비장애인 여성과도 사랑을 할 수 없는 경계인이 되어버렸습니다.

그녀의 어머니가 그의 장애를 있는 그대로 인정하지 못했듯이 그 역시 자신을 장애인으로도 비장애인으로도 인정하지 못한 채 살아왔습니다. 만일 그의 어머니가 아들의 장애를 있는 그대로 인정했더라면 그는 조금 덜 성취했을지라도 좀 더 행복할 수 있지 않았을까요?

이 영화 속 같은 풍경이 상담실에서는 드물지 않게 펼쳐집니다. 자녀의 한계가 분명히 있는데도 불구하고 이를 인정하지 않고 노력으로 극복해야 한다고 다그치는 부모와 그 앞에서 안간힘을 쓰다가 어느 순간 무너져 내리는 자녀의 모습은 낯설지 않은 모습입니다. 자녀는 부모를 잘 쳐다보지도 못하며 "부모님의 기대가 커서 너무 힘들었어요"라고 이야기하고, 부모는 "그게 다 너를 위해서였단다. 왜 그 마음을 모르니?"라고 이야기하는 풍경이 그려지십니까? "그래, 너도 힘들었겠구나!"라고 대답해주지 못하고 그저 왜 부모의 마음을 모르냐고 되받아칠 때 자녀는 원망의 눈빛으로 부모를 바라봅니다. 그리고 마음속으로 이렇게 되묻겠지요. '그게 정말 저를 위해서였나요?'

모든 보살핌이 사랑은 아닙니다

아인슈타인 이후 최고의 물리학자로 손꼽히는 스티븐 호킹 박사는 두 번의 이혼을 했습니다. 그는 첫 번째 이혼 후 자신을 간호해주던 일레인이라는 간호사와 재혼합니다. 그런데 재혼 후 호킹 박사는 부상으로 병원을 찾는 일이 잦아졌습니다. 일레인은 그때마다 박사를 헌신적으로 보살핌으로써 사람들의 찬사를 받았습니다. 그러나 이후 충격적인 사실이 밝혀졌습니다. 호킹 박사의 몸에 수많은 상처를 낸 사람이 바로 일레인, 그녀였던 것입니다. 그녀는 휠체어를 일부러 넘어뜨려 호킹 박사를 계속 다치게 했습니다. 그녀는 도대체 왜 그런 행동을 했을까요?

정신의학에서는 이러한 사례를 가리켜 '대리인에 의한 뮌하우젠 증후군münchausen syndrome by Proxy'이라는 복잡한 이름의 진단을 내립니다. 이 증후군에 걸린 사람들은 애완동물이나 가족을 고의로 아프게 하여 자신에게 절대적으로 의존하게 만든 다음, 헌신적으로 간호함으로써 타인의 인정과 자기 가치감을 느낍니다. 이들에게 보살핌은 타인에 대한 사랑으로 이루어지는 행동이 아니라 자신이 인정받기 위한 수단입니다.

우리는 흔히 바람직한 사랑의 모습으로 희생이나 헌신을 떠올립니다. 인간의 내면에는 부모와 자식 간의 사랑처럼 무조건적 이해와 사랑을 받고 싶은 마음이 강하게 자리하고 있기 때문입니다. 실제로 우리 주위에는 자식에게 헌신하는 부모들이 많습니다. 이들에게는 자녀의 성공이 인생에서 무엇보다 중요한 일입니다. 그래서 사랑이라는 이름으로 어려서부터 자녀들의 삶을 부모의 뜻대로 이끌고 갑니다.

하지만 모든 보살핌이 좋은 것은 아닙니다. 자아를 성장하게 하지 못하는 보살핌은 사랑이 아니라 지배나 집착이며 또 하나의 폭력입니다. 지배적인 부모들은 하나에서부터 열까지 자녀들의 삶에 개입합니다. 자녀들이 스스로 할 수 있을 때까지 믿음을 가지고 기다려주지 못합니다. 자신에게 절대적으로 의존하게 만들어놓고 나중에는 왜 혼자서 못하냐고 꾸짖습니다. 결국 자신이 원하는 방향으로 아이를 이끌어갑니다. 자식 사랑의 궁극적 방향은 독립된 인격체로 양육하는 것임에도 지배적인 부모들은 독립을 허용하지 않습니다. 이는 의식적인 것이 아니라 무의식적인 과정으로 이루어집니다. 자신도 모르게 아이를 의존적인 존재로 키워놓고 그 책임을 엉뚱하게 아이한테 되돌립니다.

좋은 보살핌과 나쁜 보살핌

이들은 보살핌이 자기만족의 원동력이기에 상대가 자신의 보살핌에서 벗어나는 것을 쉽게 용납하지 못합니다. 엄마 손을 잡고 길을 걷던 아이가 이제 손을 놓고 혼자 걸어가고 싶어 하는 나이가 되어도 꽉 잡은 손을 놔주지 않는 것이죠. 행여 놔준다 하더라도 넘어지는 모습을 한 번이라도 보면 얼른 달려가서 "그러길래 내가 뭐랬어?"라며 다시 손을 꽉 잡아버립니다. 실수나 잘못을 겪으면 다시 일어설 수 있도록 도와주는 것이 아니라 다시 의지하게 만들어버릴 뿐입니다. 아이의 성장을 돕는 것이 아니라 자기 없이는 아무것도 못하게 만듭니다. 이는 자기만족을 위해 자녀를 도구화하는 행동에 불과합니다.

그렇다면 지배적인 부모 밑에서 성장한 아이가 자라면서 택할 수 있는 방법은 무엇일까요? 안타깝지만 선택의 여지는 별로 없습니다. 반항이나 관계의 단절로 치닫거나 혹은 자신을 보살핌이 계속 필요한 나약한 존재로 받아들이는 수밖에 없습니다. 그러므로 우리는 희생이나 헌신의 가치를 중요시하기보다 좋은 보살핌과 나쁜 보살핌을 먼저 구분해야 합니다. 이 둘을 구분하는 기준은 의외로 간단합니다.

좋은 보살핌은 보살핌을 받는 자아를 발달시키고, 나쁜 보살핌은 자아를 억압합니다. 좋은 보살핌의 중요한 기준이 또 하나 있습니다. '상대에게 필요한' 보살핌을 주는 것이 중요합니다.

옛날에 꽃을 무척 좋아하는 수행자가 한 명 있었습니다. 그는 산에서 꽃나무를 캐와서 뜰과 화분에 심고 정성껏 키웠습니다. 하루는 수행자의 거처에 스승이 찾아왔습니다. 제자는 스승에게 정성껏 키운 꽃나무를 보여드리면서 자신의 꽃에 대한 사랑을 자랑했습니다. 그러자 스승이 이렇게 되물었습니다. "꽃도 너를 사랑하느냐?" 순간 수행자는 머리에 철퇴를 맞은 듯했습니다. 자신이 꽃을 사랑하는 것만 생각했지, 꽃이 자신을 사랑하는지는 한 번도 생각해보지 못했기 때문이지요. 뒤늦게 스승의 질문에 대한 대답을 생각해보니 꽃은 자신을 사랑하지 않을 것이라는 판단이 들었습니다. 산에서 자유롭게 잘 자라는 꽃을 캐와 낯선 땅에 심어놓거나 뿌리도 제대로 뻗을 수 없는 화분에 갇혀 지내게 하는 자신을 꽃이 좋아할 리가 만무했습니다.

우리는 상대에게 베푼 것만을 생각하지, 상대가 나의 관심과 사랑을 어떻게 느끼는지에 대해서는 별로 관심을 기울이지 않습니다. 내 마음 속에 '내가 생각하는 상대'는 있지만 '나와 다른 개별적 존재로서의 상대'는 없기 때문입니다. 그 대상이 자녀라면 더욱 말할 필요도 없습니다.

많은 사람들이 서로의 관계를 위해 노력합니다. 안타까운 것은 이러한 노력이 상대에게 늘 좋은 느낌으로 다가가지 못한다는 것입니다. 노력하고 있다는 것조차 상대에게 느껴지지 않을 수도 있습니다. 여러 가지 원인이 있겠지만 가장 큰 이유는 '상대가 원하는 것을, 상대가 원하는 때에, 상대가 원하는 방식'으로 주지 못하기 때문일 것입니다.

이를 잘 표현하고 있는 이야기를 하나 알고 있습니다. 한 소년이 할아버지와 함께 목장에 살았습니다. 소년은 목장의 말 중에서도 한 종마를 너무 예뻐했습니다. 그런데 하필 할아버지가 목장을 비운 날, 그 종마가 아프게 되었습니다. 소년은 걱정이 깊어 잠도 자지 않고 말을 돌보았습니다. 열이 내려가기를 바라는 마음으로 열심히 찬물을 먹였습니다. 그러나 소년의 기대와는 달리 말은 잘 낫지 않았습니다. 오히려 이튿날 할아버지가 돌아오셨을 때에는 다리까지 절게 되었습니다. 소년으로부터 모든 이야기를 들은 할아버지가 말했습니다.

"말이 아플 때 찬물을 먹이는 것이 얼마나 안 좋은 것인지 몰랐단 말이냐?" 할아버지의 노기가 담긴 말에 소년은 울음을 터뜨렸습니다. 그리고 "나는 정말 몰랐어요. 내가 말을 얼마나 사랑하는 줄 아시잖아요"라며 억울한 마음을 담아 대답했습니다. 할아버지는 잠시 침묵했습니다. 그리고 소년의 눈을 지그시 바라보며 이렇게 이야기했습니다. "얘야, 누군가를 사랑한다는 것은 어떻게 사랑하는지를 아는 것이란다."

사랑한다면 상대가 원하는 것을 해주세요

부부관계 전문가인 존 가트맨 박사에 따르면 행복한 부부들은 서로에 대한 상세한 '애정지도love map'를 갖고 있다고 합니다. 상대 배우자가 무엇을 좋아하고 싫어하는지, 자신과 어떤 점이 유사하고 다른지, 어떨 때 기뻐하고 어떨 때 상처 받는지, 배우자의 관심사와 일생 동안 겪은 큰 사건이 무엇인지 등을 잘 알고 있는 것입니다.

이 애정지도는 종이지도라기보다 내비게이션에 가까워서 시간이 지나면 최신 정보로 업데이트된다고 합니다. 즉, 상대의 욕구나 기호가 달라질 수 있다는 것도 충분히 감안하는 것입니다. 애정지도가 있는 행복한 부부들은 상대가 원하는 것을 제때 줄 수 있습니다. 하지만 불행한 부부들은 상대를 위해 노력을 해도 상대에 대해 아는 것이 적기 때문에 자꾸 엉뚱한 것만 해주게 됩니다.

이를 테면 남편은 자신을 인정해줄 때 사랑받는다고 느끼는데 이를 알지 못하는 아내는 맛있는 음식이나 건강식품을 챙기는 것으로 사랑을 표현한다면 남편은 자신이 사랑받는다고 느끼기 어렵습니다. 반대로 아내는 남편이 바깥에서 있던 일도 자신에게 이야기를 해주고 고민을 털어놓을 때 즉, 함께한다는 느낌을 받을 때 사랑받는다고 느끼는데 남편은 묵묵히 집안청소와 설거지를 돕는 것으로 애정표현을 하고 있다면 불만이 생길 수 있습니다. 그러므로 자신이 노력하고 있는데 상대는 별로 고마워하지 않는다면 상대가 나쁜 사람이라고 단정 짓기보다 정작 자신이 상대가 원하는 것을 주고 있는지 돌아봐야 합니다.

지수 씨와 형욱 씨도 각자의 이야기를 들어보면 서로를 위해 많은 노력을 해온 부부가 맞습니다. 다만 상대가 원할 때 원하는 것을 주지 못했을 뿐입니다. 지수 씨는 생활비를 풍족하게 주는 것도 좋지만 자신이 힘들 때 남편이 그 마음을 있는 그대로 받아주기를 바랐습니다. 형욱 씨는 아내가 잠이 부족한데도 억지로 일어나서 힘들게 아침밥을 챙겨주는 것보다, 퇴근했을 때 웃음 띤 얼굴로 자신을 맞이해주는 것을 더 원했던 겁니다. 서로가 원하는 것을 좀 더 알기 위해 소통을 했다면 두 사람은 관계가 더욱 좋은 부부가 되었을 것입니다.

식물이나 동물을 잘 키우려면 그 특성을 잘 알아야 합니다. 생명마다 필요한 조건이 제각각 다르기에 무작정 보이는 모든 관심이나 보살핌은 성장으로 이어지지 않습니다. 오히려 열심히 물을 주고 볕을 쏘이는 것이 어떤 식물에게는 독이 될 수도 있습니다. 상대를 잘 안다고 착각하거나 상대가 나와 다르지 않을 것이라고 생각하고 베푸는 관심은 때론 그 사람에게 부담이자 피해가 됩니다. 그렇기에 우리는 서로에 대해서도 잘 알려고 해야 합니다. 상대를 사랑한다면 상대가 사랑받는다고 느끼는 언어로 표현해주어야 합니다.

우리는 사실,
서로에 대해 잘 모릅니다

만일 누군가 "당신은 편견이 있습니까?"라고 묻는다고 합시다. "예, 아니오" 둘 중에 하나를 대답해야 한다면 당신은 어떤 선택을 하겠습니까? 실제로 이런 질문에 답을 해야 하는 곳이 있습니다. 미국의 로스앤젤레스에는 관용의 박물관이 있는데 박물관 출입구 앞에는 위와 같은 질문이 붙어 있습니다. 입장객이라면 '예'와 '아니오'라는 두 개의 질문 중 하나를 선택한 뒤 들어가야 합니다.

만일 자신이 객관적이고 공정한 사람이라고 생각해서 '아니오'라고 쓰여 있는 문으로 들어간다면 그다음에 어떤 장면이 벌어질까요? 안타깝지만 문은 아무리 밀어도 꿈쩍도 하지 않아 박물관에 입장할 수 없게 됩니다. 처음부터 들어갈 수 없게 고정되어 있는 문이기 때문이지요.

인간은 누구나 저마다의 편견을 가지고 있다는 것. 이 전제에 대한 동의가 이 박물관의 출발점입니다. 그런데 관용의 박물관을 방문하는 사람들 중에는 '아니오'라고 쓰여 있는 문으로 들어가려는 사람이 굉장히 많다고 합니다. 문이 열리지 않으면 계속 두드리거나 억지로 문을 열려는 사람들도 있다고 합니다. 끝까지 자신은 편견이 없다고 믿는 사람들입니다.

우리 마음에도 사각지대가 있습니다

갓 초보에서 벗어나 고속도로를 운전할 때 겪은 일입니다. 사고의 위험이 가장 높을 때는 초보 시절일 때보다 어설프게 무언가를 알거나 배웠을 때인가 봅니다. 조금 할 줄 안다는 사실 때문에 긴장이 풀어지고 오만해지기 쉽기 때문입니다. 당시 사이드미러를 확인하고 차선을 변경하는데 미처 보지 못했던 차량이 있었습니다. 그 차가 핸들을 급히 돌려 다행히 사고를 피했지만 자칫 큰 사고가 날 뻔했습니다.

상대 차량은 너무 놀라고 화가 났는지 계속 뒤를 좇아오며 경적을 울려댔습니다. 그때만 해도 사이드미러로 보면 다 보이는 줄만 알았지 거울에도 보이지 않는 사각지대가 있음을 알지 못했습니다. 그때 크게 혼난 일이 있고 난 뒤로는 차선을 변경할 때 좀 더 조심하게 되었습니다. 사이드미러만 슬쩍 보고 들어가지 않고 고개를 좀 더 내밀어 다른 각도에서 거울을 보거나 시간을 두고 천천히 주위를 살피면서 차선을 변경하는 게 습관이 되었습니다. 내 눈에 보이는 것이 전부가 아니라는 것을 깨달았기 때문입니다.

사이드미러의 사각지대처럼 우리 마음에도 사각지대가 있습니다. 사람의 시각은 제한적이라 180도를 채 보지 못합니다. 게다가 자신의 얼굴은 스스로 볼 수 없습니다. 그러니 얼굴에 무언가 묻었다고 하더라도 스스로 이를 알아차리는 것은 어렵습니다. 얼굴을 비출 수 있는 도구나, 얼굴에 무엇이 묻었다고 이야기해주는 누군가가 필요합니다. 겉으로 보이는 얼굴도 이럴진대 눈에 보이지 않는 성격이나 마음의 문제는 어떻겠습니까?

우리는 혼자서 내면의 모습을 온전히 바라볼 수 없습니다. 그럼에도 막상 누군가로부터 문제를 지적받으면 받아들이지 못합니다. 나를 제대로 알기 위해서는 타인이 절대적으로 필요한데도 다른 사람의 말은 부정하거나 무시합니다. 나를 가장 잘 아는 것은 나라고 생각하며 타인에게 비춰진 자신의 모습을 바라볼 생각을 하지 않습니다.

그러나 거울 없이 얼굴을 바라볼 수 없는 것처럼 상대를 통하지 않고서는 우리 마음의 가장 중요한 부분을 바라볼 수 없습니다. 다른 사람들이 나에게 보여주는 표현과 반응들은 그것이 좋든 싫든 나를 이해하는 중요한 단서가 됩니다. 따라서 다른 사람이 해주는 어떤 피드백이라도 의미 있게 받아들이는 자세는 꼭 필요합니다.

만일 스스로는 이타적이라고 생각하는데 누군가 당신을 보고 이기적이라고 했다면 내가 모르는 나의 이기적인 모습이 분명 있을 수 있습니다. 운동을 잘하는 사람들을 보면 스윙처럼 자신이 바로 확인해볼 수 없는 동작을 비디오로 촬영해 모니터합니다. 생각과 느낌만으로는 본인의 문제를 잘 알 수 없기 때문에 있는 그대로의 모습을 관찰하기 위해 촬영을 해두는 것입니다.

자신이 말할 때 듣는 목소리와 녹음기를 통해 듣는 실제 목소리가 차이 나듯이, 다른 사람이 보는 나는 내 생각과 다른 모습일 수 있습니다. 반대로 누군가 이해할 수 없는 모습을 보인다면 '저 사람 참 이해할 수 없어!'라고 생각하기보다 상대가 가지고 있는 생각이나 가치관, 그리고 처한 환경에서 문제나 상황을 다시 바라봄으로써 자신이 놓치고 있는 것은 없는지, 모르고 있는 부분은 없는지 살펴봐야 합니다.

'마음읽기'의 오류

가만히 생각해보면 상대의 마음을 잘 안다고 단정할수록 우리는 잦은 다툼을 하게 됩니다. 내가 상대의 마음을 모른다고 생각하면 상대를 판단하는 내 생각이 맞지 않을 수도 있다고 여기기 때문에 우리는 쉽게 싸울 수 없습니다. 그러므로 내가 상대를 모른다는 것을 인정하고, 상대에 대한 내 느낌과 생각이 사실이 아닐 수 있다는 것만 받아들이는 것만으로도 인간관계는 훨씬 나아집니다.

30년 동안 심리실험을 통해 '마음읽기'를 연구해 온 사회심리학자 윌리엄 이케스에 따르면 우리가 인간관계에서 정설이라고 알고 있는 통념 중에는 근거가 없는 것이 많다고 합니다. 시간이 지날수록 상대의 마음을 잘 이해한다고 생각하는 것도 그중 하나입니다. 오래 산 부부들은 상대의 눈빛만 봐도 무슨 생각을 하는지 안다고 하지 않던가요. 하지만 실험을 해보면 부부는 평균적으로 결혼 후 2년까지는 상대의 마음을 잘 헤아리지만, 이후로는 시간이 흐를수록 상대의 마음을 잘 헤아리지 못하게 된다고 합니다. 오래 사귀게 되면 상대에 대한 관심이 점점 줄어드는 한편, 상대를 잘 알고 있다는 믿음 하에 자꾸 함부로 판단하기 때문입니다.

윌리엄 이케스 박사의 실험에 의하면 상대방의 마음을 알아맞히는 공감정확도 평균 점수는 0~100점 범위에서 22점에 불과했습니다. 친한 친구라고 해도 40점을 넘지 못했습니다. 아무리 친한 사이라 하더라도 두 번에 한 번 이상은 계속해서 상대의 마음을 잘못 해석하고 있는 셈입니다. 우리는 지금까지 잘못된 마음읽기를 반복하고 있던 것은 아닐까요? 아무리 부정하려 해도 인간은 보고 싶은 대로 보고, 믿고 싶은 대로 받아들이는 자기중심적 편향성을 가진 존재들임에 틀림없습니다. 우리는 자신의 취향이나 생각과 느낌만이 합리적이고 보편적이며 진실에 가깝다고 믿습니다.

그러나 상대에 대한 당신의 느낌이나 판단은 사실이 아닐 수 있고, 당신의 생각이나 행동은 객관적이지 않을 수 있습니다. 상대방 역시 내가 정확하게 이야기해주지 않으면 내 마음을 알지 못하는 엄연히 나와 다른 존재입니다. 이 사실을 받아들일 수 있다면 관계는 한 단계 더 발전합니다.

그래서 보조선사는 일찍이 '단지불회 시즉견성但知不會 是卽見性'이라고 했는지도 모릅니다. 자신이 모른다는 것만 안다고 해도 그것이 바로 깨달음이라는 의미입니다. 나는 너를 알지만, 너는 나를 모른다는 것은 착각이고 편견입니다. 우리는 서로를 잘 모릅니다. 그렇기에 서로를 더 잘 알아가기 위해 노력할 따름입니다.

상대의 감정을 받아들여
진정한 소통을 합니다

15세기 이후 장기간의 항해가 가능해지면서 뱃사람들 중에는 잇몸이 붓고 피가 나며 관절과 다리가 뻣뻣해지는 기괴한 병에 걸려 죽는 사람들이 증가했습니다. 그러나 사람들은 그 원인을 알지 못했기에 속수무책으로 죽음을 맞이해야만 했습니다. 그러나 영국의 의사 제임스 린드는 오렌지나 레몬 또는 라임주스를 마시면 이 병의 치료와 예방이 가능하다는 사실을 알아냈습니다. 이 병이 무언가의 결핍으로 인한 영양장애라는 사실을 밝힌 것입니다. 이 병은 비타민 C의 결핍으로 인한 괴혈병입니다.

사람들은 괴혈병의 원인을 몰랐을 때는 바다의 습기가 범인이라 생각해 신선한 육류섭취를 권하기도 하는 등 엉뚱한 해석과 처방들을 남발했습니다. 그러나 원인이 밝혀진 이후로는 더 이상 괴혈병으로 인해 선원들이 쓰러지지 않게 되었습니다.

우리는 상대를 있는 그대로 받아들일 수 없습니다

지금 우리나라는 '자살 공화국'이라는 부끄러운 오명을 가지고 있습니다. 초등학생부터 팔순 노인까지 자살이라는 극단적인 방법으로 문제를 해결하려고 합니다. 높은 자살률에 대해 많은 전문가들이 고민하고 있고 여러 대책들이 나오고 있습니다. 어느 하나만을 그 원인으로 지목할 수는 없겠지만 나는 자살이라는 극단적인 선택은 괴혈병처럼 'C'가 결핍되어 나타난 문제라고 봅니다. 바로 '연결Connection'입니다. 공동체의 파괴와 관계의 단절이야말로 높은 자살률의 큰 원인이 아닐까 싶습니다.

자살자의 대다수가 우울증이라고 할 수는 있지만, 사실 우울함만으로 사람이 자살하지는 않습니다. 우울감에 고립감이나 외로움이 더해지기 때문에 자살로 이어집니다. 나 혼자만 힘든 것 같고 아무도 나를 이해하지 않는다는 감정은 우리를 주저앉힙니다.

앞에서 이야기한 괴혈병의 치료는 간단합니다. 정상적인 식사에 매일 100밀리그램 정도의 비타민 C를 공급해주면 대개는 며칠 안에 낫습니다. 우리가 겪는 자살문제 역시 마찬가지가 아닐까 싶습니다. 삶 속에서 '작은 연결감'들이 지속될 수 있다면 자살률은 많이 줄어들 것이라 생각합니다. 내가 혼자가 아니라 누군가와 연결되어 있고, 내가 겪는 이 어려움들이 결코 나만의 문제가 아니라는 것을 알게 된다면 우리는 삶의 희망을 간직할 수 있습니다. 이러한 연결을 위해서는 상대를 받아들이는 훈련이 필요합니다.

우리는 상대를 받아들이는 것에 대해 너무 이상적인 기준을 가지고 있습니다. 흔히 우리는 '있는 그대로 상대를 받아들여라!'라고 이야기합니다. 참 좋은 말입니다. 그러나 사실은 불가능한 일이기도 합니다. 우리는 상대를 있는 그대로 지각할 수 없습니다. 자아가 있기 때문에 결국 우리는 자신만의 관점과 방식으로 상대를 이해하고 받아들일 수 있을 뿐입니다. 그러므로 상대를 있는 그대로 받아들이겠다는 마음보다는 상대를 있는 그대로 받아들이지 못하고 내 식대로 받아들이고 있다는 것을 인정하는 것이 더 중요합니다. 내 식대로 상대를 받아들이는 내 존재를 인정하는 것이야말로 실질적으로 상대를 받아들일 수 있는 토대가 됩니다.

'아, 당신이 그런 심정이었겠구나!'

우리는 상대를 있는 그대로 받아들일 수는 없지만 상대의 감정을 있는 그대로 받아들일 수는 있습니다. 수많은 사람들과 상담을 하면서 나는 마음의 치유가 무엇인지, 치유의 순간은 언제 찾아오는 것인지 고민해봤습니다. 그 결과 마음의 상처가 치유되는 순간은 '공감적인 환경 안에서 자신의 상처를 재경험하고 그 핵심적 감정이 받아들여질 때'라고 제 나름의 정의를 내렸습니다.

누구나 어린 시절을 떠올려보면 크고 작은 마음의 상처들이 있기 마련입니다. 그 기억 중에는 그때는 힘들었지만 지금은 아무렇지도 않은 상처가 있고, 지금 떠올려도 여전히 힘든 기억도 있습니다. 세월이 지나도 기억이 남아 있는 일은 그때의 감정이 강렬해서이기도 하지만 그 감정이 풀리지 않아서입니다.

마음이 풀리는 것은 근육이 풀리는 것과 비슷합니다. 외부에서 충격이 가해지면 근육은 뭉칩니다. 근육이 단단하게 뭉치면 혈액순환도 되지 않고 통증으로 인해 움직이는 것도 어렵습니다. 이럴 때 우리는 본능적으로 뭉친 부위를 주무르며 마사지를 합니다. 그것이 치료라는 것을 알고 있기 때문입니다. 충분한 마사지를 받고 휴식을 취하고 나면 경직된 근육이 이완되고 다시 혈액순환이 잘 이루어집니다.

마음도 근육처럼 뭉칩니다. 감정이 깊이 상하면 마음에 응어리가 생깁니다. 마음에 응어리가 생기면 여유가 사라지고 감정은 순환되지 않습니다. 다른 사람에게 관심을 갖고 싶지도 않고, 삶의 성장을 위해 노력하고 싶지도 않습니다. 오직 자신의 다친 마음에 집중할 뿐입니다. 뭉친 마음은 풀어져야 합니다. 가급적 마음에 응어리가 단단하게 생기기 전에 풀어주는 것이 좋습니다.

뭉친 마음을 풀기 위해서는 뭉치게 한 원인이 된 그 감정을 재경험해야만 합니다. 그 당시로 돌아가 그때 마음이 어땠는지, 어떤 기대가 무너졌는지, 얼마만큼 힘들었는지, 다친 감정을 있는 그대로 느끼고 표현하도록 도와야 합니다. 옛 감정과 느낌을 수용하게 되면 비로소 감정은 풀리기 시작합니다.

서로를 미워하다 못해 경멸하는 부부 사이일지라도 배우자가 '아,

당신이 그런 심정이었겠구나!'라고만 이야기해줘도, '당신 입장에서는 참 힘들 수 있었겠다'고 인정만 해줘도 갈등이 해소될 수 있습니다. 원상처의 핵심적인 감정을 누군가 잘 받아줄 때 치유의 마법이 펼쳐집니다. 그러므로 감정을 나누고 받아주는 행위는 마음의 응어리를 푸는 마사지인 셈입니다. 감정의 인정이야말로 치유의 중요한 도구입니다.

감정을 받아들이면 다시 이어집니다

하지만 우리는 자신의 마음을 드러내면 왠지 미숙하고 나약한 존재가 되는 것처럼 느낍니다. 그럴수록 자신의 마음을 자꾸 감추기만 합니다. 우리는 불쾌한 마음을 꺼내놓으면 관계가 위험해질 것이라는 두려움을 갖고 있습니다. 하지만 그렇지 않습니다. 서로를 이어주고 친밀하게 만들어주는 것은 강함이나 완전함이 아닙니다. 사고차원에서 이루어지는 이해나 배려도 아닙니다. 가장 중요한 것은 감정의 개방과 공유입니다. 그러므로 상대를 받아들이려면 그 사람의 감정을 받아주는 것이 핵심입니다. '당신은 그렇게 느꼈군요'라고 인정해야 합니다.

부부 상담이나 가족 상담을 한다고 하면 사람들은 뭔가 거창한 치료법이 있는 것으로 생각합니다. 하지만 그 치료법이란 게 별것 없습니다. 지극히 단순합니다. 두 사람이 속마음을 열고 서로 이야기를 나누도록 돕는 것이 전부입니다. 소통을 돕는 것이지요. 특히 상담

초기에는 주장이나 의견을 이야기하다보면 마음의 문이 닫혀버리기에 감정을 드러내도록 돕는 것이 중요합니다.

감정을 이야기하는 순간, 마음은 움직입니다. 부정적인 감정이라도 이야기로 나누다보면 그 안에 감추어져 있던 욕구가 서서히 드러납니다. 겉으로는 서로를 경멸하고 죽이고 싶을 정도로 미워하는 마음만 있는 것 같아도 그 감정의 밑바닥까지 내려가보면 상대에게 이해받고, 위로받고 싶은 숨은 욕구가 드러납니다. 겉으로 드러나는 침묵과 공격이 사실은 상대에 대한 분노라기보다 그러한 욕구의 좌절 때문이었음을 서로 알게 됩니다. 바닥에 깔린 공통의 감정과 욕구를 서로 들여다보고 알아차리게 되면 부부는 이전과는 다르게 서로에게 다가갈 수 있습니다.

진정한 소통을 위하여

차이를 존중하고 상대의 감정을 받아들이기 위해서는 소통과 수용의 대화가 중요합니다. 신부 존 포웰에 따르면 사람과 사람끼리 대화를 나누는 데에도 질적인 단계가 있다고 합니다. 총 다섯 단계입니다. 상담의 경험을 덧붙여 설명하면 1단계는 상투적 표현 단계입니다. 특별한 의미 없이 '잘 지내?' '밥 먹었어?' 정도의 지나가는 대화를 나누는 형식적인 단계입니다. 입의 단계입니다. 2단계는 정보교환의 단계입니다. '오늘 ○○모임이 있어. ○시쯤에 올 거야'라거나 '어디에 갔더니 이런 게 있더라'와 같이 객관적 사실이나 정보를 교환하는 단계입니다. 귀와 눈의 단계입니다. 이 단계까지는 사실 인간관계의 갈등이 나타나거나 서로 부딪힐 일이 별로 없습니다.

3단계는 의견을 나누는 단계입니다. 이제 자신의 의견과 판단을 나누는 단계이며 머리의 단계입니다. 의견과 주장이 오고가기 때문에 갈등과 싸움이 빈번하게 벌어질 수 있습니다. 4단계는 감정과 속마음을 나누는 단계입니다. 감정을 폭발시키는 것이 아니라 감정을 언어로 이야기하는 것을 말합니다. 가슴으로 나누는 대화의 단계입니다. 만일 상대방으로부터 무시당했다고 느꼈다면, 상대를 공격하는 것이 아니라 "네가 ○○했을 때 나를 무시한다고 느꼈어"라고 이야기를 할 수 있는 단계입니다. 마지막 5단계는 영적인 대화의 단계입니다. 자신의 인생, 정신세계 그리고 영혼을 나누는 대화가 이루어지는 경지입니다.

여러분은 몇 단계까지 대화를 나누는 상대가 있나요? 감정을 나누는 4단계 대화까지 이루어지는 관계가 있다면 속 깊은 친구나 가족을 가지고 있는 셈입니다. 만일 정신적 교감을 이루는 5단계 대화까지 이루어진다면 그 관계는 소울메이트입니다. 우리는 상대를 받아들이면 받아들일수록 4, 5단계의 대화로 나아갈 수 있으며 4, 5단계의 대화를 나눔으로써 상대를 더 깊이 받아들일 수 있게 됩니다. 우리에게는 자신의 마음을 솔직하게 언어화시켜 표현하는 훈련이 필요합니다. 기꺼이 받아들이겠다는 것은 의도가 아니라 실천입니다. 그러려고 했다는 것이 아니라 그렇게 하는 것이 기꺼이 받아들이는 것입니다. 자신의 감정을 솔직히 이야기해보세요. 상대의 감정을 인정해보세요. 감정표현과 감정수용은 두 사람을 이어주는 마음의 포용입니다.

삶이 아무리 고통스럽더라도 참고 견뎌야 합니다.
같은 고통을 겪는 두 사람이 만나 그중 한 사람이 다른 사람에게
'그래, 네가 앞으로 어떤 일을 겪을지 잘 알아.
나도 그랬거든'이라고 말해주는 순간,
기적이 일어난다는 것도 배웠습니다.

'건강을 이어주는 친구들' 대표, 록산 블랙 비스하스트

생활 속에서 실천하는 수용력 증진 훈련 4

타인을 받아들이기

1 '왜 그래?'라는 말 대신에 '그럴 수도 있어'라고 이야기합니다.

의식을 바꿔서 언어적 표현을 바꿀 수 있지만, 역으로 언어적 표현을 바꿈으로써 의식을 변화시킬 수 있습니다. 이해할 수 없는 상대방을 보면서 '왜 그래?' '그래서는 안 돼!'라고 말하기보다는 '그럴 수도 있어' '그럴 이유가 있을 거야'라고 생각하거나 표현해봅니다. 그리고 말을 할 때는 '내 생각에는'이라고 단서를 붙이는 것이 좋습니다. 이런 표현들은 차이를 존중하는 표현입니다.

2 상대의 감정을 존중하고 나의 감정을 구체적으로 표현합니다.

판단, 비판, 설교, 교훈, 주의, 설득 등은 모두 비수용의 언어입니다. 무언가 상대가 잘못이라거나 문제라는 느낌을 주고 서로의 연결을 깨뜨리기 쉽습니다. 상대를 받아들인다는 말의 가장 중요한 핵심은 상대의 마음을 존중하는 것입니다. 특히, 자신의 어떤 행동으로 인해 상대의 기분을 상하게 했다면 그럴 의도가 아니었다고 하더라도 일단은 상대의 기분을 먼저 인정해주는 것이 좋습니다. '내가 ~해서 네가 ~라고 느꼈구나!'라고 상대의 감정을 받아들여줍니다. 자신의 감정도 비슷한 방식으로 이야기합니다. '네가 ~할 때(~해서) 나는 ~라고 느꼈어!'라고 말이지요.

3 문제의 원인은 '소통방식'에 있습니다.

우리는 흔히 인간관계에 문제가 있으면 그 원인이 상대에게 있다고 생각합니다. 상대는 가해자, 자신은 피해자로 생각합니다. 하지만 100명 중 한두 명의 나쁜 사람들을 빼놓고는 대부분의 인간관계 갈등의 원인은 특정한 누군가에게 있다기보다 '잘못된 소통방식'에 있습니다. 잘못된 소통방식이 공동의 적이 되면 상대는 문제를 같이 풀어갈 협력자가 될 수 있습니다. '가해자-피해자' 프레임에서 벗어나 '협력자-협력자' 프레임으로 전환하지 못한다면, 갈등을 해결하기 위한 노력은 결국 수포로 돌아가버릴 수밖에 없습니다.

4 공통분모를 찾아봅니다.

갈등을 풀 때 가장 중요한 것은 연결입니다. 상대방과 연결되어 있고 공통된 기반이 없는 상태에서 나누는 대화는 대립과 투쟁으로 이어지기 쉽습니다. 게다가 감정적으로 격앙되어 있다면 감정의 응어리를 풀고 이견을 좁혀가기란 좀처럼 쉽지 않습니다. 이때 갈등을 푸는 핵심은 '구동존이求同尊異'의 자세를 취하는 것입니다. 이 말은 '이견은 존중하고 우선 의견을 같이 하는 분야부터 협력한다'는 뜻으로 중국 저우언라이 총리의 외교철학의 핵심을 표현하는 말입니다. 관계의 갈등을 풀 때에도 서로 뜻을 같이 할 수 있는 영역을 확보하고 이를 점점 넓혀가는 것이 중요합니다.

5 상상을 통해 입장을 바꿔봅니다.

우리는 기본적으로 자신의 생각, 감정, 가치 그리고 느낌을 중시하며 살아가는 1인칭 존재입니다. 하지만 공감능력이 잘 발달된 사람들은 1인칭에서 벗어나 다른 사람의 입장에서 설 줄 압니다. 이는 훈련을 통해서도 강화될 수 있습니다. 눈을 감고 나에게서 벗어나 상대가 되어보는 상상을 해보세요. 성장과정과 문화를 고려해 상대의 성별, 역할, 생각과 태도, 가치관 속에서 자신을 바라보는 2인칭 훈련을 해봅니다. 상대의 눈과 마음을 통해 자신을 바라보게 되면 공감능력이 강화되는 것은 물론, 자신을 객관화시켜 바라보는 데 많은 도움이 됩니다. 마치 배우가 자신이 맡은 역할에 몰입하여 마치 그 사람처럼 느끼고 반응하는 것과 유사한 훈련입니다.

삶은 받아들이는 만큼 열립니다

뭐든지 하면 할수록 더 잘할 수 있다고 믿습니다. 하지만 아직까지 책을 쓰는 것은 어렵고 버거운 일입니다. 이번 책 또한 어려웠습니다. 그것은 쓸 말이 떠오르지 않아서가 아니라 내가 얼마나 받아들이고 있는가라는 의문이 계속 떠올랐기 때문이었습니다. 나의 존재를, 나의 마음을, 현실을 그리고 상대를 잘 받아들이지 못한다고 느낄 때마다 글은 뚝뚝 끊겼습니다.

특히 상대를 받아들이는 것에 대한 내용을 담은 4장을 쓸 때는 한동안 글을 쓰지 못했습니다. 신기하게도 그 시기에 아내와의 해묵은 갈등이 터져 나온 것입니다. 나는 한동안 갈등을 받아들이지 못하고 외면하려 했습니다. 적당히 덮고 넘어가고 싶었습니다. 하지만 이 책을 쓰는 것 자체가 더 잘 받아들이기 위한 훈련이 되어주었고 갈등을 풀어가는 힘이 되었습니다.

그렇다고 해서 받아들이는 능력이 대단히 높아진 것은 아닙니다. 지금도 여전히 받아들이지 못하는 것들이 많습니다. 드러내서는 안 된다고 느끼는 약점이 있고, 결코 경험하고 싶지 않은 감정이나 일들이 있고, 이해할 수 없는 상대의 모습들이 있습니다. 그러나 그렇다고 자신을 너무 재촉하지 않습니다. 이제는 받아들이지 못하는 내 마음도 좀 더 받아들일 수 있게 되었나 봅니다. 다만 내가 받아들일 수 있을 만큼 조금씩 더 받아들이려고 노력할 따름입니다. 당신도 그랬으면 좋겠습니다. 받아들이는 만큼 받아들이되 그 노력을 그치지 않기를 바랍니다. 왜 수용하지 못하느냐고 자신을 책망하기보다는 그런 자신을 좀 더 받아들여주기를 바랍니다. 그러다보면 더디더라도 조금씩 더 받아들일 수 있게 될 것입니다. 받아들이는 만큼 넓어지는 것이 마음이기 때문입니다.

나는 이 책을 쓰면서 나 자신과 더 한층 친해졌습니다. 나를 더 깊이 받아들이면서 나부터 나를 인정하지 못하고 함부로 대했던 지난날에 대해 사과를 했습니다. 이제야 나는 나에게 평생 동안 좋은 친구가 되어줄 것이라는 약속을 할 수 있게 되었습니다. 이 책을 쓰면서 아내와도 더 가까워졌습니다. 우리는 주장이나 의견을 내려놓고, 서로의 감정과 욕구를 이야기하기 시작했습니다. 알게 모르게 서로가 서로에게 준 상처를 어루만져주었습니다.

그렇다고 앞으로 위기나 갈등이 없을 것이라 생각하지 않습니다. 우리는 서로에게 또 상처를 줄 수 있겠지만, 이제는 그 상처 받은 마음 또한 나눌 수 있는 관계가 되리라 믿습니다. 생각해보니 나는 삶에 대해서도 많이 믿게 되었습니다. 삶이 나에게 좋은 일만을 줄 것이라고 생각하는 것은 아닙니다. 지금까지 그랬던 것처럼 삶은 내가 원치 않고 힘들어하는 것도 안겨줄 것입니다. 그러나 그러한 경험들조차 결국 나를 성장시키고 내가 가야 할 곳으로 나를 안내해줄 것이라 믿습니다.

나는 당신 또한 그랬으면 좋겠습니다. 자신에게 가장 친한 사람이 바로 당신이길 바라고, 사람 때문에 괴로워하면서도 사람 때문에 행복하길 바라며, 때로는 앞이 잘 보이지 않는 불확실한 삶이지만 결국 인생은 우리를 가야 할 곳으로 이끌어가고 있다는 믿음을 잃지 않기를 바랍니다.

기꺼이 받아들이십시오.
당신과 당신을 둘러싸고 존재하는 모든 것을!

천 개의 문제, 하나의 해답
© 문요한 2012

1판 1쇄   2012년 4월 3일
1판 5쇄   2023년 4월 7일

지은이   문요한
펴낸이   김정순
기획·편집   한아름
디자인   김수진
마케팅   이보민 양혜림 정지수

펴낸곳   (주)북하우스 퍼블리셔스
출판등록   1997년 9월 23일 (제406-2003-055호)
주소   04043 서울특별시 마포구 양화로 12길 16-9(서교동 북앤빌딩)
전자우편   editor@bookhouse.co.kr
홈페이지   www.bookhouse.co.kr
전화   02-3144-3123
팩스   02-3144-3121

ISBN 978-89-5605-583-1 03810